U0039594

거의 모든 행동 표현의 일본어

圖解日語會話 關鍵動詞

体操をする

した む
下を向く

あたま つ だ
頭を突き出す

はんしんよく
半身浴をする

いわのぼ
岩登りをする

あたま さ あいさつ
頭を下げて挨拶する

め
目が閉じる

zzZ

しゃしん と
写真を撮る

徐寧助、

TJL 內容實驗室——著

圖解日語會話關鍵動詞

作　　　者： 徐寧助、TJL 內容實驗室
譯　　　者： 史靖瑄、吳采蒨
編　　　輯： 林詩恩
封 面 設 計： Dinner Illustration
內 頁 排 版： 簡單瑛設
行 銷 企 劃： 張爾芸

發 行 人： 洪祺祥
副 總 經 理： 洪偉傑
副 總 編 輯： 曹仲堯
法 律 顧 問： 建大法律事務所
財 務 顧 問： 高威會計師事務所

出　　　版： 日月文化出版股份有限公司
製　　　作： EZ 叢書館
地　　　址： 臺北市信義路三段 151 號 8 樓
電　　　話： (02) 2708-5509
傳　　　真： (02) 2708-6157
客 服 信 箱： service@heliopolis.com.tw
網　　　址： www.heliopolis.com.tw
郵 撥 帳 號： 19716071 日月文化出版股份有限公司

總 經 銷： 聯合發行股份有限公司
電　　　話： (02) 2917-8022
傳　　　真： (02) 2915-7212

印　　　刷： 中原造像股份有限公司
初　　　版： 2023 年 7 月
初 版 3 刷： 2024 年 6 月
定　　　價： 380 元
I S B N： 978-626-7329-19-1

圖解日語會話關鍵動詞 / 徐寧助,TJL 內容實驗室著 . 史靖
瑄 , 吳采蒨譯 -- 初版 .-- 臺北市 : 日月文化出版股份有限公司 ,
2023.7
　　面；　公分 . -- (樂學 31)
譯自 : 거의 모든 행동 표현의 일본어
ISBN 978-626-7329-19-1 (平裝)

1.CST: 日語　2.CST: 語彙
803.165　　　　　　　　　　　　　　　　　112008297

作者序

　　學習外語詞彙的第一階段是從名詞為主的單字開始，再延伸至「伸出手臂」這類的動詞語句。單純的單字相對易懂，不過，延伸至動詞語句的表達，經常連學習外語已久的成人也不清楚。如果去問一些學過日語的成人「挖鼻孔」、「伸出手臂」的日語怎麼說，他們大概沒辦法馬上回答出來。常有人知道許多艱深的日語單字，卻無法用日語表達簡單的日常行為。

　　這本書就是在告訴各位，要如何用日語表達那些日常動作。只是，有些人或許會想：「有必要另外學習日語的動作表達嗎？」若要直接回答這個疑問，我的答案是：「有必要！」動作在日語會話中佔有相當大的比重。請你試著想想看，我們之間會進行什麼樣的對話吧。早上去上班，我們會說自己昨天輾轉難眠，或是錯過了地鐵；如果聊到週末做了什麼，會分享自己用Netflix看了電影，或是去了一趟露營；接起朋友電話時，則有可能會說自己正在晾衣服，或是邊看電視邊吃晚餐。這些話語都是描述動作的詞彙。

　　當對話的同事或朋友換成日本人時也一樣，內容依舊大同小異。因此，如果想要練好日語會田話，就必須能夠流暢地用日語表達我們所做的行為。這本書正是彙整了日語的動作表達，為各位開闢捷徑的書。

　　人們以貼近自己的東西為基礎學習時，較容易輕鬆地吸收新內容，並進入下個階段。學習日語單字時，要從自己身邊的日常單字開始，再漸漸將範圍拓展至高級詞彙。日語會話也要從貼近自己並熟悉的內容開始，再逐漸發展到抽象的內容。先將這輩子未必會用到一次的內容留到以後，從貼近生活、熟悉的日常「動作」開始練習日語較為妥當。

　　大部分的人都希望說得一口好日語，所謂「說得一口好日語」可能有各種標準，不過最基本的應該是流利地說出想說的話，這也是必須知道各式各樣的日語動作表現的原因。如果能夠明確地用日文表達自己做過的、正在做的、未來要做的「行為」，即是奠定了進入更高階會話世界的基礎。

　　本書依據以上幾點，把可能是日語會話基礎的種種表達，大致分為「身體部位動作表達」、「日常生活中的行為表達」、「社會生活中的行為表達」，並搭配圖片呈現。熟悉的動作配上相應的圖片，將會讓各位輕鬆地吸收並記住內容，減少學習負擔。而瀏覽圖片的樂趣，也會令各位不禁感嘆：「啊，原來這個動作的日語要這樣說！」、「啊，連這種動作都能用日語來表達？」。

　　如果你從未讀完一本日文書，請你試著以讀完這本書為目標。先放下要記住每一種動作的壓力或雄心壯志，翻開書中令你感興趣的部分學習吧。如果有想要知道的行為動作，就到索引查找。只要用這種方式持續學習，你將會發現，許多日語動作已經在不知不覺間內化成自己的語言了。

　　筆者在此替各位的日語學習之路加油！

目次

作者序 ⋯⋯⋯⋯⋯⋯⋯⋯⋯⋯⋯⋯⋯⋯⋯⋯⋯⋯⋯⋯⋯ 3

PART 1 身體部位的動作表達

CHAPTER 1 臉部 顔（かお）

UNIT 1	後頸	12
UNIT 2	頭	13
UNIT 3	頭髮	14
UNIT 4	額頭、眉毛	16
UNIT 5	眼睛、鼻子	17
UNIT 6	嘴巴、嘴唇	20
UNIT 7	舌頭、牙齒	22
UNIT 8	耳朵、下巴、臉頰、腮幫子	24
UNIT 9	脖子	26
UNIT 10	臉部表情	27

CHAPTER 2 上半身 上半身（じょうはんしん）

UNIT 1	肩膀	30
UNIT 2	手臂、手肘	31
UNIT 3	手腕、手、手背、手心	34
UNIT 4	手指、手指甲	37
UNIT 5	背/腰、腰、肚子	39

CHAPTER 3 下半身 下半身（かはんしん）

UNIT 1	屁股、骨盆	44
UNIT 2	腿、大腿	45
UNIT 3	膝蓋、小腿肚、小腿前側	48
UNIT 4	腳、腳踝、腳底、腳後跟	50
UNIT 5	腳趾、腳指甲	53

CHAPTER 4 全身 全身（ぜんしん）

UNIT 1	動作與姿勢	56
UNIT 2	保養身體	59
UNIT 3	其他	61

PART 2　日常生活中的行為表達

CHAPTER 1　衣服　衣服

UNIT 1	穿衣服	66
UNIT 2	保養衣服	69
UNIT 3	修繕衣服、縫紉、製作衣服	71
UNIT 4	自助洗衣坊使用方式	72

CHAPTER 2　食品　食品

UNIT 1	處理與保管食材	76
UNIT 2	調理食物	78
UNIT 3	使用廚房用品與烹飪工具	81
UNIT 4	吃東西、招待	83

CHAPTER 3　外食　外食

| UNIT 1 | 在咖啡廳 | 88 |
| UNIT 2 | 在餐館 | 90 |

CHAPTER 4　居住　住居

UNIT 1	各地點行為 ①—臥室	96
UNIT 2	各地點行為 ②—客廳、書房	98
UNIT 3	各地點行為 ③—廚房	100
UNIT 4	各地點行為 ④—浴室	102
UNIT 5	各地點行為 ⑤—洗衣間、陽台、倉庫	104
UNIT 6	各地點行為 ⑥—停車場/車庫、頂樓、院子	106
UNIT 7	打掃家裡、其他家事	107
UNIT 8	使用家電產品	109
UNIT 9	維護房子、修理房子、室內裝潢	112

CHAPTER 5　健康 & 疾病　健康 & 病気

UNIT 1	生理現象	118
UNIT 2	疼痛、傷口、治療	120
UNIT 3	醫院—診療、檢查	125
UNIT 4	醫院—住院、手術	128
UNIT 5	減重	132
UNIT 6	死亡	134

PART 3 社會生活中的行為表達

CHAPTER 1 表達情緒 & 人際關係 感情表現 & 人間関係

UNIT 1	表達情緒、態度	142
UNIT 2	關係、糾紛	145
UNIT 3	戀愛、結婚、離婚	146

CHAPTER 2 工作 & 職業 仕事 & 職業

UNIT 1	行政職	150
UNIT 2	服務業	156
UNIT 3	製造業	158
UNIT 4	農業、漁業	160
UNIT 5	所有經濟活動	163

CHAPTER 3 購物 ショッピング

UNIT 1	實體購物 ①—便利商店、超市、傳統市場、大型超市	166
UNIT 2	實體購物 ②—各種商店、百貨公司、免稅店	168
UNIT 3	利用美容服務設施	169
UNIT 4	線上購物	171

CHAPTER 4 生產 & 育兒 出産 & 育児

| UNIT 1 | 懷孕、生產 | 176 |
| UNIT 2 | 育兒 | 180 |

CHAPTER 5 休閒 & 興趣 余暇 & 趣味

UNIT 1	旅遊	188
UNIT 2	電視、YouTube、Netflix	194
UNIT 3	球類運動、運動	196
UNIT 4	登山、露營	198
UNIT 5	度假、海水浴	201
UNIT 6	電影、舞台劇、音樂劇	204
UNIT 7	音樂、音樂會	207
UNIT 8	美術、展覽、照片	208
UNIT 9	寵物	210

CHAPTER 6　智慧型手機、網路、社群媒體
スマートフォン、インターネット、SNS

UNIT 1　電話、智慧型手機 ⋯⋯⋯⋯⋯⋯⋯⋯⋯⋯⋯ 214
UNIT 2　網路、電子郵件 ⋯⋯⋯⋯⋯⋯⋯⋯⋯⋯⋯⋯ 217
UNIT 3　社群媒體（SNS）⋯⋯⋯⋯⋯⋯⋯⋯⋯⋯⋯ 221

CHAPTER 7　交通 & 駕駛 交通 & 運転

UNIT 1　公車、地鐵、計程車、火車 ⋯⋯⋯⋯⋯⋯ 226
UNIT 2　飛機、船 ⋯⋯⋯⋯⋯⋯⋯⋯⋯⋯⋯⋯⋯⋯⋯ 230
UNIT 3　駕駛 ⋯⋯⋯⋯⋯⋯⋯⋯⋯⋯⋯⋯⋯⋯⋯⋯⋯ 232
UNIT 4　保養車輛（加油、洗車、養護）⋯⋯⋯ 238

CHAPTER 8　社會 & 政治 社会 & 政治

UNIT 1　意外、災害 ⋯⋯⋯⋯⋯⋯⋯⋯⋯⋯⋯⋯⋯⋯ 242
UNIT 2　犯罪 ⋯⋯⋯⋯⋯⋯⋯⋯⋯⋯⋯⋯⋯⋯⋯⋯⋯ 246
UNIT 3　法律、官司 ⋯⋯⋯⋯⋯⋯⋯⋯⋯⋯⋯⋯⋯⋯ 250
UNIT 4　選舉、投票 ⋯⋯⋯⋯⋯⋯⋯⋯⋯⋯⋯⋯⋯⋯ 252
UNIT 5　宗教 ⋯⋯⋯⋯⋯⋯⋯⋯⋯⋯⋯⋯⋯⋯⋯⋯⋯ 254
UNIT 6　軍隊 ⋯⋯⋯⋯⋯⋯⋯⋯⋯⋯⋯⋯⋯⋯⋯⋯⋯ 259

索引 ⋯⋯⋯⋯⋯⋯⋯⋯⋯⋯⋯⋯⋯⋯⋯⋯⋯⋯⋯⋯⋯⋯ 262

全書音檔線上聽

PART I

身體部位

動作表達

CHAPTER

1

臉
かお
顔

抬頭
うえ　む
上を向く

低頭
した　む
下を向く

點頭
くび　たて　ふ
首を縦に振る

搖頭
くび　よこ　ふ
首を横に振る

轉頭
くび　まわ
首を回す

仰頭
くび　うし　そ
首を後ろに反らす

歪著頭
くび　かたむ
首を傾ける

點頭
うなず
頷く

疑惑
こくび　かし
小首を傾げる

探出頭
あたま　つ　だ
頭を突き出す

SENTENCES TO USE

稍微抬頭深呼吸吧！

すこ　うえ　む　しんこきゅう
少し上を向いて深呼吸しよう。

一轉頭脖子就喀喀地響。

くび　まわ　おと
首を回すと、ポキポキと音がします。

一把頭往後仰，就感覺到脖子很痛。

くび　うし　そ　くび　いた　かん
首を後ろに反らすと、首に痛みを感じます。

她對他的說明點了點頭。

かれ　せつめい　かのじょ　うなず
彼の説明に彼女は頷いた。

小狗從窗戶探出頭。

いぬ　まど　あたま　つ　だ
犬が窓から頭を突き出した。

2 頭部

鞠躬敬禮
<ruby>頭<rt>あたま</rt></ruby>を<ruby>下<rt>さ</rt></ruby>げて<ruby>挨拶<rt>あいさつ</rt></ruby>する

（因為為難）搔頭
（<ruby>困<rt>こま</rt></ruby>って）<ruby>頭<rt>あたま</rt></ruby>を<ruby>掻<rt>か</rt></ruby>く

摸頭
<ruby>頭<rt>あたま</rt></ruby>を<ruby>撫<rt>な</rt></ruby>でる

毆打頭部
<ruby>頭<rt>あたま</rt></ruby>を<ruby>殴<rt>なぐ</rt></ruby>る

敲頭
<ruby>頭<rt>あたま</rt></ruby>を<ruby>叩<rt>たた</rt></ruby>く

頭部受傷
<ruby>頭<rt>あたま</rt></ruby>を<ruby>怪我<rt>け が</rt></ruby>する

煩惱
<ruby>頭<rt>あたま</rt></ruby>を<ruby>痛<rt>いた</rt></ruby>める

動腦
<ruby>頭<rt>あたま</rt></ruby>を<ruby>使<rt>つか</rt></ruby>う

絞盡腦汁
<ruby>頭<rt>あたま</rt></ruby>を<ruby>絞<rt>しぼ</rt></ruby>る

SENTENCES TO USE

那位政治人物跟大家鞠躬問好。

當他為難的時候，總是會搔搔頭。

她摸了摸孩子的頭。

他因為出了車禍導致頭部受傷了。

稍微動動腦想一想吧！

その<ruby>政治家<rt>せい じ か</rt></ruby>は<ruby>頭<rt>あたま</rt></ruby>を<ruby>下<rt>さ</rt></ruby>げて<ruby>挨拶<rt>あいさつ</rt></ruby>した。

<ruby>彼<rt>かれ</rt></ruby>は<ruby>困<rt>こま</rt></ruby>った<ruby>時<rt>とき</rt></ruby>、いつも<ruby>頭<rt>あたま</rt></ruby>を<ruby>掻<rt>か</rt></ruby>く。

<ruby>彼女<rt>かのじょ</rt></ruby>は<ruby>子供<rt>こ ども</rt></ruby>の<ruby>頭<rt>あたま</rt></ruby>を<ruby>撫<rt>な</rt></ruby>でた。

<ruby>彼<rt>かれ</rt></ruby>は<ruby>交通事故<rt>こうつう じ こ</rt></ruby>で<ruby>頭<rt>あたま</rt></ruby>を<ruby>怪我<rt>け が</rt></ruby>した。

ちょっと、<ruby>頭<rt>あたま</rt></ruby>を<ruby>使<rt>つか</rt></ruby>って<ruby>考<rt>かんが</rt></ruby>えてよ。

洗頭
かみ あら
髪を洗う

沖洗頭髪
かみ
髪をすすぐ

用毛巾把頭髪
包起來

タオルで
かみ ま
髪を巻く

吹乾頭髪
かみ かわ
髪を乾かす

梳頭
かみ
髪をとかす

剪頭髪
かみ き
髪を切る

理髪、剃髪
かみ か
髪を刈る

整理頭髪
かみ とと
髪を整える

燙頭髪
かみ
髪にパーマを
かける

染頭髪
かみ そ
髪を染める

在美容院做頭髪
びょうしつ かみ
美容室で髪の
てい
お手入れをする

拔掉白頭髪
しらが ぬ
白髪を抜く

SENTENCES TO USE

睡覺前請好好地把頭髪吹乾。

他用剃刀自己剃了頭髪。

我媽媽每個月會染一次頭髪。

因為有約會，於是去美容院做了頭髪。

ね まえ かみ かわ
寝る前に髪をよく乾かしてください。
かれ つか じぶん かみ か
彼はバリカンを使って自分で髪を刈った。
はは つき いっかい かみ そ
うちの母は月に一回、髪を染める。
びょうしつ かみ てい
デートがあって、美容室で髪のお手入れをした。

把頭髮留長
髪を伸ばす
<ruby>髪<rt>かみ</rt></ruby>を<ruby>伸<rt>の</rt></ruby>ばす

綁頭髮
髪を束ねる
<ruby>髪<rt>かみ</rt></ruby>を<ruby>束<rt>たば</rt></ruby>ねる

綁馬尾
ポニーテールを作る
ポニーテールを<ruby>作<rt>つく</rt></ruby>る

綁馬尾髮型
ポニーテールにする

編髮
<ruby>髪<rt>かみ</rt></ruby>を<ruby>編<rt>あ</rt></ruby>む

紮頭髮
<ruby>髪<rt>かみ</rt></ruby>を<ruby>結<rt>ゆ</rt></ruby>う

把頭髮放下來
<ruby>髪<rt>かみ</rt></ruby>を<ruby>解<rt>ほど</rt></ruby>く

抓／改變頭髮分線
<ruby>分<rt>わ</rt></ruby>け<ruby>目<rt>め</rt></ruby>を<ruby>作<rt>つく</rt></ruby>る／<ruby>変<rt>か</rt></ruby>える

弄亂頭髮
<ruby>髪<rt>かみ</rt></ruby>を<ruby>掻<rt>か</rt></ruby>き<ruby>乱<rt>みだ</rt></ruby>す

抱頭扯髮
<ruby>頭<rt>あたま</rt></ruby>を<ruby>掻<rt>か</rt></ruby>きむしる

掉髮
<ruby>髪<rt>かみ</rt></ruby>の<ruby>毛<rt>け</rt></ruby>が<ruby>抜<rt>ぬ</rt></ruby>ける

植髮
<ruby>植毛<rt>しょくもう</rt></ruby>する

SENTENCES TO USE

要不要把頭髮留長看看呢？
<ruby>髪<rt>かみ</rt></ruby>を<ruby>伸<rt>の</rt></ruby>ばしてみようかな。

她用髮圈將頭髮綁在腦後。
<ruby>彼女<rt>かのじょ</rt></ruby>はゴムひもで<ruby>髪<rt>かみ</rt></ruby>を<ruby>後<rt>うし</rt></ruby>ろに<ruby>束<rt>たば</rt></ruby>ねた。

那個女生綁著馬尾。
その<ruby>女性<rt>じょせい</rt></ruby>はポニーテールにしていた。

他改變了頭髮的分線。
<ruby>彼<rt>かれ</rt></ruby>は<ruby>分<rt>わ</rt></ruby>け<ruby>目<rt>め</rt></ruby>を<ruby>変<rt>か</rt></ruby>えた。

最近掉髮實在是太嚴重了。
<ruby>最近<rt>さいきん</rt></ruby>、<ruby>髪<rt>かみ</rt></ruby>の<ruby>毛<rt>け</rt></ruby>があまりにも<ruby>多<rt>おお</rt></ruby>く<ruby>抜<rt>ぬ</rt></ruby>ける。

4 額頭、眉毛

額頭

皺眉頭（思考的樣子）
額にしわを寄せる

擦額頭上的汗
額の汗を拭く

輕拍額頭
おでこを叩く

用手摸摸看額頭
額に手を当ててみる

用力拍打額頭
額をピシャリと打つ

促膝長談
膝を突き合わせる

眉毛

皺眉
（心情不愉快）
眉をひそめる

責備
目くじらを立てる

畫眉毛
眉毛を描く

拔眉毛
眉毛を抜く

剃眉毛
眉毛を剃る

SENTENCES TO USE

由於長久以來有皺眉頭的習慣，導致就算沒做什麼，皺紋都會變得很明顯。
長年の額にしわを寄せる癖のせいで、何もしなくてもしわが目立つようになってしまった。

他用手背擦了擦額頭上的汗水。
彼は手の甲で額の汗を拭いた。

用手摸摸看額頭就知道有沒有發燒了。
熱があるかどうか、額に手を当ててみた。

他感覺到不舒服而皺起了眉頭。
彼は不快感を感じて眉をひそめた。

她每天早上都會畫眉毛。
彼女は毎朝、眉毛を描く。

5 眼睛、鼻子

 005

眼睛

閉上眼睛	輕閉雙眼	睜開眼睛
目を閉じる	ソッと目を閉じる	目を開ける

翻白眼	斜眼看	盯著、瞪視
白目をむく	横目で見る	にらむ

移開視線	偷瞄
目をそらす	チラッと見る

SENTENCES TO USE

我在電影播放恐怖畫面時閉上了眼睛。　私は映画の怖いシーンで目を閉じた。

她沒有回答我的問題，而是盯著我看。　彼女は私の質問に答えず、私をにらんでいた。

聽到他在吹牛，她便移開了視線。　彼の自慢話を聞いて、彼女は目をそらした。

他瞄了我一眼就離開了。　彼は私をチラッと見て行った。

眨眼
目をパチパチさせる

瞇眼
目を細める

眨一隻眼
ウインクする

不當一回事
物ともしない

垂下雙眼
目を伏せる

揉眼睛
目をこする

遮住眼睛
目を塞ぐ

小睡一下
一眠りする

睡覺
寝る

SENTENCES TO USE

她瞇起眼睛，目不轉睛地盯著某家店的招牌。
彼女は目を細めて、ある店の看板をじっと見つめた。

他只要一說謊就會眨眼。
彼は嘘をつくと、目をパチパチさせる。

他不把我的忠告當一回事。
彼は私の忠告なんか、物ともしない。

那個孩子垂下雙眼，不發一語。
その子は目を伏せて、何も言わなかった。

不要用手揉眼睛。
手で目をこするな。

鼻子

打呼
いびきをかく

擦鼻涕
鼻水（はなみず）を拭（ふ）く

挖鼻孔
鼻（はな）をほじる

擤鼻涕
鼻（はな）をかむ

吸鼻子
鼻（はな）をすする

（因不滿）張大鼻孔
小鼻（こばな）を膨（ふく）らませる

搔鼻子
鼻（はな）を掻（か）く

入迷、沉迷其中
夢中（むちゅう）になっている

吃苦頭
ひどい目（め）にあう

SENTENCES TO USE

她因為丈夫打呼打得很厲害，所以不能跟他一起睡。
彼女（かのじょ）は夫（おっと）がひどいいびきをかくから、一緒（いっしょ）に寝（ね）られない。

那個孩子一邊看漫畫一邊挖鼻孔。　　　　その子はマンガを読（よ）みながら、鼻（はな）をほじった。

據說當人搔鼻子時，就表示他在說謊
人（ひと）が鼻（はな）を掻（か）くと嘘（うそ）をついているという意味（いみ）だそうだ。

被他找到的話，你就有苦頭吃了。　　　　彼（かれ）に見（み）つかったら、ひどい目（め）にあうぞ。

6 嘴巴、嘴唇

嘴巴

閉上嘴巴
<ruby>口<rt>くち</rt></ruby>を<ruby>閉<rt>と</rt></ruby>じる

閉口不言
<ruby>口<rt>くち</rt></ruby>をつぐむ

用手搗嘴
<ruby>手<rt>て</rt></ruby>で<ruby>口<rt>くち</rt></ruby>を<ruby>覆<rt>おお</rt></ruby>う

張開嘴巴
<ruby>口<rt>くち</rt></ruby>を<ruby>開<rt>あ</rt></ruby>ける

張大嘴巴
<ruby>大口<rt>おおぐち</rt></ruby>を<ruby>開<rt>あ</rt></ruby>ける

擦嘴
<ruby>口<rt>くち</rt></ruby>を<ruby>拭<rt>ふ</rt></ruby>く

親親
チューする

親吻
キスをする

交談
<ruby>口<rt>くち</rt></ruby>を<ruby>合<rt>あ</rt></ruby>わせる

咀嚼
<ruby>口<rt>くち</rt></ruby>をモグモグさせる

SENTENCES TO USE

我因為暴牙，所以很難閉上嘴巴。
<ruby>私<rt>わたし</rt></ruby>は<ruby>出<rt>で</rt></ruby>っ<ruby>歯<rt>ば</rt></ruby>で、<ruby>口<rt>くち</rt></ruby>を<ruby>閉<rt>と</rt></ruby>じづらいです。

他閉口不言，什麼都不說。
<ruby>彼<rt>かれ</rt></ruby>は<ruby>口<rt>くち</rt></ruby>を<ruby>堅<rt>かた</rt></ruby>くつぐんで、<ruby>何<rt>なに</rt></ruby>も<ruby>言<rt>い</rt></ruby>わなかった。

請把眼睛閉上，嘴巴張開。
<ruby>目<rt>め</rt></ruby>は<ruby>閉<rt>と</rt></ruby>じて<ruby>口<rt>くち</rt></ruby>を<ruby>開<rt>あ</rt></ruby>けてください。

她用衛生紙擦了嘴巴。
<ruby>彼女<rt>かのじょ</rt></ruby>はティッシュで<ruby>口<rt>くち</rt></ruby>を<ruby>拭<rt>ふ</rt></ruby>いた。

她輕輕地親了一下的他的臉頰。
<ruby>彼女<rt>かのじょ</rt></ruby>は<ruby>彼<rt>かれ</rt></ruby>の<ruby>頬<rt>ほお</rt></ruby>に<ruby>軽<rt>かる</rt></ruby>くキスをした。

舔嘴唇	（因為美味）發出嘖嘖聲	咬嘴唇	噘嘴
<ruby>唇<rt>くちびる</rt></ruby>をなめる	<ruby>舌鼓<rt>したつづみ</rt></ruby>を<ruby>打<rt>う</rt></ruby>つ	<ruby>唇<rt>くちびる</rt></ruby>を<ruby>噛<rt>か</rt></ruby>む	<ruby>唇<rt>くちびる</rt></ruby>をすぼめる

（不滿）噘嘴	嘴唇發抖	彈嘴唇	把手指放在嘴唇上
<ruby>口<rt>くち</rt></ruby>を<ruby>尖<rt>とが</rt></ruby>らせる	<ruby>唇<rt>くちびる</rt></ruby>が<ruby>震<rt>ふる</rt></ruby>える	<ruby>唇<rt>くちびる</rt></ruby>を<ruby>震<rt>ふる</rt></ruby>わせる	<ruby>唇<rt>くちびる</rt></ruby>に<ruby>指<rt>ゆび</rt></ruby>を<ruby>当<rt>あ</rt></ruby>てる

擦口紅
<ruby>唇<rt>くちびる</rt></ruby>に<ruby>口紅<rt>くちべに</rt></ruby>をつける[<ruby>塗<rt>ぬ</rt></ruby>る]

擦唇蜜
<ruby>唇<rt>くちびる</rt></ruby>にリップグロスをつける[<ruby>塗<rt>ぬ</rt></ruby>る]

SENTENCES TO USE

他在美味的料理前發出想吃的嘖嘖聲。

<ruby>彼<rt>かれ</rt></ruby>はおいしい<ruby>料理<rt>りょうり</rt></ruby>を<ruby>前<rt>まえ</rt></ruby>にして、<ruby>舌鼓<rt>したつづみ</rt></ruby>を<ruby>打<rt>う</rt></ruby>った。

她有咬嘴唇的習慣。

<ruby>彼女<rt>かのじょ</rt></ruby>は<ruby>唇<rt>くちびる</rt></ruby>を<ruby>噛<rt>か</rt></ruby>む<ruby>癖<rt>くせ</rt></ruby>がある。

那個孩子被媽媽罵，噘起了嘴巴。

その<ruby>子<rt>こ</rt></ruby>は<ruby>母<rt>はは</rt></ruby>に<ruby>叱<rt>しか</rt></ruby>られて、<ruby>口<rt>くち</rt></ruby>を<ruby>尖<rt>とが</rt></ruby>らせた。

她把手指放在嘴唇上，發出了「噓！」的聲音。

<ruby>彼女<rt>かのじょ</rt></ruby>は<ruby>唇<rt>くちびる</rt></ruby>に<ruby>指<rt>ゆび</rt></ruby>を<ruby>当<rt>あ</rt></ruby>てて「シーッ！」と<ruby>言<rt>い</rt></ruby>った。

嘴唇很乾的話就塗點唇蜜。

<ruby>唇<rt>くちびる</rt></ruby>が<ruby>渇<rt>かわ</rt></ruby>いたら、<ruby>唇<rt>くちびる</rt></ruby>にリップグロスをつけてください。

舌頭

咬舌頭
<ruby>舌<rt>した</rt></ruby>を<ruby>噛<rt>か</rt></ruby>む

吐舌頭
<ruby>舌<rt>した</rt></ruby>を<ruby>出<rt>だ</rt></ruby>す

用舌頭舔
<ruby>舌<rt>した</rt></ruby>をベロベロする

呃嘴、發出"嘖"聲
<ruby>舌<rt>した</rt></ruby><ruby>打<rt>う</rt></ruby>ちする

捲舌
<ruby>巻<rt>ま</rt></ruby>き<ruby>舌<rt>じた</rt></ruby>をする

嘖嘖稱奇
<ruby>舌<rt>した</rt></ruby>を<ruby>巻<rt>ま</rt></ruby>く

（小狗）伸出舌頭
（<ruby>小犬<rt>こいぬ</rt></ruby>が）<ruby>舌<rt>した</rt></ruby>を<ruby>垂<rt>た</rt></ruby>らす

SENTENCES TO USE

吃飯的時候咬到舌頭。

小寶寶伸出舌頭是什麼意思呢？

媽媽聽了我說的話後「嘖」了一聲。

大家都為他的活躍感到嘖嘖稱奇。

因為天氣炎熱，小狗伸出舌頭趴了下來。

<ruby>食事中<rt>しょくじちゅう</rt></ruby>に<ruby>舌<rt>した</rt></ruby>を<ruby>噛<rt>か</rt></ruby>んでしまった。

<ruby>赤<rt>あか</rt></ruby>ちゃんが<ruby>舌<rt>した</rt></ruby>を<ruby>出<rt>だ</rt></ruby>すのは<ruby>何<rt>なん</rt></ruby>の<ruby>意味<rt>いみ</rt></ruby>だろう。

<ruby>母<rt>はは</rt></ruby>は<ruby>私<rt>わたし</rt></ruby>の<ruby>話<rt>はなし</rt></ruby>を<ruby>聞<rt>き</rt></ruby>いて<ruby>舌<rt>した</rt></ruby><ruby>打<rt>う</rt></ruby>ちした。

<ruby>彼<rt>かれ</rt></ruby>の<ruby>活躍<rt>かつやく</rt></ruby>に、みんな<ruby>舌<rt>した</rt></ruby>を<ruby>巻<rt>ま</rt></ruby>いた。

<ruby>暑<rt>あつ</rt></ruby>さで、<ruby>犬<rt>いぬ</rt></ruby>は<ruby>舌<rt>した</rt></ruby>を<ruby>垂<rt>た</rt></ruby>らしてうつ<ruby>伏<rt>ぶ</rt></ruby>せになっていた。

刷牙
歯を磨く，
歯磨きをする

使用牙線
デンタルフロスを
使う

使用牙間刷
歯間ブラシを
使う

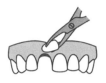

拔牙
歯を抜く

治療牙齒
歯を治療する

裝上金色假牙
歯に金冠をかぶせる

矯正牙齒
歯並びを矯正する

洗牙
スケーリングを
受ける

磨牙
歯ぎしりを
する

咬牙切齒
牙を鳴らす

咬緊牙關
歯を
食いしばる

使用牙籤
ようじを使う

SENTENCES TO USE

刷牙之前先使用牙線會比較好。
歯磨きをする前に、デンタルフロスを使った方がいいです。

昨天去牙醫拔了牙齒。　　　昨日、歯科で歯を抜いた。

那個孩子正在矯正牙齒。　　その子は歯並びを矯正している。

她每年都會去洗牙。　　　　彼女は毎年、スケーリングを受けている。

那個人睡覺的時候會磨牙。　その人は寝る時、歯ぎしりをする。

耳朵

傾聽
耳を傾ける

搗住耳朵
耳を塞ぐ

挖耳朵
耳をほじる

打耳洞
耳にピアスの
穴を開ける

拉扯耳朵
耳を引っ張る

下巴

抬起下巴
あごを上げる

伸下巴
あごを突き出す

縮下巴
あごを下に引く

摸下巴
あごを触る
（洋洋得意）撫摸下巴
あごを撫でる

托腮、托下巴
頬杖をつく

SENTENCES TO USE

面對上司的嘮叨，他關上了耳朵。

媽媽拉了孩子的耳朵。

我在 20 歲時打了耳洞。

她在拍照時總是會把下巴抬起來。

上課中禁止托著下巴。

上司の小言に、彼は耳を塞いだ。

子供は母に耳を引っ張られた。

私は 20 歳の時に、耳にピアスの穴を開けた。

彼女は写真を撮る時、いつもあごを上げている。

授業中に頬杖をついていてはいけません。

臉紅
頬を赤らめる

貼臉
頬ずりをする

撫摸臉頰
頬を撫でる

鼓起臉頰
頬を膨らます

用舌頭鼓起單邊臉頰
舌で片方の頬を膨らます

拍打臉頰
頬を叩く

捏臉
頬をつねる

SENTENCES TO USE

她臉紅並害羞地笑了。

彼女は頬を赤らめて、恥ずかしそうに笑った。

媽媽抱著小寶寶貼了貼他的臉頰。

お母さんは赤ちゃんを抱っこして頬ずりをした。

清爽的微風彷彿輕撫我的臉頰般吹過。

爽やかな風が私の頬を撫でるように吹いてきた。

孩子鼓起臉頰，好像很無聊的樣子。

子供は退屈そうに頬を膨らませていた。

奶奶一邊稱讚孫子可愛，一邊輕輕地捏了捏他的臉頰。

おばあさんはかわいいと言いながら孫の頬を軽くつねった。

9 頸部、喉嚨

轉動脖子
<ruby>首<rt>くび</rt></ruby>を<ruby>回<rt>まわ</rt></ruby>す

按摩脖子
<ruby>首<rt>くび</rt></ruby>を<ruby>揉<rt>も</rt></ruby>む

仰頭
<ruby>首<rt>くび</rt></ruby>を<ruby>後<rt>うし</rt></ruby>ろに<ruby>反<rt>そ</rt></ruby>らす

開嗓
<ruby>喉<rt>のど</rt></ruby>を<ruby>開<rt>ひら</rt></ruby>く

清喉嚨
<ruby>咳払<rt>せきばら</rt></ruby>いをする

喉嚨卡住
<ruby>喉<rt>のど</rt></ruby>にひっかかる

勒住脖子
<ruby>首<rt>くび</rt></ruby>を<ruby>絞<rt>し</rt></ruby>める

勒死
<ruby>絞<rt>し</rt></ruby>め<ruby>殺<rt>ころ</rt></ruby>す

上吊
<ruby>首<rt>くび</rt></ruby>を<ruby>吊<rt>つ</rt></ruby>る

SENTENCES TO USE

脖子痠痛的很厲害，因此我按摩了一下脖子。

<ruby>首<rt>くび</rt></ruby>こりがひどくて、<ruby>首<rt>くび</rt></ruby>を<ruby>揉<rt>も</rt></ruby>んだ。

唱歌前先開個嗓會比較好。

<ruby>歌<rt>うた</rt></ruby>う<ruby>前<rt>まえ</rt></ruby>に、<ruby>喉<rt>のど</rt></ruby>を<ruby>開<rt>ひら</rt></ruby>いた<ruby>方<rt>ほう</rt></ruby>がいい。

他在緊張的時候會清喉嚨。

<ruby>彼<rt>かれ</rt></ruby>は<ruby>緊張<rt>きんちょう</rt></ruby>すると、<ruby>咳払<rt>せきばら</rt></ruby>いをする。

喉嚨裡有什麼東西卡住的感覺。

<ruby>喉<rt>のど</rt></ruby>に<ruby>何<rt>なに</rt></ruby>かがひっかかった<ruby>感<rt>かん</rt></ruby>じがする。

犯人將被害者勒死。

<ruby>犯人<rt>はんにん</rt></ruby>は<ruby>被害者<rt>ひがいしゃ</rt></ruby>の<ruby>首<rt>くび</rt></ruby>を<ruby>絞<rt>し</rt></ruby>めて<ruby>殺<rt>ころ</rt></ruby>した。

| 皺起眉頭、擺臭臉
顔をしかめる | 微笑
微笑む | 露齒笑
歯を見せて笑う | 笑出聲音
声を出して笑う |

| 傻笑
クスクス笑う | 嘲笑
あざ笑う | 逗弄、戲弄
からかう | 眨單眼
ウインクする | 皺起鼻子
鼻にしわを寄せる |

| 流眼淚
涙を流す | 啜泣、抽泣
すすり泣く | 臉紅
顔を赤らめる | 翻白眼
白目をむく |

SENTENCES TO USE

他吃了我做的料理後，皺起了眉頭。
彼は私が作った料理を食べて、顔をしかめた。

爸爸一邊看電視一邊笑出聲音。
お父さんはテレビを見ながら声を出して笑った。

他一邊看書一邊傻笑。
彼は本を読みながらクスクス笑った。

小狗皺起鼻子咆哮。
犬が鼻にしわを寄せて唸った。

她一邊看電影一邊流眼淚。
彼女は映画を見ながら涙を流した。

CHAPTER

2

上半身

じょう はん しん
上半身

聳肩
肩をすくめる

上下活動肩膀
肩を上下に動かす

挺直背部
背筋を伸ばす

縮著肩膀
肩をすぼめる

按摩肩膀
肩を揉む

輕拍肩膀
肩を軽く叩く

摟著肩膀
肩を抱く

揹著、肩負
肩に掛ける

搭肩
肩を組む

並肩站著
肩を並べて立つ

並駕齊驅
肩を並べる

SENTENCES TO USE

他只是聳了聳肩，沒有說什麼。
彼は肩をすくめるだけで、何も言わなかった。

她覺得冷而縮起了肩膀。
彼女は寒くて肩をすぼめていた。

奶奶讓孫子幫她按摩肩膀。
おばあさんは孫に肩を揉んでもらった。

老師輕輕拍了拍學生的肩膀。
先生は学生の肩を軽く叩いた。

兩個孩子互相搭著對方肩膀走掉了。
二人の子供は肩を組んで歩いて行った。

2 手臂、手肘

🎧 012

手臂

舉起（雙）手
（両）腕を上げる

放下（雙）手
（両）腕を下げる

張開（雙）手
（両）腕を広げる，（両）手を広げる

伸出手臂
腕を伸ばす

將手臂往前伸展
腕を前に伸ばす

彎曲手臂
腕を曲げる

彎曲手臂形成二頭肌
腕を曲げて力こぶを作る

擺動手臂
腕を振り回す

捲起袖子
腕まくりをする

捲起袖子
袖まくりをする

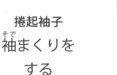
枕著手臂躺下
腕まくらをして横になる

SENTENCES TO USE

請把雙手慢慢舉到頭上。
両腕を頭の上にゆっくりと上げてください。

孩子張開雙手跑了過來。
子供は両腕をパッと広げて走ってきた。

伸出手去拿了停車券。
腕を伸ばして駐車券を取った。

他彎曲手臂展示了二頭肌給我看。
彼は腕を曲げて力こぶを作って見せた。

他捲起袖子開始搬箱子。
彼は腕まくりをして箱を運び始めた。

抓住手臂
腕を掴む

甩開手
腕を振り払う

拉住手
腕を引っ張る

掛在手臂上
腕にぶら下がる

雙手交叉抱胸
腕を組む

挽著手
腕を組む

扭轉手臂
腕をひねる

SENTENCES TO USE

有人抓住我的手，我甩開他逃跑了。
誰かに腕を掴まれ、腕を振り払って逃げた。

她雙手抱胸陷入沉思。
彼女は腕を組んで考え込んでいた。

他和女朋友手挽著手走路。
彼は彼女と腕を組んで歩いていた。

用手臂撑著臉
肘をつく

托著下巴、托腮
頰杖をつく

用手肘撞
肘で突く

用手肘推開通過
肘で押し分けて通る

SENTENCES TO USE

吃飯時用手臂撐著臉吃很沒禮貌。
食事中に肘をついて食べるのは、行儀の悪いことだ。

那位阿姨撥開人群擠出去。
おばさんは人ごみの中を肘で押し分けて通った。

3 手腕、手、手背、手心

手腕

抓住手腕
てくびつか
手首を掴む

轉動手腕
てくびまわ
手首を回す

扭傷手腕
てくびねんざ
手首を捻挫する

手

舉手
てあ
手を上げる

把手放下
てお
手を下ろす

握手
あくしゅ
握手する

握手
てにぎ
手を握る

牽手
て
手をつなぐ

雙手十指交握
りょうてく
両手を組む

SENTENCES TO USE

被他抓住手腕，讓我的心怦怦地跳。

他在籃球比賽中扭傷了手腕。

那個孩子把手舉起來，穿越了斑馬線。

市長和相關人員握了握手。

孩子握著媽媽的手。

かれ　てくび　つか　　　　むね
彼に手首を掴まれ、胸がドキドキした。
かれ　　　　　　　　　　　　　しあいちゅう　　　てくび　ねんざ
彼はバスケットボールの試合中に、手首を捻挫した。
こ　　て　あ　　　　おうだんほどう　わた
その子は手を上げて、横断歩道を渡った。
しちょう　かんけいしゃ　　　あくしゅ
市長は関係者たちと握手した。
こども　ははおや　て　にぎ
子供は母親の手を握っている。

握拳
こぶしを握る

雙手合十
合掌する

張開手掌
手の平を広げる

用手遮陽
手で日差しを遮る

把手放入
手を入れる

把手抽出
手を抜く

洗手
手を洗う

揮手
手を振る

十指緊扣
手を握り締める

甩開手
手を振り払う

伸出手
手を差し出す

SENTENCES TO USE

他聽了那些事，握緊拳頭站了起來。

回到家之後請先去洗手。

他們朝著飛機的方向揮了揮手。

她甩開他的手，發出尖叫。

先爬上去的人朝我伸出了手。

彼はその話を聞いて、こぶしを握って立ち上がった。

家に帰ったら、まず手を洗ってください。

彼らは飛行機に向かって手を振った。

彼女は彼の手を振り払って悲鳴を上げた。

先に登っていた人が私に手を差し出した。

手插腰
腰に手を当てる

手抖
手が震える

搓手
手を擦る

往手心吹氣
手に息を吹きかける

手背、手心

把手放在篝火上取暖
焚き火に手をかざす

用手背擦額頭的汗
手の甲で額の汗を拭く

用手背擦嘴巴
手の甲で口を拭く

親手背
手の甲にキスをする

擊掌
ハイタッチをする

合掌
手の平を合わせる

打手掌
手の平を叩く

用手掌打
手の平で叩く

SENTENCES TO USE

超人雙手叉腰地站著。
スーパーマンが腰に手を当てて立っている。

她因為太緊張了，手抖個不停。
彼女は緊張のあまり、手が震えた。

把手放在篝火旁後，就溫暖了起來。
焚き火に手をかざすと、暖かくなった。

他用手背擦掉了額頭上的汗水。
彼は手の甲で額の汗を拭いた。

獲勝的選手跟他的教練擊了掌。
優勝した選手はコーチとハイタッチをした。

4 手指、手指甲

014

手指

伸出手指
指を伸ばす

屈指
指を折る

用手指
指で指す

用手指出、指向
指差す

用手指觸碰
指で触る

用手指數數
指で数を数える

豎起大拇指
親指を立てる

戴戒指
指に指輪をはめる

拿下戒指
指から指輪を外す

SENTENCES TO USE

請伸出手指。你的無名指比食指長耶！
指を伸ばしてみてください。薬指が人差し指より長いですね。

為什麼用手指著月亮時，你卻看著你的手指呢？
指で月を指しているのに、なんで指を見てるの？

不要用手指著人！
人を指差すな！

教練對選手豎起了大拇指。
監督が選手に向かって親指を立てた。

掰響指關節
指の関節を鳴らす

吸吮手指
指しゃぶりをする

手指割傷
指を切られる

懶得做任何事
横の物を縦にも
しない

手指甲

剪短指甲
爪を短く切る

磨指甲
爪を磨く

咬指甲
爪を噛む

用指甲抓／抓傷
爪で掻く / 引っ掻く

塗指甲油
爪にマニキュアを塗る

做指甲
マニキュアを受ける

指甲斷裂
爪が折れる

指甲剝落
爪が剥がれる

SENTENCES TO USE

把手指關節掰出聲，是不是不太好？　　指の関節を鳴らすのは、よくないですか。

手指被紙割傷了。　　紙に指を切られた。

請把指甲剪短一點。　　爪を短く切ってください。

他有咬指甲的習慣。　　彼は爪を噛む癖がある。

她每週都會去美甲店做指甲。　　彼女は毎週ネイルサロンで、マニキュアを受ける。

5 背/腰、腰、肚子

背/腰

挺直背部
背筋を伸ばす

彎腰
腰を屈める

鞠躬哈腰
ペコペコする

靠著背
背をもたれる

將身體向後仰
体を後ろに反らす

背對著
背を向ける

拍打背部
背中を殴る

輕拍背部
背中を軽く叩く，
背中をトントンと叩く

在背後推一把
背中を押す

背在背上
背に負う

背、背負
背負う

SENTENCES TO USE

挺直背部向前看。
背筋を伸ばして、前を見てください。

那個人為什麼要向政治人物鞠躬哈腰呢？
なんであの人は政治家にペコペコするのだろう。

請靠著牆壁坐下。
壁に背をもたれて座ってください。

丈夫背對著妻子睡覺。
夫は妻に背を向けて寝ていた。

學長拍打了我的背。
先輩に背中を殴られた。

腰痛
<ruby>腰<rt>こし</rt></ruby>が<ruby>痛<rt>いた</rt></ruby>い

抓背
<ruby>背中<rt>せなか</rt></ruby>を<ruby>掻<rt>か</rt></ruby>く

用聽診器聽後背
<ruby>背中<rt>せなか</rt></ruby>に<ruby>聴診器<rt>ちょうしんき</rt></ruby>を<ruby>当<rt>あ</rt></ruby>てる

腰

傷到腰
<ruby>腰<rt>こし</rt></ruby>に<ruby>怪我<rt>けが</rt></ruby>をする

扭傷腰
<ruby>腰<rt>こし</rt></ruby>の<ruby>捻挫<rt>ねんざ</rt></ruby>をする

扭腰
<ruby>腰<rt>こし</rt></ruby>をひねる

繫皮帶
ベルトを<ruby>締<rt>し</rt></ruby>める

勒緊褲帶、節省
<ruby>財布<rt>さいふ</rt></ruby>のひもを<ruby>締<rt>し</rt></ruby>める

節省
<ruby>節約<rt>せつやく</rt></ruby>する

SENTENCES TO USE

坐在地上時，腰會很痛。
<ruby>床<rt>ゆか</rt></ruby>に<ruby>座<rt>すわ</rt></ruby>ると、<ruby>腰<rt>こし</rt></ruby>が<ruby>痛<rt>いた</rt></ruby>いです。

他用孫子的手抓了抓背。
<ruby>彼<rt>かれ</rt></ruby>は<ruby>孫<rt>まご</rt></ruby>の<ruby>手<rt>て</rt></ruby>で<ruby>背中<rt>せなか</rt></ruby>を<ruby>掻<rt>か</rt></ruby>いた。

醫生用聽診器聽了聽病人的背部。
<ruby>医者<rt>いしゃ</rt></ruby>は<ruby>患者<rt>かんじゃ</rt></ruby>の<ruby>背中<rt>せなか</rt></ruby>に<ruby>聴診器<rt>ちょうしんき</rt></ruby>を<ruby>当<rt>あ</rt></ruby>てた。

在雪地裡跌倒扭傷了腰。
<ruby>雪道<rt>ゆきみち</rt></ruby>で<ruby>転<rt>ころ</rt></ruby>んで、<ruby>腰<rt>こし</rt></ruby>の<ruby>捻挫<rt>ねんざ</rt></ruby>をした。

我們的收入減少了，不節省一點不行。
<ruby>私<rt>わたし</rt></ruby>たちは<ruby>収入<rt>しゅうにゅう</rt></ruby>が<ruby>減<rt>へ</rt></ruby>り、<ruby>財布<rt>さいふ</rt></ruby>のひもを<ruby>締<rt>し</rt></ruby>めなければならない。

 肚子

グーグー
GYOOOWWM

肚子餓	肚子很飽	肚子痛	肚子咕嚕咕嚕叫
お腹が空く	お腹が一杯になる	お腹が痛い	お腹がグーグーと鳴る

露出肚子	鼓起肚子	趴著
お腹を出す	お腹を膨らませる	腹ばいになる

揉肚子	肚子變大	肚子瘦了
お腹を擦る	お腹が出る	お腹が痩せる

SENTENCES TO USE

肚子很餓所以什麼都想吃。

吃太多了所以肚子很痛。

趴著看書對腰不好。

到了 40 歲之後，肚子就漸漸變大了。

有沒有只瘦肚子的方法？

お腹が空いて何でも食べたい気分だ。

食べ過ぎでお腹が痛いです。

腹ばいになって、本を読むのは腰に良くない。

40 代になって、お腹が出てきました。

お腹だけ痩せる方法ってありますか。

CHAPTER

3

下半身

<ruby>下<rt>か</rt>半<rt>はん</rt>身<rt>しん</rt></ruby>

屁股

左右搖晃屁股、
扭腰擺臀
お尻を
プリプリ振る

搖屁股
お尻を振る

把屁股往後推
お尻を後ろに引く

輕拍屁股
お尻を軽く叩く

抓屁股
お尻を搔く

（啪地一下）打屁股
お尻をピシャリと打つ

拍掉屁股上的灰塵
お尻のほこりを払う

露出屁股
お尻を出す

骨盆

左右移動骨盆
骨盤を左右に動かす

穿垮褲
腰パンする

SENTENCES TO USE

舞者跟著音樂搖晃屁股。
ダンサーが音楽に合わせてお尻を振っている。

她一邊走一邊扭腰擺臀。
彼女はお尻をプリプリ振りながら歩いた。

母親輕拍了小嬰兒的屁股。
ママが赤ちゃんのお尻を軽く叩いた。

被朋友啪地打了一下屁股。
友達にお尻をピシャリと打たれた。

那位穿垮褲的人是你男朋友嗎？
あの腰パンしている人が彼氏なの？

017

腿

翹二郎腿
足を組む

翹腳坐著
足を組んで座る

盤腿坐
あぐらをかく

抖腳
貧乏揺すりをする

伸展雙腿
足を伸ばす

張開雙腿
足を広げる

張開腿坐著
足を広げて座る

合上雙腿
足を閉じる

把腿彎起來
足を曲げる

按摩腿部
足を揉む

抓腿
足を掻く

SENTENCES TO USE

翹腳坐對骨盆不好。

足を組んで座るのは骨盤に良くない。

伸展並張開雙腿拉筋。

足を伸ばしたり広げたりして、ストレッチをする。

不能原諒在地鐵張開雙腿坐著的人。

地下鉄で足を広げて座る人は許せない。

請合上雙腿坐下。

足を閉じて座ってください。

奶奶讓孫子幫她按摩腳。

おばあさんは孫に足を揉んでもらった。

單腳站
片足で立つ

拖著腿、跛腳
足を引きずる

拖著右腿
右足を引きずる

拖著左腿
左足を引きずる

拄拐杖
松葉杖をつく

腳麻
足がしびれる

腳抽筋
足がつる

腳受傷
足を怪我する

腳骨折
足の骨が折れる

截肢
足を切断する

在腳上打石膏
足にギプスをする

用腳絆倒
足をかけて倒す

SENTENCES TO USE

單腳站可以站多久呢？

片足でどのくらい立っていられますか。

他因為發生過意外，所以要輕輕拖著右腿走路。

彼は事故で右足を軽く引きずる。

因為盤腿坐著，所以腳麻了。

あぐらをかいて座っていたので、足がしびれた。

我腳受傷不能跑步了啦。

足を怪我して、走れないよ。

那個男人腳上打了石膏。

その男性は足にギプスをしている。

摸大腿
太<ruby>も<rt>ふと</rt></ruby>もを<ruby>触<rt>さわ</rt></ruby>る

拍打大腿
太<ruby>も<rt>ふと</rt></ruby>もを<ruby>打<rt>う</rt></ruby>つ[<ruby>叩<rt>たた</rt></ruby>く]

捏、掐大腿
太<ruby>も<rt>ふと</rt></ruby>もをつねる

捏捏看大腿，看看是夢境還是現實
<ruby>夢<rt>ゆめ</rt></ruby>かうつつか太<ruby>も<rt>ふと</rt></ruby>もをつねってみる

SENTENCES TO USE

她一邊笑得很大聲一邊拍打坐在隔壁朋友的大腿。

<ruby>彼女<rt>かのじょ</rt></ruby>は<ruby>大声<rt>おおごえ</rt></ruby>で<ruby>笑<rt>わら</rt></ruby>いながら、<ruby>隣<rt>となり</rt></ruby>に<ruby>座<rt>すわ</rt></ruby>っている<ruby>友人<rt>ゆうじん</rt></ruby>の太<ruby>も<rt>ふと</rt></ruby>もを<ruby>叩<rt>たた</rt></ruby>いた。

中了樂透，捏捏大腿看看是夢境還是現實。

<ruby>宝<rt>たから</rt></ruby>くじに<ruby>当<rt>あ</rt></ruby>たって、<ruby>夢<rt>ゆめ</rt></ruby>かうつつか太<ruby>も<rt>ふと</rt></ruby>もをつねってみた。

🎧 018

膝蓋

彎曲膝蓋
膝<ruby>を<rt>ひざ</rt></ruby>曲げる

抬起、立起膝蓋
膝を立てる,
立て膝をする

抱膝
膝を抱える

立起單邊膝蓋
片膝を立てる

跪
ひざまずく

促膝長談
膝を交える,
膝を突き合わせる

匍匐前進
四つんばいになって行く

躺在大腿上
膝枕をする

（想起某件事或表示佩服而）
拍打大腿
膝を打つ

膝蓋擦破皮
膝が擦り剝ける

SENTENCES TO USE

將膝蓋彎曲成 90 度，並維持這個姿勢 10 秒。
膝を 90 度に曲げて、その姿勢で 10 秒数えます。

她抱著膝蓋坐在地上。
彼女は膝を抱えて床に座っていた。

他跪著向女朋友求婚了。
彼は彼女に、ひざまずいてプロポーズをした。

拚命地在陡坡上匍匐前進。
急斜面を四つんばいになって必死に登った。

明明是大人了，卻因為跌倒讓膝蓋擦破皮。
大人なのに、転んで膝が擦り剝けた。

小腿肚

按摩小腿肚
膨（ふく）らはぎをマッサージする

敲打小腿肚
膨（ふく）らはぎを叩（たた）く

鞭打小腿肚
ムチで膨（ふく）らはぎを打（う）たれる

小腿前側

踢小腿
向こうずねを蹴（け）る

撞到小腿
向こうずねをぶつける

小腿擦破皮
向（む）こうずねが擦（す）り剝（む）ける

SENTENCES TO USE

跑完步後，我會按摩小腿肚。
走（はし）った後（あと）は、膨（ふく）らはぎをマッサージする。

我小時候被父母打過小腿。
私（わたし）は幼（おさ）い時（とき）、親（おや）にムチで膨（ふく）らはぎを打（う）たれたことがある。

我在拳擊比賽中被踢了小腿。
格闘技（かくとうぎ）の試合（しあい）で向こうずねを蹴（け）られた。

小腿撞到了床架。
ベッドフレームに向こうずねをぶつけた。

019

腳

腳踩空 （あし）（ふ）（はず） 足を踏み外す	絆倒 （ころ） つまずいて転ぶ	拖著腿、跛腳 （あし）（ひ） 足を引きずる	按摩腳 （あし） 足をマッサージする

跺腳 （あし）（ふ）（な） 足を踏み鳴らす	邁出步伐 （あし）（ふ）（だ） 足を踏み出す	停下腳步 （あし）（と） 足を止める	折返、轉身走掉 （かえ） きびすを返す

用腳踢 （あし）（け） 足で蹴る	用腳踩踏 （あし）（ふ） 足で踏む	跺腳 （あし）（ふ） 足を踏む	齊步走 （あし）（な）（そろ） 足並みを揃える	泡足湯 （あし ゆ） 足湯をする

SENTENCES TO USE

我腳踩了空，從樓梯上摔了下去。

那部電影中，犯人跛著腳走路。

他聽了她的話，轉身離開了。

我在地鐵被穿高跟鞋的女人踩到腳。

（あし）（ふ）（はず）　　　（かいだん）（ころ）（お）
足を踏み外して、階段から転げ落ちた。
（えい が）（はんにん）（あし）（ひ）　　（ある）
その映画で犯人は足を引きずって歩いた。
（かれ）（かのじょ）（はなし）（き）　　　　　　（かえ）　　（い）
彼は彼女の話を聞いて、きびすを返して行った。
（ち か てつ）　　　　　　　　　　（は）　　（じょせい）（あし）（ふ）
地下鉄でハイヒールを履いている女性に足を踏まれた。

踏入、進入（~的世界）
（~界に）足を踏み入れる

開始在（~領域）工作
（~の）分野で仕事を始める

金盆洗手、抽身
足を洗う,手を切る

脚踝

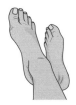

交叉脚踝
足首をクロスする

扭傷脚踝
足首の捻挫をする

轉動脚踝
足首を回す

伸展脚踝
足首を伸ばす

扳脚趾
足指を反らす

被抓住弱點
足元を見られる

在腳踝上裝電子腳鐐
（足首に）電子足輪をつける

SENTENCES TO USE

我踏入了電影業界。　　映画業界に足を踏み入れた。

我想從賽馬中退出了。　　競馬から足を洗いたい。

她坐著時有交叉腳踝的習慣。　　彼女は、座ると足首をクロスする癖がある。

腳很累時可以轉動腳踝。　　足が疲れた時は、足首を回します。

我被客戶抓住了弱點。　　取引先に足元を見られた。

腳底

搔腳底
足<ruby>の<rt>あし</rt></ruby>裏<ruby>を<rt>うら</rt></ruby>くすぐる

抓腳底
足<ruby>の<rt>あし</rt></ruby>裏<ruby>を<rt>うら</rt></ruby>掻<ruby>く<rt>か</rt></ruby>

腳底起水泡
足<ruby>の<rt>あし</rt></ruby>裏<ruby>に<rt>うら</rt></ruby>まめが
できる

腳底長繭
足<ruby>の<rt>あし</rt></ruby>裏<ruby>に<rt>うら</rt></ruby>たこが
できる

腳後跟

踮腳尖
かかとを上<ruby>げる<rt>あ</rt></ruby>

踮起腳尖走路
つま先立<ruby>ちで<rt>さきだ</rt></ruby>歩<ruby>く<rt>ある</rt></ruby>

SENTENCES TO USE

他就算被搔腳底，也不為所動。
彼は足の裏をくすぐられても、びくともしなかった。

今天一整天都穿著新鞋，所以腳底起水泡了。
一日中新<ruby>いちにちじゅうあたら<rt></rt></ruby>しい靴<ruby>く<rt>くつ</rt></ruby>を履<ruby>は<rt></rt></ruby>いていたから、足<ruby>の<rt>あし</rt></ruby>裏<ruby>に<rt>うら</rt></ruby>まめができた。

腳底長繭，所以很難走路。
足<ruby>の<rt>あし</rt></ruby>裏<ruby>に<rt>うら</rt></ruby>たこができて歩<ruby>き<rt>ある</rt></ruby>づらいです。

我踮起腳尖悄悄得走路。
つま先立<ruby>ちで<rt>さきだ</rt></ruby>静<ruby>かに<rt>しず</rt></ruby>歩<ruby>いた<rt>ある</rt></ruby>。

腳趾

扭動腳趾
足の指を
もぞもぞ動かす

張開腳趾
足の指を広げる

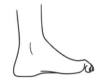

彎曲腳趾
足の指を曲げる

按摩腳趾
足の指を揉む

腳指甲

抓住腳趾
足の指を握る

咬腳趾
足の指を噛む

剪腳指甲
足の指の爪を切る

磨腳指甲
足の指の爪を磨く

塗腳指甲
足の指の爪に塗る

腳指甲脫落
足の指の爪が抜ける

深藏不露
爪を隠す

伸出爪子抓
爪を立てる

SENTENCES TO USE

小嬰兒又舔又咬自己的腳趾。
赤ちゃんは自分の足の指をなめたり噛んだりする。

孩子讓媽媽幫他剪腳指甲。
子供は母親に足の指の爪を切ってもらった。

她做了腳指甲美容。
彼女は足の指の爪にペディキュアを塗っていた。

腳被踩到，後腳指甲就脫落了。
足を踏まれて足の指の爪が抜けた。

真正厲害的人深藏不露。
能ある鷹は爪を隠す。

CHAPTER

4

全身

ぜん　しん
全身

躺下、躺著	仰躺	側身	趴著	蜷縮身體躺下
よこになる	あおむ 仰向けになる	よこむ 横向きになる	ぶ うつ伏せる	からだ まる 体を丸めて よこ 横になる

半夜醒來	醒來	起來、起床	從床上跳起來	從座位上跳起來	站起來、離開座位
よなか 夜中に め 目が覚める	め 目を覚ます	お 起きる	ベッドから と お 飛び起きる	せき た 席を立つ	は お 跳ね起きる

站得直挺挺	踮起腳尖	單腳站立	單腳保持平衡
た まっすぐに立つ	さき だ た つま先立ちになる	かたあし た 片足で立つ	かたあし 片足で と バランスを取る

SENTENCES TO USE

他側身躺下睡著了。
かれ よこむ ね
彼は横向きになって寝ていた。

孩子趴在沙發上。
こども うえ ぶ
子供はソファーの上でうつ伏せになっていた。

他看了一下時鐘，從床上跳了起來。
かれ とけい み と お
彼は時計を見て、ベッドから飛び起きた。

她聽到警鈴聲便跳了起來。
かのじょ ひじょう おと き は お
彼女は非常ベルの音を聞いて跳ね起きた。

今天要做單腳保持平衡的訓練。
きょう かたあし と
今日は片足でバランスを取るトレーニングをします。

身體向（左／右）轉動	探出身體	身體向（左／右）傾斜	身體向前彎
体を (左 / 右に) 回す	身を乗り出す	体を (左 / 右に) 傾ける	前屈する

靠著桌子	趴在桌上	靠著椅背
机に寄りかかる	机にうつ伏せになる	椅子の背もたれに寄りかかる

翹腳坐在椅子上	端正姿勢	搖晃身體	坐立難安
椅子に座って足を組む	姿勢を正す	体を揺する	身をもぞもぞさせる

SENTENCES TO USE

請把身體向右邊轉，並舉起左手。
体を右に回して、左手を上げてください。

她從窗戶探出身體。
彼女は窓から身を乗り出した。

他靠著桌子說話。
彼は机に寄りかかって、話している。

學生們趴在桌上睡覺。
学生たちは机にうつ伏せになって寝ていた。

請端正你的姿勢！
姿勢を正しくするように！

蹲、蹲下
しゃがむ

縮著身體
身<rt>み</rt>をすくめる

趴下身子
身<rt>み</rt>を伏<rt>ふ</rt>せる

蹲坐
うずくまる

身體顫抖
体<rt>からだ</rt>を振<rt>ふ</rt>るわせる

搖搖晃晃、步伐跟蹌
よろよろする

支撐身體
体<rt>からだ</rt>を支<rt>ささ</rt>える

運動
運動<rt>うんどう</rt>する

做熱身運動
準備運動<rt>じゅん び うんどう</rt>をする,
ウォーミングアップをする

SENTENCES TO USE

孩子蹲著躲在郵筒後面。
子供<rt>こども</rt>はポストの後<rt>うし</rt>ろにしゃがんで隠<rt>かく</rt>れていた。

她聽了可怕的故事後身體縮了起來。
彼女<rt>かのじょ</rt>は怖<rt>こわ</rt>い話<rt>はなし</rt>を聞<rt>き</rt>いて身<rt>み</rt>をすくめた。

他喝醉酒，搖搖晃晃地走著。
彼<rt>かれ</rt>はお酒<rt>さけ</rt>に酔<rt>よ</rt>って、よろよろと歩<rt>ある</rt>いた。

規律運動很重要。
規則的<rt>き そくてき</rt>に運動<rt>うんどう</rt>するのが重要<rt>じゅうよう</rt>です。

運動之前，請先做熱身運動！
運動<rt>うんどう</rt>する前<rt>まえ</rt>には、準備運動<rt>じゅん び うんどう</rt>をするように！

2 保養身體

保持身體清潔
体を清潔に保つ

淋浴
シャワーを浴びる

沖冷水澡
冷水シャワーを浴びる

在身上抹沐浴乳
体をボディソープ /
シャワージェルでこする

泡澡
お風呂に入る

泡熱水澡
熱いお風呂に入る

泡在熱水裡
お湯に浸かる

洗半身浴
半身浴をする

取暖
体を暖める, 暖を取る

SENTENCES TO USE

請隨時保持身體的清潔。
体をいつも清潔に保つようにしてください。

就算是夏天我也沒辦法洗冷水澡。
私は夏でも冷水シャワーを浴びることができません。

我現在要回家洗個澡。
これから家に帰ってお風呂に入ります。

泡熱水澡超過 5 分鐘很危險哦！
熱いお風呂に 5 分以上入るのは危険ですよ。

在韓國有很多人會洗半身浴。
韓国では多くの人が半身浴をする。

取暖、溫暖身體
体を暖かくする

用毯子包住身體
毛布で身を包む

把身體埋到沙發裡
ソファーに体を埋める

放鬆身體
体を楽にする

放輕鬆
リラックスする

失去／危害健康
健康を失う / 害する

恢復、康復
回復する

保重身體
体に気をつける

保重身體
体を大事にする

SENTENCES TO USE

請隨時保持身體溫暖。
体をいつも暖かくするようにしてください。

她把身體埋在沙發裡休息。
彼女はソファーに体を埋めて休んでいる。

有句話說「失去健康就什麼也沒有了」。
「健康を失うと全てを失う」という言葉がありますよ。

他做了腦部手術，正在恢復中。
彼は脳の手術を受けて、回復しつつある。

請保重身體。
お体に気をつけて。

3 其他

裝飾打扮
着飾る

打扮得時髦
おしゃれする

看著鏡中的自己
鏡に自分の姿を映して見る

躲起來、隱居
身を隠す

推下去
突き落とす

搜身
ボディーチェックをする

SENTENCES TO USE

打扮得這麼漂亮是要去哪裡呢？　きれいに着飾ってどこに行くの？

她打扮時髦的出門了。　彼女はおしゃれして出かけた。

她穿上新衣服，看著鏡中的自己。　彼女は新しい服を着て、鏡に自分の姿を映して見た。

他遠離世間隱居了。　彼は俗世間から身を隠した。

警察對嫌疑犯進行了搜身。　警察は容疑者のボディーチェックをした。

PART II

日常生活

動作表達

CHAPTER

1

衣著

衣服
い　ふく

穿衣服

🎧 024

穿衣服
ふく き
服を着る

穿褲子
ズボンを履く
は

脱衣服
ふく ぬ
服を脱ぐ

把頭伸進、穿過~
あたま とお
(〜に) 頭を通す

把手臂伸進袖子
そで うで とお
袖に腕を通す

扣扣子
か
ボタンを掛ける

解開扣子
はず
ボタンを外す

拉上拉鍊
あ
ファスナーを上げる

拉下拉鍊
お
ファスナーを下ろす

繫皮帶
し
ベルトを締める

解開皮帶
はず
ベルトを外す

SENTENCES TO USE

他因為要出門所以穿上了衣服。

かれ で ふく き
彼は出かけるために、服を着た。

穿毛衣時要先把頭穿過去。

き とき さき あたま とお
セーターを着る時、先に頭を通します。

小朋友很難把手臂伸進 T 恤的袖子裡。

こども ティー そで うで とお くろう
子供は T シャツの袖に腕を通すのに苦労している。

可以把襯衫的第一顆扣子解開哦！

いちばんうえ はず
シャツの一番上のボタンは外してもいいですよ。

那個學生把運動服上衣的拉鍊拉到脖子。

がくせい うわぎ くび あ
あの学生はジャージの上着のファスナーを首まで上げている。

捲袖子
袖をまくる

捲褲管
ズボンの裾を折り返す

立起領子
襟を立てる

戴帽子
帽子をかぶる

脱帽子
帽子を
脱ぐ[取る]

反戴棒球帽
キャップを後ろ
かぶりにしている

帽子壓低著戴
帽子を目深に
かぶっている

打領巾
首元に
スカーフを巻く

打領帶
ネクタイを締める

解開領帶
ネクタイを外す

重打領帶
ネクタイを締め直す

扣上襯衫的袖扣
シャツのカフス
ボタンを付ける

SENTENCES TO USE

因為很熱，所以他把袖子捲了起來。
暑いので、彼はシャツの袖をまくった。

因為褲子太長所以那個人把褲管捲起來。
その子はズボンの丈が長すぎて、ズボンの裾を折り返した。

風颳得很大，她的風衣領子都立起來了。
風が強く吹いて、彼女はトレンチコートの襟を立てた。

他把帽子脱下來，低下頭跟老師打招呼。
彼は帽子を脱いで、先生に頭を下げて挨拶した。

在面試之前，他重新打了領帶。
彼は面接の前に、ネクタイを締め直した。

戴手套
てぶくろ
手袋をはめる

脱手套
てぶくろ　ぬ　はず
手袋を脱ぐ[外す]

穿鞋子
くつ　は
靴を履く

脱鞋子
くつ　ぬ
靴を脱ぐ

戴戒指
ゆび わ
指輪をはめる

戴耳環／項鍊／手鍊
イヤリング / ネックレス /
ブレスレットをする

披在肩上
かた か
肩掛けする

多層次穿衣
かさ ぎ
重ね着する

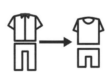
換衣服
ふく　き が
服を着替える

挑衣服／套裝／襯衫
ふく
服 / スーツ / シャツを
えら
選ぶ

SENTENCES TO USE

在美國，進家門前不用脫鞋子。	アメリカでは家に入る時に、靴を脱がない。
她戴上新買的珍珠耳環。	彼女は新しく買った真珠のイヤリングをした。
他把外套披在肩上，走進店裡。	彼はコートを肩掛けして店に入って来た。
因為很冷所以穿了很多層。	寒いので、重ね着した。
他因為流了很多汗，所以換了衣服。	彼は汗をたくさんかいたので、服を着替えた。

025

洗衣服
せんたく
洗濯する

運轉、使用洗衣機
せんたくき まわ つか
洗濯機を回す[使う]

手洗
て あら
手洗いする

分類待洗衣物
せんたくもの わ
洗濯物を分ける

分類白色及有色衣物
しろもの いろもの
白物と色物を
わ
分ける

把待洗衣物放入洗衣機
せんたくき せんたくもの い
洗濯機に洗濯物を入れる

倒入洗衣精／柔軟精
せんざい じゅうなんざい
洗剤／柔軟剤を
い
入れる

沖洗衣物
せんたくもの
洗濯物をすすぐ

衣物脫水
せんたくもの
洗濯物を
だっすい
脱水する

把衣物從洗衣機取出
せんたくき せんたくもの と だ
洗濯機から洗濯物を取り出す

甩衣物
せんたくもの ふ
洗濯物を振る

把衣物掛在曬衣桿上曬乾
せんたくものほし せんたくもの ほ
洗濯物干しに洗濯物を干す

SENTENCES TO USE

今天一定要洗衣服。

我會手洗貼身衣物。

請把待洗衣物放進洗衣機，並倒入洗衣精。

請把洗好的衣物從洗衣機拿出來曬乾。

請把洗好的衣物充分甩過之後再晾起來。

きょう せんたく
今日は洗濯しなければなりません。
わたし したぎ てあら
私は下着は手洗いしますよ。
せんたくき せんたくもの い せんざい い
洗濯機に洗濯物を入れて洗剤を入れてください。
せんたくき せんたくもの と だ ほ
洗濯機から洗濯物を取り出して干してください。
せんたくもの ふ ほ
洗濯物をしっかり振ってから干してください。

収衣服
洗濯物<ruby>を<rt>せんたくもの</rt></ruby>取り込む

把衣物放進烘乾機
洗濯物を乾燥機に入れる

把衣物從烘乾機取出
洗濯物を乾燥機から取り出す

曬衣服
洗濯物を干す

折衣服
洗濯物を畳む

煮沸清洗
煮洗いする

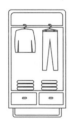

煮沸衣物
洗濯物を煮沸する

黏在衣服上
服に糊付けする

熨燙
アイロンをかける

噴水
水でスプレーする

把衣服放進衣櫃
服をタンスにしまう

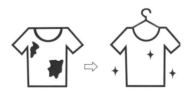

漂白衣服
服を漂泊する

送乾洗
ドライクリーニングに出す

SENTENCES TO USE

把衣物從烘乾機拿出來後要折好。
洗濯物を乾燥機から取り出したら畳まないと。

今天必須要燙 5 件襯衫。
今日はシャツ 5 枚にアイロンをかけなければなりません。

燙衣服之前，請先把衣服噴濕。
アイロンをかける前に、服に水でスプレーしてください。

折好的衣服請收進衣櫃。
畳んだ服はタンスにしまってください。

今天要把冬天的衣服送去乾洗。
今日は冬服をドライクリーニングに出した。

3 修繕衣服、縫紉、製作衣服

修補衣服
服を繕う

改短褲長／裙長／袖長
ズボンの丈 / スカートの丈 / 袖丈を詰める

將衣寬改窄
服の幅を詰める

縫
縫う

拿線穿針
針穴に糸を通す

縫補襪子的破洞
靴下の穴を縫う

自己做衣服
服を自分で作る

使用縫紉機
ミシンを使う

用縫紉機縫製
ミシンで縫う

SENTENCES TO USE

為什麼沒辦法縫直線呢？	なんでまっすぐに縫えないんだろう。
因為老花眼無法把線穿過針。	老眼で針穴に糸が通せない。
我把襪子的破洞補起來後再穿上。	私は靴下の穴を縫ってまた履いた。
那個女生偶爾會穿自己做的衣服。	その女性はたまに服を自分で作って着る。
她用縫紉機做了墊子。	彼女はミシンを使ってクッションを作った。

自助洗衣坊使用方式

準備零錢
小銭（こぜに）を用意（ようい）する

把紙鈔換成零錢
紙幣（しへい）を小銭（こぜに）に
両替（りょうがえ）する

購買洗衣片跟柔軟片
洗剤（せんざい）と柔軟剤（じゅうなんざい）シートを
購入（こうにゅう）する

挑選洗衣機
洗濯機（せんたくき）を選（えら）ぶ

放入待洗衣物
洗濯物（せんたくもの）を入（い）れる

倒入洗衣精
洗剤（せんざい）を入（い）れる

緊緊關上洗衣機的門
洗濯機（せんたくき）のドアを
しっかり閉（し）める

選擇洗衣行程
洗濯（せんたく）コースを
選（えら）ぶ

投入硬幣
コインを入（い）れる

取出衣物
洗濯物（せんたくもの）を取（と）り出（だ）す

把衣物放入烘乾機
洗濯物（せんたくもの）を乾燥機（かんそうき）に入（い）れる

放入柔軟片
柔軟剤（じゅうなんざい）シートを
入（い）れる

Dry normal, low heat　Dry normal, medium heat　Dry normal, high heat

設定烘乾機的溫度
乾燥温度（かんそうおんど）を設定（せってい）する

投入硬幣
コインを入（い）れる

按下開始按鈕
スタートボタンを押（お）す

CHAPTER

2

飲食

しょく ひん
食品

處理與保管食材

將餐具收入餐櫃
食器棚にしまう

放進冷藏室（冰箱）／
冷凍庫
冷蔵庫／冷凍庫に
入れる

冷藏保存
冷蔵保存する

冷凍保存
冷凍保存する

從冷藏室（冰箱）／冷凍庫取出
冷蔵庫／冷凍庫から
取り出す

冷凍
冷凍する

解凍
解凍する

洗米
お米を研ぐ

把米泡水
お米を水に浸ける

洗菜
野菜を洗う

事前準備蔬菜、備料
野菜を下ごしらえする

去除肉的脂肪
肉の脂肪を取り除く

SENTENCES TO USE

他把買回來的食物立刻放進冰箱。
彼は買ってきた食品をすぐに冷蔵庫に入れた。

這個食物一定要放冷凍保存。
この食品は冷凍保存しなければならない。

我把肉從冷凍庫拿出來解凍。
私は冷凍庫から肉を取り出して解凍した。

先把米洗乾淨泡在水裡。
お米を研いで水に浸けておいた。

把蔬菜做更容易使用的處理後，先冰進冷凍庫。
野菜を使いやすく下ごしらえして冷凍しておきます。

切魚、處理魚
魚をさばく

將魚的內臟取出
魚の内臓を取る

將壞掉的部分挖掉
傷んだ部分を抉る

削皮
皮をむく

切
切る

切塊
ぶつ切りに
する

去魚骨
魚の骨を抜く

切碎
切り刻む

切絲
千切りに
する

切片
薄切りにする

切丁
さいの目切りに
する

把肉剁碎
肉を細かく切り刻む

研磨
挽く

用刨絲器刨絲
下ろし金で下ろす

榨汁
汁を絞る

SENTENCES TO USE

處理魚很困難。

魚をさばくのは難しい。

請取出鯖魚的內臟，並將它切塊。

サバは内臓を取って、ぶつ切りにしてください。

放進壽司卷的紅蘿蔔要切絲。

のり巻きに入れるにんじんは、千切りにします。

請把要放進咖哩的馬鈴薯切成丁。

カレーに入れるじゃがいもは、さいの目切りにしてください。

為了做餃子把肉剁碎了。

ギョーザを作るために、肉を細かく切り刻んだ。

029

煮飯
ご飯を炊く

醃泡菜
キムチを漬ける

用鹽醃漬
塩に漬け込む

製作醃菜
ピクルスを作る

用辛香料醃漬
薬味に漬け込む

調味
味付けする

拌
和える

蒸
蒸す

燙青菜
野菜を茹でる

煮、燉
煮る

小火燉煮
とろ火で煮る

油煎
油で焼く

油炸
油で揚げる

SENTENCES TO USE

他生平第一次煮飯。
彼は生まれて初めてご飯を炊いた。

醃泡菜這件事，比我想像中還簡單。
キムチを漬けることは、思ったよりは難しくなかった。

在韓國，會把五花肉用辛香料醃過後再料理。
韓国では、カルビを薬味に漬け込んでから料理する。

我會用味噌和胡麻油涼拌小菜。
私は味噌とゴマ油を入れてナムルを和えた。

蛋要用中火煮 15 分鐘左右。
卵は中火で 15 分ぐらい茹でる。

炒
炒める

翻面
引っくり返す

烤麵包
パンを焼く

用烤箱或火烤
オーブンや火で焼く

用烤網或烤架烤
焼き網やグリルで焼く

直火烤肉
肉を直火焼きにする

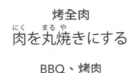

烤全肉
肉を丸焼きにする

BBQ、烤肉
バーベキューをする

攪拌
かき混ぜる

混合（混在一起）
混ぜる[混ぜ合わせる]

搗碎、壓碎
潰す

把（蛋等等）攪拌至打發
(卵などを) かき混ぜて泡立てる

SENTENCES TO USE

先炒菜，再加入番茄醬調味。
野菜を炒めてから、ケチャップを入れて味をつけます。

要把韓式煎餅漂亮地翻面很困難。　　チヂミをきれいに引っくり返すのは難しい。

昨天晚上我們在院子裡烤肉。　　昨日の夜、庭でバーベキューをしました。

請把煮好的馬鈴薯壓碎，再把它跟美乃滋、鹽、胡椒攪拌混合。
茹でたじゃがいもを潰して、マヨネーズ、塩、コショウを入れて混ぜ合わせてください。

先用打蛋器將鮮奶油攪拌至打發。　　泡立器でクリームをかき混ぜて泡立てておきます。

倒入	加鹽	塗（奶油、果醬）	打蛋
そそ 注ぐ	しお 塩をかける	ぬ (バター、ジャムなどを) 塗る	たまご わ 卵を割る

和麵粉	揉麵團	發酵麵糰
こ むぎ こ 小麦粉をこねる	き じ 生地をこねる	き じ はっこう 生地を発酵させる

擀麵糰	使用餅乾壓模
き じ の 生地を伸ばす	かた つか クッキー型を使う

SENTENCES TO USE

在蕃茄上加一點鹽很好吃唷！
しお すこ　　　　 た
トマトに塩を少しかけて食べるとおいしいよ。

那個孩子生平第一次打了蛋。
こ う　　 はじ　　 たまご わ
その子は生まれて初めて卵を割ってみた。

請揉麵團揉 30 分鐘左右。
こ じ　　 さんじゅっ ぶん
生地を 30 分ほどこねてください。

請把麵團放在溫暖的地方一小時左右，讓它發酵。
き じ　 あた　　 ところ いち じ かん お　　　　 はっこう
生地を暖かい所に 1 時間ほど置いて、発酵させてください。

我用餅乾壓模做了餅乾。
わたし　　　　　　　　 かた つか　　　　　　　　 つく
私はクッキー型を使って、クッキーを作った。

轉小／轉大瓦斯爐的火
ガスコンロの火を
小さくする /
大きくする

切斷瓦斯
ガスを遮断する

開／關瓦斯爐
ガスコンロの火をつける / 消す

關／開瓦斯的總開關
ガスの元栓を締める / 開ける

用電子鍋煮飯
炊飯器でご飯を炊く

用微波爐加熱
電子レンジで温める

烤吐司
トーストを焼く

用烤箱烤麵包
オーブンでパンを焼く

用烤箱烤肉
オーブンで肉を焼く

用氣炸鍋做料理
ノンフライヤーで料理する / 作る

SENTENCES TO USE

水燒開之後，請把瓦斯爐的火轉小。
お湯が沸いたら、ガスコンロの火を小さくしてください。

用完瓦斯爐之後，請把總開關關掉。
ガスコンロを使い終わったら、ガスの元栓を締めるください。

用微波爐加熱約 3 分鐘即可享用。
電子レンジで 3 分ぐらい温めてお召し上がりください。

吃了塗上奶油跟果醬的烤吐司。
トーストを焼き、バターとジャムを塗って食べた。

氣炸鍋不需要油就可以做健康料理。
ノンフライヤーで油を使わないヘルシーな料理が作れます。

用電熱水壺燒水
やかん／電気ポットで
お湯を沸かす

用咖啡機泡咖啡
コーヒーメーカーで
コーヒーを淹れる

在砧板上切菜
まな板の上で切る

使用攪拌機
ミキサーに
かける

用料理秤秤重
キッチンスケールで
重さを計る

用篩子篩
ふるいに掛ける

用抹布擦餐桌
布巾で食卓を拭く

打開抽油煙機
レンジフードを
つける

把餐具放進洗碗機
食器洗い機に
器を入れる

打開洗碗機的電源
食器洗い機の電源を入れる

使用洗碗機
食器洗い機を使う

穿圍裙
エプロンをする

SENTENCES TO USE

請用電熱水壺燒水。　　　　　　　電気ポットでお湯を沸かしてください。

她在砧板上切了豆腐。　　　　　　彼女はまな板の上で豆腐を切った。

這個是用攪拌機加入蔬菜水果做的飲料哦！

これは野菜と果物をミキサーにかけて作ったドリンクですよ。

用料理秤秤了秤砂糖的重量。　　　キッチンスケールで、砂糖の重さを計ってみた。

能幫我把餐具放進洗碗機嗎？　　　食器洗い機に器を入れてくれない？

4 吃東西、招待

吃飯、用餐
_{しょくじ}
食事をする

吃早餐／午餐／晚餐
_{あさ}_{はん}_{ひる}_{はん}_{ばん}_{はん}_た
朝ご飯 / 昼ご飯 / 晩ご飯を食べる

吃點心
_た
おやつを食べる

吃宵夜
_や_{しょく}_た
夜食を食べる

拿食物吃
_{りょう}_り_と_た
料理を取って食べる

食物分著吃、分食
_{りょう}_り_わ
料理を分けて
_た
食べる

推薦料理
_{りょう}_り_{すす}
料理を勧める

準備用餐
_{しょく}_じ_{よう}_い
食事の用意をする

收拾盤子
_{さら}
お皿をさげる

用勺子撈
_{しゃく}_し
杓子ですくう

用飯匙盛飯
_{はん}
しゃもじでご飯をよそう

SENTENCES TO USE

點心吃番茄跟蘋果。

おやつには、トマトやリンゴを食べます。

我必須把吃宵夜的習慣改掉。

私は夜食を食べる習慣を捨てなければならない。

請把食物分裝到小碟子裡吃。

料理は取り皿に取って食べてください。

那家餐廳會有機器人幫忙做用餐的準備。

あのレストランでは、ロボットが食事の用意をしてくれるよ。

請問可以將盤子收走了嗎？

お皿をさげてもよろしいですか。

用湯匙舀

スプーンですくう

用筷子夾

箸でつかむ

用叉子叉

フォークで刺す

用湯匙／筷子／
叉子／
刀子

スプーン / 箸 /
フォーク /
ナイフを使う

用刀子切

ナイフで切る

咀嚼（食物）

(食べ物を) 噛む

表示閉上嘴巴
咀嚼的狀態

もぐもぐさせる

吞下（食物）

(食べ物を) 飲み込む

喝湯

お汁を飲む

咕嚕咕嚕地喝、大口喝

がぶがぶと飲む

用萵苣／芝麻葉包肉吃

肉をサンチュ / ゴマの葉に
包んで食べる

SENTENCES TO USE

我不擅長用筷子，所以用筷子把東西夾起來對我來說很困難。

私は箸の使い方が下手だから、箸でつかむのが大変だ。

因為牙齒痛，所以沒辦法咀嚼食物。

歯が痛くて、食べ物がよく噛めない。

有時候會很難吞嚥食物。

食べ物が飲み込みにくい時があります。

在韓國，會把肉包在萵苣跟芝麻葉裡吃。

韓国では、お肉をサンチュとゴマの葉に包んで食べる。

狼吞虎嚥
ガツガツ食べる

一點一點慢慢吃
チビチビ食べる

吃東西發出聲音
クチャクチャ音を
立てて食べる

（因為美味）
發出嘖嘖聲
舌鼓を打つ

硬吞
無理に飲み込む

（把食物）吐出來
（食べ物を）吐く

用餐巾紙擦嘴巴
ナプキンで口を拭く

端出（料理）、出餐
（料理を）出す

外帶（食物）
（料理を）持ち帰る

SENTENCES TO USE

因為肚子太餓了，所以狼吞虎嚥。

不要吃這麼慢，趕快吃一吃。

吃東西請不要發出聲音。

因為暈車差點吐了出來。

吃不完的食物我要外帶。

お腹が空きすぎてたから、ガツガツ食べた。

チビチビ食べないで、サッサと食べなさい。

クチャクチャ音を立てて食べないで。

車酔いで吐きそうになった。

食べ残した料理は持ち帰ります。

CHAPTER

3

外食

<ruby>外<rt>がい</rt></ruby><ruby>食<rt>しょく</rt></ruby>

選飲料
（の）（もの）（えら）
飲み物を選ぶ

點飲料
（の）（もの）（ちゅうもん）
飲み物を注文する

付飲料錢
（の）（ものだい）（し）（はら）
飲み物代を支払う

用兌換券買飲料
（の）（もの）
ギフティコンで飲み物を
（こうにゅう）
購入する

用兌換券換飲料
ギフティコンを
（の）（もの）（こうかん）
飲み物に交換する

刷兌換券的條碼
ギフティコンの
（よ）（と）
バーコードを読み取る

用點餐機點餐
キオスクで
（ちゅうもん）
注文する

在螢幕上確認號碼
（ひょう じ き）（ばんごう）
表示器で番号を
（かくにん）
確認する

取餐呼叫器在響
（よ）（だ）
呼び出しベルが
（な）
鳴る

拿取點的飲料
（ちゅうもん）（の）（もの）
注文した飲み物を
（う）（と）
受け取る

追加糖漿
シロップを
（つい か）
追加する

SENTENCES TO USE

選好飲料之後，請到櫃台點餐。

（の）（もの）（えら）（ちゅうもん）
飲み物を選んだら、カウンターで注文してください。

用朋友給我的兌換券換飲料。

（とも）（の）（もの）（こうかん）
友だちにもらったギフティコンを飲み物に交換した。

用點餐機點餐，就座後，機器人會把飲料送過來。

（ちゅうもん）（せき）（すわ）（せき）（の）（もの）（も）
キオスクで注文して、席に座っていると、ロボットが席へ飲み物を持ってくる。

取餐呼叫器響了之後，請到櫃台拿取你點的飲料。

（よ）（だ）（な）（い）（の）（もの）（う）（と）
呼び出しベルが鳴ったら、カウンターに行って飲み物を受け取って。

（在咖啡廳等地方）佔位子

（カフェなどで）
席を取る

喝（飲料）

（ドリンクを）飲む

交談、聊天

おしゃべりをする

喝咖啡

コーヒーを飲む

上廁所

トイレを利用する

外帶

テイクアウトする

掃描QR code

QRコードを読み取る

歸還使用完畢的餐具

使用済みの食器を返却する

SENTENCES TO USE

我們在咖啡廳一邊喝咖啡一邊聊天。

私たちはカフェでコーヒーを飲みながらおしゃべりをした。

她為了要上廁所，到咖啡廳買了飲料。

彼女はトイレを利用するために、カフェに行って飲み物を買った。

我外帶了一杯冰拿鐵。　　　　　　　　　　私はアイスカフェラテを１杯テイクアウトした。

請歸還使用完畢的餐具。　　　　　　　　　使用済みの食器は返却してください。

033

訂位
せき を よやく する
席を予約する

排隊等候
なら ま
並んで待つ

在等候名單上填上名字
ウェーティングリストに
な つら
名を連ねる

選擇菜單
えら
メニューを選ぶ

呼叫店員
てんいん よ
店員さんを呼ぶ

推薦菜單
すす
メニューを勧められる

讓我看看酒單
み
ワインリストを
見せてもらう

點餐
しょくじ ちゅうもん
食事を注文する

把湯匙和筷子放在桌上
テーブルに
はし お
スプーンと箸を置く

把水倒入杯子裡
みず そそ
コップに水を注ぐ

SENTENCES TO USE

我在那家餐廳訂了 6 人的位子。

わたし ろく にんよう せき よやく
私はそのレストランに、6 人用の席を予約した。

那家餐廳很受歡迎，必須排隊才能進去。

しょくどう にんき なら ま
その食堂は人気があって、並んで待たなければなりません。

在等候名單上填了名字後等了 30 分鐘。

な つら さんじゅっぷん ま
ウェーティングリストに名を連ねて 30 分待った。

店員推薦的菜很好吃唷！

てんいん すす
店員さんに勧められるメニューはおいしいよ。

把水倒入杯子裡，等待上菜。

みず そそ りょうり で ま
コップに水を注いで、料理が出るのを待っている。

要求提供分裝的盤子
取り皿を頼む

加點餐點
料理を追加する

在烤網上烤肉
肉を焼網で焼く

把肉翻面
肉を裏返す

用剪刀剪肉
肉をはさみで切る

切牛排
ステーキを切る

用叉子捲起義大利麵
スパゲッティをフォークにグルグル巻く

拍餐點的照片
料理の写真を撮る

打翻食物
食べ物をこぼす

打翻水
お水をこぼす

在餐點裡發現頭髮
料理で髪の毛を見つける

抱怨餐點
料理に文句を言う

SENTENCES TO USE

請店員提供分裝的盤子。
店員さんを呼んで取り皿を頼んだ。

在韓國，會用剪刀剪開烤好的肉。
韓国では、焼いた肉をはさみで切る。

她用叉子捲起義大利麵吃。
彼女はスパゲッティをフォークにグルグル巻いて食べた。

她拍了餐點的照片，傳到社群軟體上。
彼女は料理の写真を撮って SNS にアップする。

特意做的餐點卻收到抱怨。
せっかく作った料理に文句を言われた。

用外帶餐盒打包吃不完的餐點
食べきれなかった料理を
ドギーバッグで持ち帰る

結帳
お会計する

拿收據
レシートをもらう

平均分攤錢
割り勘にする

一人一半
半分にする

各付各的
別々にする

掃描QR code
QRコードを読み取る

點外帶餐點
テイクアウトの
注文をする

打電話點餐
電話で料理を
注文する

用外送app點餐
出前アプリで料理を
注文する

SENTENCES TO USE

用外帶餐盒把在餐廳吃不完的餐點打包回家。
食堂で食べきれなかった料理をドギーバッグで家に持ち帰った。

請幫我結帳。
お会計、お願いします。

結帳時各付各的吧！
お会計は別々にしましょうか。

打電話可以點外帶餐點嗎？
電話でテイクアウトの注文ができますか。

最近用外送平台點餐的人很多。
最近は出前アプリで料理を注文する人が多い。

CHAPTER

4

居住

住居
じゅう きょ

各地點行為 ①─臥室

034

上床睡覺
とこ
床につく

晚安（較有禮貌）
おやすみなさい

晚安
おやすみ

設定鬧鐘
せってい
アラームを
設定する

戴上（睡覺用的）眼罩
すいみんよう
(睡眠用)
アイマスクをする

睡不著
ね
寝そびれる

入睡
ねい
寝入る

睡覺
ね
寝る

仰睡、正睡
あおむ　　ね
仰向けで寝る

側睡
よこむ　　ね
横向きで寝る

睡覺翻身
ね がえ　　う
寝返りを打つ

說夢話
ねごと　　い
寝言を言う

打呼
いびきをかく

磨牙
は
歯ぎしりをする

SENTENCES TO USE

因為明天一定要早起出門，設了五點的鬧鐘。
あした　はや　　で　　　　　　　　　　　　　　　　　　めざ　　　どけい　　　　　　　　　　　ごじ　せってい
明日、早く出なければならないので、目覚まし時計のアラームを 5 時に設定した。

我平常都側睡。
わたし　ふつう　　よこむ　　　　ね
私は普通、横向きで寝る。

你昨天晚上說了夢話喔！
　　　　　　きのう　よる　　ねごと　　い
あんた、昨日の夜、寝言を言ってたよ。

我丈夫打呼打得很厲害。
　　　　おっと
うちの夫はひどくいびきをかきます。

我弟弟睡覺時會磨牙。
わたし　おとうと　　ね　　　　　とき　　　　は
私の弟は寝ている時に、歯ぎしりをします。

整理床鋪
ベッドメイク
する

在地上鋪床鋪
床に布団を敷く

折被子
布団を畳む

蓋被子
布団を掛ける

（睡覺時）踢被子
（寝ながら）
布団を蹴る

換床單
シーツを
交換する

換枕頭套
枕カバーを
交換する

醒來、睡醒
目覚める

從被窩出來、起床
寝床から出る

從床上掉下來
ベッドから落ちる

關掉鬧鐘
アラームを
止める

伸展
伸びをする

打哈欠
あくびをする

穿／脫睡衣
パジャマを
着る／脱ぐ

穿衣服
服を着る

SENTENCES TO USE

妻子每天早上都會整理床鋪後再出門。
妻は毎朝、ベッドメイクして出かけます。

鋪床鋪睡覺是沒什麼關係，但折被子很麻煩。
布団を敷いて寝るのはいいけど、畳むのが面倒くさい。

你枕頭套每隔幾天會換一次呢？
枕カバーは、何日おきに交換しますか。

她從被窩出來，伸展了一下。
彼女は寝床から出て、伸びをしました。

他脫掉睡衣穿上了衣服。
彼はパジャマを脱いで服を着た。

各地點行為 ②—客廳、書房

休憩を取る
きゅうけい と
休息

休む
やす
休息

ソファーで横になる
よこ
躺在沙發上

窓の外を眺める
まど そと なが
眺望窗外

本を読む
ほん よ
讀書

絵を描く
え えが
畫畫

ギターを弾く
彈吉他

ピアノを弾く
ひ
彈鋼琴

SENTENCES TO USE

她回到家後，看著電視舒服地休息。
彼女は家に帰ると、テレビを見ながらゆっくり休む。
かのじょ いえ かえ み やす

我上週日一整天躺在沙發上看電視。
先週の日曜日は、一日中ソファーで横になってテレビを見た。
せんしゅう にちようび いちにちじゅう よこ み

我家的貓喜歡坐在貓跳台上眺望窗外。
うちの猫はキャットタワーに座って、窓の外を眺めるのが好きだ。
ねこ すわ まど そと なが す

他週末會在書房看書畫畫。
彼は週末には書斎で本を読んだり、絵を描いたりする。
かれ しゅうまつ しょさい ほん よ え えが

做體操
体操<ruby>たいそう</ruby>をする

做瑜珈
ヨガをする

上網
ネットサーフィンをする

玩電腦遊戲
<ruby>ピーシー</ruby>PCゲームをする

上／滑社群網站
<ruby>エスエヌエス</ruby>SNSをチェックする

看電視 ／ Netflix ／ Youtube
テレビ/映画<ruby>えいが</ruby>/ネットフリックス/YouTube<ruby>ユーチューブ</ruby>を見<ruby>み</ruby>る

SENTENCES TO USE

我每天都會在客廳做瑜珈。
私<ruby>わたし</ruby>は毎日<ruby>まいにち</ruby>、リビングルームでヨガをします。

我在書房上上網，看看 Netflix。
私<ruby>わたし</ruby>は書斎<ruby>しょさい</ruby>でネットサーフィンをしたり、ネットフリックスを見<ruby>み</ruby>たりします。

她用手機滑社群網站。
彼女<ruby>かのじょ</ruby>はスマホで<ruby>エスエヌエス</ruby>SNS をチェックしている。

他回到家後，一邊吃晚餐一邊看 Youtube 影片。
彼<ruby>かれ</ruby>は家<ruby>いえ</ruby>に帰<ruby>かえ</ruby>ったら、夕食<ruby>ゆうしょく</ruby>を食<ruby>た</ruby>べながら YouTube<ruby>ユーチューブ</ruby> の動画<ruby>どうが</ruby>を見<ruby>み</ruby>る。

036

煮飯做菜
料理する
（りょうり）

煮飯做菜
料理を作る
（りょうり）（つく）

烤麵包
パンを焼く
（や）

泡咖啡
コーヒーを淹れる
（い）

做便當
お弁当を作る
（べんとう）（つく）

在餐桌上擺餐具
食卓に食器を並べる
（しょくたく）（しょっき）（なら）

吃飯
(食べ物を) 食べる
（た）（もの）（た）

吃早餐／午餐／晚餐
朝食 / 昼食 / 夕食を食べる
（ちょうしょく）（ちゅうしょく）（ゆうしょく）（た）

整理餐桌
食卓を片付ける
（しょくたく）（かたづ）

洗碗
皿洗いをする
（さらあら）

SENTENCES TO USE

我最近開始烤自己做的麵包。

她早上一起床會先泡咖啡。

我每天早上會做便當帶出門。

我吃完飯後會立刻洗碗。

私は最近、手作りパンを焼き始めた。
（わたし）（さいきん）（てづく）（や）（はじ）

彼女は朝起きたら、真っ先にコーヒーを淹れる。
（かのじょ）（あさお）（ま）（さき）（い）

私は毎朝、お弁当を作って出勤します。
（わたし）（まいあさ）（べんとう）（つく）（しゅっきん）

食事が終わったら、すぐ皿洗いをします。
（しょくじ）（お）（さらあら）

打開洗碗機的電源
食器洗い機の電源を入れる

把餐具放進洗碗機
食器洗い機に食器を入れる

使用洗碗機
食器洗い機を使う

整理冰箱
冷蔵庫を整理する

清理冰箱
冷蔵庫を掃除する

處理廚餘
生ゴミを処理する

打開抽油煙機
キッチンフードをつける

SENTENCES TO USE

我負責做飯，丈夫負責把餐具放進洗碗機裡。
私は料理をして、夫は食器洗い機に食器を入れる。

冰箱必需要定期清理。
冷蔵庫は定期的に掃除しなければならない。

因為處理廚餘很麻煩，因此買了廚餘機。
生ゴミを処理するのが面倒で、生ゴミ処理機を買った。

在做飯的時後，請把抽油煙機打開。
料理をする時は、キッチンフードをつけてください。

洗手	洗臉	刷牙	使用牙線	使用牙間刷
手を洗う	顔を洗う	歯を磨く	デンタルフロスを使う	歯間ブラシを使う

刮鬍子	洗頭	吹頭髮	梳頭	護髮
ひげを剃る	髪を洗う	髪を乾かす	髪をとかす	髪の手入れをする

擦乳霜
クリームを塗る

洗澡（淋浴）	洗澡（泡澡）	放泡澡水	擦化妝水／乳液	擦身體乳
シャワーを浴びる	お風呂に入る	お風呂に水を溜める	化粧水／乳液をつける	ボディローションを塗る

SENTENCES TO USE

外出回來後，請一定要用肥皂洗手。
外出から帰ってきたら、必ず石けんで手を洗ってください。

刷牙前請先用牙線。
歯を磨く前に、デンタルフロスを使ってください。

晚上睡覺前，洗個頭比較好。
夜寝る前に、髪を洗った方がいい。

用溫水洗澡會比較好。
シャワーはぬるま湯で浴びた方がいい。

皮膚乾燥的話，請擦上身體乳液。
肌が乾燥したら、ボディローションを塗ってください。

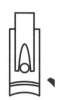			
剪指甲 爪を切る	染色 染める	化妝 化粧する	卸妝 化粧を落とす

尿尿／上小號 おしっこをする / 小便をする	大便／上大號 うんこをする / 大便をする	使用免治馬桶 ウォシュレットを 使う	上廁所沖水、沖馬桶 トイレの水を 流す

通馬桶 詰った便器を 直す	打掃浴室 風呂場の 掃除をする	打掃浴缸 お風呂を 掃除する	把衛生紙掛在衛生紙架上 トイレットペーパー ホルダーにトイレット ペーパーを掛ける

SENTENCES TO USE

指甲剪太短了很痛。
爪を切りすぎて痛いです。

他把頭髮染成藍色。
彼は髪の毛を青に染めた。

比起化妝，卸妝更重要。
化粧をすることより、化粧を落とすことがもっと重要だ。

有些人上廁所會忘記沖水。
トイレの水を流し忘れる人がいる。

浴室不打掃的話會發霉。
風呂場の掃除をしないと、カビが生える。

各地點行為 ⑤──洗衣間、陽台、倉庫

洗衣服
せんたく
洗濯する

用洗衣機洗衣服
せんたく き あら
洗濯機で洗う

分類待洗衣物
せんたくもの ぶんるい
洗濯物を分類する

分類白色及有色衣物
しろもの いろもの
白物と色物を
わ
分ける

把待洗衣物放入洗衣機
せんたくき せんたくもの
洗濯機に洗濯物を
い
入れる

倒入洗衣精／柔軟精
せんざい じゅうなんざい
洗剤／柔軟剤を
い
入れる

把衣物從洗衣機取出
せんたくき せんたくもの
洗濯機から洗濯物を
と だ
取り出す

把衣物掛在曬衣桿上曬乾
もの ほ づな もの ほ
物干し綱／物干しに
せんたくもの ほ
洗濯物を干す

收衣服
せんたくもの と こ
洗濯物を取り込む

放烘乾機烘乾
かんそう き
乾燥機にかける

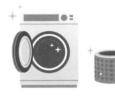

清洗洗衣槽
せんたくそう そうじ
洗濯槽を掃除する

SENTENCES TO USE

託洗衣機的福，洗衣服變輕鬆了。
せんたくき　　　　　　　　せんたく　　　　　　らく
洗濯機のおかげで、洗濯することが楽になった。

白色和有顏色的衣服一定要分開洗。
しろもの　いろもの　わ　　　　せんたく
白物と色物を分けて洗濯しなければならない。

衣服洗好之後，請把它從洗衣機裡拿出來。
あら　お　　　　　　せんたくき　　せんたくもの　と　だ
洗い終わったら、洗濯機から洗濯物を取り出してください。

她收完衣服就馬上折好。
かのじょ　せんたくもの　と　こ　　　　　　たた
彼女は洗濯物を取り込んだら、すぐ畳む。

這件衣服可以放烘乾機烘乾嗎？
ふく　かんそうき　　　　　　だいじょうぶ
この服、乾燥機にかけても大丈夫ですか。

種（培養）植物／花／蔬菜
植物 / 花 / 野菜を
育てる

幫植物／花／蔬菜澆水
植物 / 花 / 野菜に水を
あげる

用水打掃陽台
ベランダを水で
掃除をする

把陽台裝飾成家庭咖啡廳

ベランダをホームカフェにする

把物品放在櫥櫃裡保管
クローゼットに物を
保管する

收在櫥櫃裡
クローゼットに収納する

堆積在櫥櫃裡
クローゼットに積み重ねる

從櫥櫃裡拿出來
クローゼットから取り出す

SENTENCES TO USE

我媽媽在陽台種了很多植物。
うちの母はベランダで、植物をたくさん育てる。

出門前請幫花澆水。
出かける前に、お花に水をあげなさい。

我今天用水打掃了陽台。
私は今日、ベランダを水で掃除をした。

櫥櫃裡保管了平常不會使用的物品。
クローゼットには、普段は使わない物を保管している。

因為天氣變熱，所以把電風扇從櫥櫃裡拿出來了。
暑くなったので、クローゼットから扇風機を取り出した。

停車
ちゅうしゃ
駐車する

把車開出停車場
ちゅうしゃじょう
駐車場から
くるま だ
車を出す

打開／關上車庫的門
とびら
ガレージの扉を
あ し
開ける / 閉める

自助洗車
て あら せんしゃ
手洗い洗車を
する

舉辦烤肉派對
バーベキュー
パーティーを
する

種（種植）樹／花
き はな う
木 / 花を植える

在自家菜園種菜
か ていさいえん や さい
家庭菜園で野菜を
そだ
育てる

在自家菜園施肥
か ていさいえん
家庭菜園に
ひ りょう
肥料をやる

採收蔬菜
や さい
野菜を
しゅうかく
収穫する

設計庭園造景
にわづく
庭作りをする

鋪人工草皮
じんこうしば し
人工芝を敷く

除草、割草
しば か
芝刈りを
する

拔草
ざっそう
雑草を
ぬ
抜く

SENTENCES TO USE

他總是去自助洗車。

かれ て あら せんしゃ
彼はいつも手洗い洗車をする。

上週六在我家頂樓和朋友一起舉辦烤肉派對。
せんしゅう ど ようび いえ おくじょう ともだち
先週の土曜日に、家の屋上で友達とバーベキューパーティーをした。

她在她們家的菜園裡種了各式各樣的蔬菜。
かのじょ か ていさいえん や さい そだ
彼女は家庭菜園で、いろいろな野菜を育てる。

全家一起設計了庭園造景。
か ぞく にわづく
家族みんなで庭作りをした。

在庭院和頂樓鋪了人工草皮。
にわ おくじょう じんこうしば し
庭と屋上に人工芝を敷いた。

7 打掃家裡、其他家事

打掃家裡

打掃房子
家の掃除を
する

用吸塵器
掃除機をかける

充（電）吸塵器
掃除機を
充電する

用掃把掃
ほうきで掃く

用竹耙掃落葉
落ち葉を
熊手で
かき集める

用拖把拖地
床をモップで
拭く

用抹布擦
雑巾で拭く

洗拖把／抹布
モップ / 雑巾を
洗う

用除塵滾輪去除灰塵
粘着ローラーで
ほこりを取り除く

打掃窗（外）框
窓枠の
掃除をする

打掃浴室
風呂場の
掃除をする

整理櫃子／抽屜
たんす / 引き出しを
整理する

整理鞋櫃
下駄箱を整理する

SENTENCES TO USE

我打算每兩天用一次吸塵器。
2日に一度は掃除機をかけようとしている。

他用竹耙掃庭院的落葉。
彼は庭の落ち葉を熊手でかき集めた。

地板必須要用拖把。
床をモップで拭かなければなりません。

請用抹布擦拭餐桌跟書桌。
雑巾でテーブルと机の上を拭いてください。

我用除塵滾輪去除了頭髮跟灰塵。
粘着ローラーで髪の毛やほこりを取り除いた。

清空垃圾桶
ゴミ箱を
空にする

分類垃圾
ゴミを
分別する

丟垃圾
ゴミを出す

分類丟棄資源回收
資源ゴミを
分別して捨てる

其他家事

製作一星期份的菜單
一週間分の
献立を立てる

製作／寫購物清單
買い物リストを
作成する

買東西、購物
買い物をする

買食物、買菜
食料品の買い物をする

用熨斗
アイロンをかける

照顧寵物
ペットの世話をする

SENTENCES TO USE

可以幫我清空房間的垃圾桶嗎？

部屋のゴミ箱を空にしてくれる？

請把垃圾丟到垃圾場。

ゴミ置き場にゴミを出して。

她去買東西之前，都會寫購物清單。

彼女はいつも買い物に行く前に、買い物リストを作成する。

下班回家路上到超市買了菜。

仕事帰りにスーパーで食料品の買い物をした。

家事之中最困難的是使用熨斗。

家事の中でアイロンをかけることが一番難しい。

安裝（家電）
（家電製品を）
設置する

開／關燈
電気を
つける／消す

開／關電腦
パソコンの
電源を入れる／切る

開／關電視
テレビを
つける／消す

轉台、換電視頻道
テレビの
チャンネルを変える

調高／調低電視音量
テレビの音量を
上げる／下げる

開／關冰箱的門
冷蔵庫のドアを
開ける／閉める

調整冰箱的溫度
冷蔵庫の温度を
調節する

開／關IH爐
IHクッキングヒーター
をつける／消す

調整IH爐的溫度
IHクッキングヒーターの
温度を調節する

開／關抽油煙機
キッチンフードを
つける／消す

SENTENCES TO USE

出門時請一定要把電燈關掉。
家を出る時は、必ず電気を消してください。

丈夫躺著，不停地更換電視頻道。
夫は横になって、テレビのチャンネルをコロコロ変えている。

太吵了，請把電視音量降低。
うるさいから、テレビの音量下げて。

開了冰箱門後請盡快關上。
冷蔵庫のドアを開けたら、早く閉めなさい。

必須要稍微調整一下冰箱的溫度。
冷蔵庫の温度を少し調節しなければなりません。

用微波爐加熱
電子レンジで
温める

用淨水器倒水
浄水器で
水を注ぐ

用熱水壺煮水
電気ポットで
お湯を沸かす

用氣炸鍋做料理
ノンフライヤーで
料理を作る

開／關冷氣
エアコンを
つける / 消す

調高冷氣溫度
エアコンの温度を下げる

調低冷氣溫度
エアコンの温度を上げる

開／關電風扇
扇風機をつける / 消す

開／關鍋爐
ボイラー を
つける / 消す

開／關暖氣
ヒーターをつける / 消す

調高鍋爐／暖氣溫度
ボイラー / ヒーターの温度を上げる

調低鍋爐／暖氣溫度
ボイラー / ヒーターの温度を下げる

SENTENCES TO USE

用微波爐加熱約 3 分鐘就很好吃唷！

你有試過用氣炸鍋做天婦羅嗎？

很熱。請把冷氣的溫度調低。

不要開著電風扇睡覺。

室內滿熱的。請把暖氣的溫度調低一點。

電子レンジで 3 分ほど温めて食べるとおいしいよ。

ノンフライヤーで天ぷらを作ってみましたか。

暑いです。エアコンの温度を下げてください。

扇風機をつけっぱなしで寝てはいけません。

室内が暑いですね。ヒーターの温度を少し下げてください。

開／關加濕器
加湿器を
つける / 消す

開／關除濕機
除湿機を
つける / 消す

開／關空氣清淨機
空気清浄機を
つける / 消す

用吹風機吹頭髮
ヘアドライヤーで
髪の毛を乾かす

租借（家電）
(家電を) レンタルする

預約到府維修服務／售後服務
出張修理サービス /
アフターサービスを申し込む

獲得到府維修服務
出張修理サービスを受ける

請人幫忙修理（家電）
(家電を) 修理してもらう

預約報廢家電回收
廃家電の引き取りを
申し込む

SENTENCES TO USE

因為冬天室內很乾燥，一定要開加濕氣。
冬は室内が乾燥しているから、加湿器をつけなければならない。

空氣清淨機 24 小時開著，所以很擔心電費。
空気清浄機を２４時間つけっぱなしにしていて、電気代が気になる。

租借淨水器來使用看看。
浄水器はレンタルして使っています。

冰箱故障了，因此接受了到府維修服務。
冷蔵庫が故障して、出張修理サービスを受けた。

因為在保固期間內，免費請人來維修了。
保証期間内なので、無料で修理してもらった。

修理房子
家を修理する

改造房子
家を改造する

翻新房子
家をリフォームする

收到修理房子的報價單
家の修理の見積書をもらう

擴大客廳
リビングを拡張する

在陽台鋪人工草皮
ベランダに人工芝を敷く

SENTENCES TO USE

修理淹水的房子。
浸水した家を修理します。

應該翻新房子再賣掉比較好嗎？
家をリフォームしてから、売った方がいいですか。

我收到房子維修的報價單，仔細確認了內容。
家の修理の見積書をもらって、内容を細かく確認した。

他的公寓有將客廳擴大，所以客廳非常寬廣。
彼のアパートはリビングを拡張して、リビングがとても広い。

做隔熱工程
<ruby>断熱工事<rt>だんねつこうじ</rt></ruby>をする

更換鍋爐
ボイラーを<ruby>交換<rt>こうかん</rt></ruby>する

做屋頂防水處理
<ruby>屋上<rt>おくじょう</rt></ruby>/<ruby>屋根<rt>やね</rt></ruby>を<ruby>防水処理<rt>ぼうすいしょり</rt></ruby>する

重舖木地板
フローリングを<ruby>張<rt>は</rt></ruby>り<ruby>替<rt>か</rt></ruby>える

重貼（房間的）壁紙
(<ruby>部屋<rt>へや</rt></ruby>の)<ruby>壁紙<rt>かべがみ</rt></ruby>を<ruby>張<rt>は</rt></ruby>り<ruby>替<rt>か</rt></ruby>える

SENTENCES TO USE

為了讓房子變得舒適，我決定做隔熱工程。
<ruby>家<rt>いえ</rt></ruby>を<ruby>快適<rt>かいてき</rt></ruby>にするために、<ruby>断熱工事<rt>だんねつこうじ</rt></ruby>をすることにした。

鍋爐故障，必須得更換了。
ボイラーが<ruby>故障<rt>こしょう</rt></ruby>して、<ruby>交換<rt>こうかん</rt></ruby>しなければならない。

因為漏水，時隔 10 年做了屋頂防水處理。
<ruby>雨漏<rt>あまも</rt></ruby>りして、10 <ruby>年<rt>じゅうねん</rt></ruby>ぶりに<ruby>屋上<rt>おくじょう</rt></ruby>を<ruby>防水処理<rt>ぼうすいしょり</rt></ruby>した。

要重舖木地板的話，大概會花多少費用呢？
フローリングを<ruby>張<rt>は</rt></ruby>り<ruby>替<rt>か</rt></ruby>える<ruby>場合<rt>ばあい</rt></ruby>、<ruby>費用<rt>ひよう</rt></ruby>はどのくらいかかりますか。

搬家之前，我重新貼了壁紙。
<ruby>引<rt>ひ</rt></ruby>っ<ruby>越<rt>こ</rt></ruby>しの<ruby>前<rt>まえ</rt></ruby>に、<ruby>壁紙<rt>かべがみ</rt></ruby>を<ruby>張<rt>は</rt></ruby>り<ruby>替<rt>か</rt></ruby>えました。

重鋪塑膠地板
クッションフロアを
張り替える

裝壁爐
暖炉を設置する

更換水管管線
水道の配管を交換する

更換窗（外）框／窗（內）框
窓枠 / サッシを交換する

重貼浴室磁磚
浴室タイルを張り替える

裝浴缸
浴槽を設置する

拆掉浴缸裝淋浴間
浴槽を取り外して
シャワーブースを設置する

更換淋浴花灑
シャワーヘッドを
交換する

除霉
かびを除去する

SENTENCES TO USE

我們家也可以裝壁爐嗎？

わが家にも暖炉を設置することができますか。

只需要更換窗框，室內就會變溫暖。

窓枠を交換するだけで、室内が暖かくなります。

我想裝檜木浴缸。

ヒノキの浴槽を設置したい。

這個清潔劑可以去除磁磚裡的黴菌。

この洗剤で、タイルに生えたカビを除去することができます。

更換燈泡
<ruby>電<rt>でん</rt></ruby><ruby>球<rt>きゅう</rt></ruby>を<ruby>交<rt>こう</rt></ruby><ruby>換<rt>かん</rt></ruby>する

更換鏡子
<ruby>鏡<rt>かがみ</rt></ruby>を<ruby>交<rt>こう</rt></ruby><ruby>換<rt>かん</rt></ruby>する

更換成LED燈
LED<ruby>照<rt>しょう</rt></ruby><ruby>明<rt>めい</rt></ruby>に<ruby>交<rt>こう</rt></ruby><ruby>換<rt>かん</rt></ruby>する

把日光燈換成LED燈
<ruby>蛍<rt>けい</rt></ruby><ruby>光<rt>こう</rt></ruby><ruby>灯<rt>とう</rt></ruby>をLED<ruby>照<rt>しょう</rt></ruby><ruby>明<rt>めい</rt></ruby>に<ruby>交<rt>こう</rt></ruby><ruby>換<rt>かん</rt></ruby>する

更換門把
ドアノブを<ruby>交<rt>こう</rt></ruby><ruby>換<rt>かん</rt></ruby>する

更換門
ドアを<ruby>交<rt>こう</rt></ruby><ruby>換<rt>かん</rt></ruby>する

SENTENCES TO USE

換了洗手台的鏡子。

<ruby>洗<rt>せん</rt></ruby><ruby>面<rt>めん</rt></ruby><ruby>台<rt>だい</rt></ruby>の<ruby>鏡<rt>かがみ</rt></ruby>を<ruby>交<rt>こう</rt></ruby><ruby>換<rt>かん</rt></ruby>した。

換燈泡這種事很簡單。

<ruby>電<rt>でん</rt></ruby><ruby>球<rt>きゅう</rt></ruby>を<ruby>交<rt>こう</rt></ruby><ruby>換<rt>かん</rt></ruby>することぐらいは<ruby>簡<rt>かん</rt></ruby><ruby>単<rt>たん</rt></ruby>ですよ。

把日光燈換成 LED 燈的話，電費可以變便宜。

<ruby>蛍<rt>けい</rt></ruby><ruby>光<rt>こう</rt></ruby><ruby>灯<rt>とう</rt></ruby>を LED <ruby>照<rt>しょう</rt></ruby><ruby>明<rt>めい</rt></ruby>に<ruby>交<rt>こう</rt></ruby><ruby>換<rt>かん</rt></ruby>すると、<ruby>電<rt>でん</rt></ruby><ruby>気<rt>き</rt></ruby><ruby>代<rt>だい</rt></ruby>を<ruby>安<rt>やす</rt></ruby>くすることができます。

他自己更換了廁所門把。

<ruby>彼<rt>かれ</rt></ruby>は<ruby>自<rt>じ</rt></ruby><ruby>分<rt>ぶん</rt></ruby>でトイレのドアノブを<ruby>交<rt>こう</rt></ruby><ruby>換<rt>かん</rt></ruby>した。

CHAPTER

5

健康&疾病

けん こう　　　びょう き
健康&病気

043

流眼淚
涙を流す

有眼屎、眼睛分泌物
目やにが出る

打哈欠
あくびをする

肚子咕嚕咕嚕叫
お腹が
グーグーと鳴る

打嗝（停不下來的那種）
しゃっくりをする

咳嗽
咳をする

打噴嚏
くしゃみをする

打飽嗝
げっぷする

放屁
おならをする

出汗
汗をかく

冒冷汗
冷や汗をかく

流鼻涕
鼻水が出る

SENTENCES TO USE

戴著隱形眼鏡，眼睛會有很多分泌物。 コンタクトレンズを使っていて、目やにがたくさん出る。

因為很無聊所以打了哈欠。 退屈であくびをした。

貓也會打嗝哦！ 猫もしゃっくりをしますよ。

他感冒了，正在咳嗽。 彼は風邪をひいて、咳をしている。

出了很多汗，所以去洗了澡。 汗をたくさんかいて、シャワーを浴びた。

尿尿 　　　　　　小便
おしっこをする　小便をする
　　　　　　しょうべん

大便 　　　　　上大號
うんこをする　大便をする
　　　　　　　だいべん

生理期、月經期間
生理中だ
せい り ちゅう

會經痛
生理痛がある
せい り つう

因為經前症候群感到難受
月経前症候群で苦しむ
げっけいまえしょうこうぐん　くる

血壓上升
血圧が上がる
けつあつ　あ

血壓下降
血圧が下がる
けつあつ　さ

口渴
喉が渴く
のど　かわ

睏、想睡
眠い
ねむ

非常睏、睏得要命
やたらに眠い
ねむ

眼睛（自主）閉上
目が閉じる
め　と

SENTENCES TO USE

媽媽，我去尿尿。

因為正在月經期間，身體不太舒服。

如果得了糖尿病，會很容易覺得口渴。

我一頭痛，血壓就會下降。

就算睡得再多，還是睏得要命。

お母さん、私、おしっこしてくる。
かあ　　　わたし

生理中だから、体調がちょっと悪い。
せい り ちゅう　　　　たいちょう　　　　　わる

糖尿病があると、喉がよく渴きます。
とうにょうびょう　　　　のど　　　　かわ

私は頭痛があると、血圧が下がります。
わたし　ず つう　　　　　けつあつ　さ

寝ても寝ても、やたらに眠い。
ね　　　ね　　　　　　　ねむ

疼痛、傷口、治療

痛
いた
痛い

會痛
いた
痛みがある

忍痛
いた　た
痛みに耐える

頭痛／肚子痛／腰痛／牙痛／經痛
ず　つう　ふく　つう　よう　つう
頭痛 / 腹痛 / 腰痛 /
し　つう　は　いた　せい　り　つう
歯痛[歯の痛み] / 生理痛がある

肩膀僵硬
かた　こ
肩が凝る

喉嚨痛
のど　いた
喉が痛い

脖子僵硬
くび　こ
首が凝る

眼睛刺痛
め
目がチクチクする

眼睛癢
め
目がかゆい

鼻塞
はな　つ
鼻が詰まる

嘴唇乾裂
くちびる　あ
唇が荒れる

SENTENCES TO USE

腳好痛，已經走不動了。

我有偏頭痛，所以吃了藥。

因為長時間使用電腦，肩膀變得僵硬。

因為過敏，所以眼睛很癢。

一到冬天，就會因為乾燥而嘴唇乾裂。

あし　いた　　　　　　　　　　ある
足が痛くて、もう歩けない。

へん　ず　つう　　　　　　　　　くすり　の
片頭痛があって、薬を飲んだ。

かた　つか　　　　　　　　　　　　　　　　　　　　かた　こ
パソコンを長く使っていたので、肩が凝ってしまった。

め
アレルギーで、目がかゆい。

ふゆ　　　　　　　かんそう　　　くちびる　あ
冬になると、乾燥して唇が荒れる。

（手腳）發麻
（手足が）しびれる

腳／關節／膝蓋刺痛
足／関節／膝がうずく

腳抽筋
足がつる

吃藥
薬を飲む

吃藥、服藥
薬を服用する

吃藥丸／喝藥水／吃藥粉
錠剤／水薬／粉薬を飲む

吃止痛藥／感冒藥／胃腸藥／抗生素／安眠藥
痛み止め／風邪薬／消化剤／抗生剤／
睡眠薬を服用する

SENTENCES TO USE

手腳發麻的原因是什麼？
手足がしびれる原因は何ですか。

睡覺的時候，腳抽筋了。
寝ている時、足がつった。

請配溫水吃藥。
薬はぬるま湯で飲んでください。

我不擅長吃藥粉。
私は粉薬を飲むのが苦手だ。

吃安眠藥的時候，請不要喝酒。
睡眠薬を服用する際には、お酒は飲まないでください。

受傷

け が
怪我をする

流血

ち で
血が出る

膝蓋擦破皮

ひざ す む
膝が擦り剥ける

接受治療

ち りょう う
治療を受ける

治療、醫治

ち りょう
治療する

消毒傷口

きずぐち しょうどく
傷口を消毒する

塗藥膏

ぬ くすり ぬ
塗り薬を塗る

貼OK繃

ばんそうこう は
絆創膏を貼る

SENTENCES TO USE

他因為跌倒腳受傷了。

弟弟在操場跌倒膝蓋擦破皮了。

她正在接受腰痛的治療。

他在傷口上塗藥膏後貼上 OK 繃。

かれ ころ あし け が
彼は転んで足の怪我をした。

おとうと うんどうじょう ころ ひざ す む
弟は運動場で転んで膝が擦り剥けた。

かのじょ ようつう ち りょう う
彼女は腰痛の治療を受けている。

かれ きずぐち ぬ くすり ばんそうこう は
彼は傷口に塗り薬を塗って絆創膏を貼った。

包繃帶
包帯を巻く

打石膏
ギプスをする[はめる]

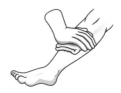

止血
血を止める

冰敷
冷湿布をする

熱敷
温湿布をする

幫我針灸
鍼を打ってもらう

接受指壓按摩
指圧を受ける

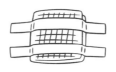

在傷口上貼紗布
傷口をガーゼで覆う

擠膿
膿を出す[潰す]

SENTENCES TO USE

她腳踝骨折所以打上了石膏。

首先，請壓住傷口止血。

腫起來的部位冰敷就好。

她腰痛的時候，會去針灸。

彼女は足首を骨折してギプスをした。

まず、傷口を押さえて血を止めてください。

腫れている部位には冷湿布をするといい。

彼女は腰が痛いと、鍼を打ってもらう。

搆掉結痂
かさぶたを剥がす

縫合傷口
傷口を縫合する

縫~針
〜針縫う

留下疤痕
傷跡が残る

扭到手腕／腳踝
手首 / 足首を捻る

骨折
骨が折れる

接受急救處理
応急手当を受ける

做人工呼吸
人工呼吸をする

做CPR（心肺復甦術）
心肺蘇生を行う

SENTENCES TO USE

皮膚裂開縫了十針。 　皮膚が裂けて、10 針縫いました。

小時候留下的疤痕到現在還在。 　子供の頃できた傷跡がまだ残っている。

在救護車裡接受了急救處裡。 　救急車の中で応急手当を受けた。

呼吸停止的話，必須得進行人工呼吸。 　呼吸がなければ、人工呼吸をしなければならない。

3 醫院—診療、檢查

去醫院掛號
びょういん　しんりょう　よ やく
病院に診療予約をする

看醫生、接受治療
しんりょう　ち りょう　う
診療 / 治療を受ける

量體溫
たいおん　はか
体温を測る

量血壓
けつあつ　はか
血圧を測る

量脈搏
みゃくはく　はか
脈拍を測る

抽血
さいけつ
採血する

做抽血檢查
けつえきけん さ　う
血液検査を受ける

做尿液檢查
にょうけん さ　う
尿検査を受ける

照X光
と
レントゲンを撮る

SENTENCES TO USE

初次看診的患者，請填寫這張初診單。

はじ　しんりょう　う　かた　　もんしんひょう　さくせい
初めて診療を受ける方は、この問診票を作成してください。

他開始吃血壓藥之後，每天都會量血壓。

かれ　けつあつ　くすり　の　はじ　　　　まいにちけつあつ　はか
彼は血圧の薬を飲み始めてから、毎日血圧を測っている。

我測量了脈搏，每分鐘約 90 次左右。

みゃくはく　はか　　　　いっぷんかん　きゅうじゅう かいぜん ご
脈拍を測ってみたら、1分間に 90 回前後だった。

今天去醫院做了抽血檢查跟尿液檢查。

きょう　びょういん　けつえきけん さ　にょうけん さ　う
今日、病院で血液検査と尿検査を受けた。

照超音波
ちょうおん ぱ けんさ う
超音波検査を受ける

照腹部／乳房超音波
ふく ぶ にゅうぼうちょうおん ぱ けんさ う
腹部 / 乳房超音波検査を受ける

做乳房X光攝影
にゅうぼうエックスせんさつえい
乳房 X 線撮影をする,

マンモグラフィー
さつえい
撮影をする

做子宮頸癌檢查
し きゅうけいがん けんさ う
子宮頸癌の検査を受ける

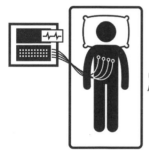

做心電圖
しんでん ず けんさ う
心電図検査を受ける

做電腦斷層掃描
シーティーけん さ
CT検査を
う
受ける

做核磁共振
エムアールアイけん さ
MRI検査を
う
受ける

SENTENCES TO USE

我每年會照一次乳房超音波。
わたし ねん いち ど にゅうぼうちょうおん ぱ けんさ う
私は年に 1 度は、乳房超音波検査を受ける。

做乳房 X 光時，因為會擠壓乳房來攝影，多少會有點痛。
にゅうぼう エックス せんさつえい にゅうぼう あっぱく さつえい た しょう いた ともな
乳房 X 線撮影は、乳房を圧迫して撮影するので、多少の痛みが伴う。

也請盡量定期來接受心電圖檢查。
しんでん ず けんさ ていきてき う
心電図検査も定期的に受けるようにしてください。

他頭痛得很厲害，所以做了核磁共振檢查。
かれ ずつう とう ぶ エムアールアイ けん さ う
彼は頭痛がひどくて、頭部 MRI 検査を受けた。

照胃鏡
胃内視鏡検査を受ける,
胃カメラ検査を受ける

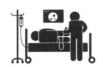

照大腸鏡
大腸内視鏡検査を
受ける

切除息肉
ポリープを
切除する

做病理検査
病理組織
検査を受ける

做糞便検査
糞便検査を
受ける

做B型肝炎検査
B型感染ウイルス
検査を受ける

做牙歯検査
歯科検診を
受ける

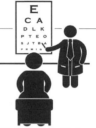

視力／聴力検査
視力／聴力
検査をする

被診断為
診断される

被開（薬）
（薬を）
処方される

幫我打針
注射を
打ってもらう

打預防針／打疫苗
予防接種をする／
ワクチンを打つ

定期做検査
定期検診を
受ける

SENTENCES TO USE

最少兩年必須照一次胃鏡。
胃内視鏡検査は、少なくとも2年に1度は受けなければならない。

他40出頭就被診断出高血壓。
彼は40代前半に高血圧と診断された。

我昨天打了新冠肺炎的疫苗。
私は昨日、新型コロナウイルスワクチンを打った。

🎧 046

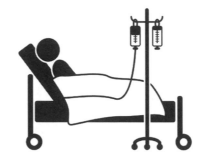

住院
にゅういん
入院する

住院中
にゅういんちゅう
入院中だ

辦理住院手續
にゅういん　てつづ
入院の手続きをする

決定手術日期
しゅじゅつび　き
手術日を決める

簽手術同意書
しゅじゅつどう い しょ　しょめい
手術同意書に署名する

聽手術前的注意事項
しゅじゅつまえ　ちゅう い じ こう　き
手術前の注意事項を聞く

禁食
だんじき
断食する

被推進手術室
しゅじゅつしつ　はこ
手術室に運ばれる

SENTENCES TO USE

他因為肺癌住院了。

和醫生商量後決定了手術日期。

手術前必須禁食 12 小時。

かれ　はい　にゅういん
彼は肺がんで入院した。
い しゃ　そうだん　　　　しゅじゅつび　き
医者と相談して、手術日を決めた。
しゅじゅつ　う　　まえ　じゅうに じ かん　だんじき
手術を受ける前に 12 時間は断食しなければならない。

麻醉發揮作用
<ruby>麻<rt>ま</rt></ruby><ruby>酔<rt>すい</rt></ruby>が<ruby>利<rt>き</rt></ruby>く

從麻醉中醒來
<ruby>麻<rt>ま</rt></ruby><ruby>酔<rt>すい</rt></ruby>から<ruby>覚<rt>さ</rt></ruby>める

動手術、接受手術
<ruby>手<rt>しゅ</rt></ruby><ruby>術<rt>じゅつ</rt></ruby>を<ruby>受<rt>う</rt></ruby>ける

動開心手術
<ruby>開<rt>かい</rt></ruby><ruby>胸<rt>きょう</rt></ruby><ruby>手<rt>しゅ</rt></ruby><ruby>術<rt>じゅつ</rt></ruby>を<ruby>受<rt>う</rt></ruby>ける

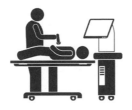

動腹腔鏡手術
<ruby>腹<rt>ふっ</rt></ruby><ruby>腔<rt>くう</rt></ruby><ruby>鏡<rt>きょう</rt></ruby><ruby>手<rt>しゅ</rt></ruby><ruby>術<rt>じゅつ</rt></ruby>を<ruby>受<rt>う</rt></ruby>ける

動內視鏡手術
<ruby>内<rt>ない</rt></ruby><ruby>視<rt>し</rt></ruby><ruby>鏡<rt>きょう</rt></ruby><ruby>手<rt>しゅ</rt></ruby><ruby>術<rt>じゅつ</rt></ruby>を<ruby>受<rt>う</rt></ruby>ける

SENTENCES TO USE

我動完手術之後，在恢復室裡從麻醉中醒來。

她在去年春天動了胃癌的手術。

腹腔鏡手術比起開心手術恢復來得快。

<ruby>私<rt>わたし</rt></ruby>は<ruby>手<rt>しゅ</rt></ruby><ruby>術<rt>じゅつ</rt></ruby><ruby>後<rt>ご</rt></ruby>、<ruby>回<rt>かい</rt></ruby><ruby>復<rt>ふく</rt></ruby><ruby>室<rt>しつ</rt></ruby>で<ruby>麻<rt>ま</rt></ruby><ruby>酔<rt>すい</rt></ruby>から<ruby>覚<rt>さ</rt></ruby>めた。

<ruby>彼<rt>かの</rt></ruby><ruby>女<rt>じょ</rt></ruby>は<ruby>去<rt>きょ</rt></ruby><ruby>年<rt>ねん</rt></ruby>の<ruby>春<rt>はる</rt></ruby>に、<ruby>胃<rt>い</rt></ruby>がんの<ruby>手<rt>しゅ</rt></ruby><ruby>術<rt>じゅつ</rt></ruby>を<ruby>受<rt>う</rt></ruby>けた。

<ruby>腹<rt>ふっ</rt></ruby><ruby>腔<rt>くう</rt></ruby><ruby>鏡<rt>きょう</rt></ruby><ruby>手<rt>しゅ</rt></ruby><ruby>術<rt>じゅつ</rt></ruby>は、<ruby>開<rt>かい</rt></ruby><ruby>胸<rt>きょう</rt></ruby><ruby>手<rt>しゅ</rt></ruby><ruby>術<rt>じゅつ</rt></ruby>より<ruby>回<rt>かい</rt></ruby><ruby>復<rt>ふく</rt></ruby>が<ruby>早<rt>はや</rt></ruby>い。

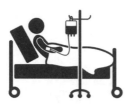

輸血
輸血する

轉入普通病房
一般病室に
運ばれる

接受輸血
輸血を受ける

被推進恢復室
手術後回復室に運ばれる

術後恢復
手術後回復する

陷入昏迷
昏睡状態に陥る

術後拆線
手術後抜糸する

術後排氣
手術後ガスを出す

SENTENCES TO USE

那位患者必須在手術中接受輸血。
その患者は、手術中に輸血を受けなければならなかった。

他動了痔瘡手術並轉入普通病房。
彼は痔の手術を受けて、一般病室に運ばれた。

那位患者在緊急手術中陷入昏迷。
その患者は、緊急手術中に昏睡状態に陥った。

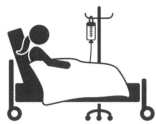

接受靜脈注射
静脈注射を打ってもらう

打點滴
点滴を打ってもらう

吃藥、服藥
薬を服用する

辦理出院手續
退院の手続きをする

出院
退院する

收到要提交給保險公司的文件
保険会社に提出する書類を発給してもらう

預約下次門診
次回の診療日時を予約する

SENTENCES TO USE

我在住院的時候一直接受靜脈注射。

無法消除疲勞的時候，會去打維他命點滴。

請在飯後吃藥。

她住院了兩個月，昨天出院了。

私は入院中ずっと、静脈注射を打ってもらった。

疲れが取れない時は、ビタミン点滴を打ってもらう。

薬は食後に服用してください。

彼女は2ヶ月間入院して、昨日退院した。

節食、減肥
ダイエットする

開始節食
ダイエットを
始_{はじ}める

減重
体重_{たいじゅう}を減_へらす

控制飲食
食事_{しょくじ}制限_{せいげん}を
する

吃很少
小食_{しょうしょく}にする

不吃晚餐
夕食_{ゆうしょく}を抜_ぬく

One Meal a Day

一天一餐
一日一食_{いちにちいっしょく}に
する

一天只吃一餐減重
一日一食_{いちにちいっしょく}
ダイエットをする

得了厭食症
拒食症_{きょしょくしょう}になる

生酮飲食減重
低炭高脂_{ていたんこうし}
ダイエットをする

單一食物減重
ワンフード
ダイエットをする

間歇性斷食
間欠的_{かんけつてき}断食_{だんじき}を
する

中藥瘦身
漢方薬_{かんぽうやく}で瘦_やせる

SENTENCES TO USE

那位演員一整年都在減肥。

為了減重，我不吃宵夜了。

聽說他一天只吃一餐，瘦了 5 公斤。

聽說很多人都在用生酮飲食減重法。

單一食物減種法對健康不好。

その俳優_{はいゆう}は、1 年中_{いちねんじゅう}ダイエットしている。

体重_{たいじゅう}を減_へらすため、夜食_{やしょく}をやめた。

彼_{かれ}は一日一食_{いちにちいっしょく}にして、5 キロ痩_やせたそうだ。

低炭高脂_{ていたんこうし}ダイエットをする人_{ひと}が多_{おお}いそうだ。

ワンフードダイエットは健康_{けんこう}によくない。

吃減肥藥
食欲抑制剤を
服用する

動抽脂手術
脂肪吸引の手術を
受ける

安排欺騙日、放縦日
チートデイを
行う

復胖
リバウンドする

規律運動
規則的に運動する

堅持不懈的運動
根気強く運動する

穿桑拿服運動
サウナスーツを着て運動する

做有氧運動
有酸素運動をする

量體重
体重を計る

促進新陳代謝
新陳代謝を
促進する

提高基礎代謝率
基礎代謝量を高める

增加肌肉量
筋肉量を高める

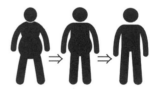

降體脂
体脂肪を減らす

SENTENCES TO USE

她動了腹部抽脂手術。　　　　　　彼女は腹部の脂肪吸引の手術を受けた。

因為她正在減肥，每週會有一天的放縦日，那天可以吃想吃的東西。
彼女はダイエット中なので、週1回チートデイを行い、その日食べたいものを食べる。

減肥之後，很容易在一個月內復胖，請多注意。
ダイエット後、一ヶ月はリバウンドしやすいので、注意してください。

為了瘦身，必須要做有氧運動。　　　　痩せるためには、有酸素運動をしなければならない。

048

意外死亡／病死／衰老死亡
事故で / 病気で / 老いて死ぬ

孤獨死
孤独死する

死、死亡
死ぬ

過世
亡くなる

過世
世を去る

自殺
自殺する

結束自己的生命
自ら命を絶つ

將遺體安置在太平間
遺体を安置室[霊安室]に安置する

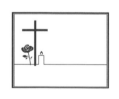

發訃聞
訃報を出す

通知死亡消息
死を知らせる

為大體化妝
遺体に死化粧をする

SENTENCES TO USE

他的父親去年在醫院過世了。

彼のお父さんは、昨年病院で亡くなりました。

阿爾貝•卡繆在 46 歲時因車禍過世。

アルベール・カミュは、４６歳の時に交通事故でこの世を去った。

那個國家去年孤獨死的人數達到 3,159 人。

その国では昨年、孤独死した人が 3,159 人に達した。

去年在那個國家，一天約有 36 人自殺。

昨年その国では、１日に約 36 人が自ら命を絶った。

入殮
入棺する

舉行喪禮
葬式を行う

接待來弔唁的人
弔問客を迎える

表達哀悼之意
お悔やみの言葉を伝える

交付奠儀
香典を渡す

贈與花圈／花籃
供花を送る

SENTENCES TO USE

他的喪禮是以佛教儀式舉行。

彼の葬式は仏式で行いました。

往生者的妻子和年幼的兒子接待前來弔唁的人。

故人の妻と幼い息子が弔問客を迎えていた。

我表達哀悼之意並交付奠儀。

お悔やみの言葉を伝えて、香典を渡しました。

那位記者的父親的喪禮上，有很多政治人物贈送花圈。

そのジャーナリストの父の葬式に多くの政治家が供花を送った。

出殯
しゅっかん
出棺する

捧遺照
い えいしゃしん も
遺影写真を持つ

將棺材抬上靈車
ひつぎ れいきゅうしゃ の
棺を霊柩車に乗せる

土葬
い たい ど そう
遺体を土葬する

火化
い たい か そう
遺体を火葬する

捧骨灰罈
こつつぼ も
骨壺を持つ

將骨灰安置在靈骨塔
い こつ のうこつどう あんち
遺骨を納骨堂に安置する

撒骨灰
さんこつ
散骨する

樹葬
じゅもくそう
樹木葬をする

辦理死亡登記
し ぼうとどけ だ
死亡届を出す

SENTENCES TO USE

基督教和伊斯蘭教，會將遺體土葬。
きょう きょう い たい ど そう
キリスト教やイスラム教では、遺体を土葬します。

他的遺體在火化之後，被安置在靈骨塔。
かれ い たい か そう あと のうこつどう あんち
彼の遺体は火葬した後、納骨堂に安置された。

聽說最近有很多人希望樹葬。
さいきん じゅもくそう き ぼう ひと おお
最近は樹木葬を希望する人が多いそうだ。

舉行祭祀儀式、拜拜
祭祀を行う

舉行追悼會
追悼式を開く

舉行追悼會
追慕祭を開く

掃墓
墓参りをする

掃墓
墓参りに行く

SENTENCES TO USE

祭祀儀式在寺廟內舉行。
祭祀はお寺で行います。

今天舉行了那場意外的犧牲者的追悼會。
今日、その事故の犠牲者追悼式が開かれた。

我們家每年都會去掃墓。
うちは、毎年家族でお墓参りに行きます。

PART III

社會生活中的

行為表達

情感表達&人際關係

感情表現 ＆ 人間関係
（かんじょうひょうげん）（にんげんかんけい）

流下喜悅的淚水
うれ なみだ なが
嬉し涙を流す

狂熱
ねっきょう
熱狂する

歡呼
かん こ
歡呼する

鼓掌歡呼
かん こ はくしゅ
歡呼して拍手する

歡呼迎接
かん こ むか
歡呼して迎える

開心迎接
よろこ むか
喜んで迎える

款待
かんたい
歡待する

招待、款待
もてなす

稱讚
ほ
褒める

反應
はんのう
反応する

反應
リアクションする

SENTENCES TO USE

那位選手把金牌掛在脖子上，流下了喜悅的淚水。
せんしゅ きん くび か うれ なみだ なが
その選手は、金メダルを首に掛けて嬉し涙を流した。

那個樂團一登上舞台，粉絲們就狂熱不已。
とうじょう ねっきょう
そのバンドがステージに登場すると、ファンたちは熱狂した。

他開心地迎接來訪的朋友。
かれ たず ゆうじん よろこ むか
彼は訪ねてきた友人を喜んで迎えた。

我的成績變好，被老師稱讚了。
せいせき あ せんせい ほ
成績が上がって、先生に褒められた。

生氣
怒る,
腹を立てる

發脾氣
かんしゃくを
起こす

使壞、刁難
意地悪をする

不要對到眼
目を合わせない

突然發飆
急にカッとなる,
すぐ怒る

大聲喊叫、喧嘩
喚き立てる

（因崩潰）搔頭、
抓頭
頭を掻きむしる

潛然淚下、不停的安
靜流淚
さめざめと泣く

（因生氣、懊
悔）跺腳
地団駄を踏む

用拳頭捶桌子
こぶしで机を
叩き付ける

責備
責める

斥責、訓斥
とっちめる

咒罵
罵る

道歉
謝る

SENTENCES TO USE

她對他不負責任的行為感到生氣。

兒子遊戲一輸，就發脾氣。

她不發一語，不停地流淚。

孩子一邊哭喊一邊氣得跺腳。

不要責備朋友。

彼女は彼の無責任な行動に腹を立てた。

息子はゲームで負けると、かんしゃくを起こす。

彼女は何も言わず、さめざめと泣いた。

子供が泣き叫びながら、地団駄を踏んでいる。

友だちを責めてはいけません。

流涙	閉門不出	傾聽	安慰	鼓勵
涙を流す	閉じこもる,引きこもる	傾聴する	慰める	励ます

顧慮、著想、關照	奉承、諂媚	吃醋	無視	看不起
配慮する	へつらう	やきもちを焼く	無視する	馬鹿にする

自大、裝模作樣
思い上がる,

もったいぶる,

気どる,

いい気になる

看不起、輕視	嘲笑
軽蔑する	あざ笑う

SENTENCES TO USE

兒子也不去學校，在自己的房間閉門不出。
息子は学校にも行かず、自分の部屋に閉じこもっている。

他溫柔地安慰正在哭的女朋友。　　　彼は泣いている彼女を優しく慰めてくれた。

不要因為便宜就看不起它。　　　安いからと言って、馬鹿にしてはいけませんよ。

不要自以為你贏了！　　　勝ったと思い上がるな！

變得親近
<ruby>親<rt>した</rt></ruby>しくなる

好好相處
<ruby>仲<rt>なか</rt></ruby><ruby>良<rt>よ</rt></ruby>くする

陪伴、（人與人間的）來往
<ruby>付<rt>つ</rt></ruby>き<ruby>合<rt>あ</rt></ruby>う

男女交往
<ruby>男女<rt>だんじょ</rt></ruby>が<ruby>付<rt>つ</rt></ruby>き<ruby>合<rt>あ</rt></ruby>う

吵架、起口角
<ruby>口<rt>くち</rt></ruby>げんかする

吵架、打架
けんかする

關係不好
<ruby>仲違<rt>なかたが</rt></ruby>いする

冷處理、冷淡對待
<ruby>冷遇<rt>れいぐう</rt></ruby>する

和好
<ruby>仲直<rt>なかなお</rt></ruby>りする

尋求和解
<ruby>和解<rt>わかい</rt></ruby>を<ruby>求<rt>もと</rt></ruby>める

拆散（A和B的感情）
（AとBの<ruby>仲<rt>なか</rt></ruby>を）<ruby>引<rt>ひ</rt></ruby>き<ruby>裂<rt>さ</rt></ruby>く

SENTENCES TO USE

我們在同一家公司工作時變得很親近。
<ruby>私<rt>わたし</rt></ruby>たちは<ruby>同<rt>おな</rt></ruby>じ<ruby>会社<rt>かいしゃ</rt></ruby>で<ruby>働<rt>はたら</rt></ruby>きながら<ruby>親<rt>した</rt></ruby>しくなった。

我在學校和同班同學感情很好。
<ruby>私<rt>わたし</rt></ruby>は<ruby>学校<rt>がっこう</rt></ruby>で<ruby>同<rt>おな</rt></ruby>じクラスの<ruby>友達<rt>ともだち</rt></ruby>と<ruby>仲良<rt>なかよ</rt></ruby>くする。

她今天和男朋友吵架了。
<ruby>彼女<rt>かのじょ</rt></ruby>は<ruby>今日<rt>きょう</rt></ruby>、<ruby>彼氏<rt>かれし</rt></ruby>とけんかした。

他們是為什麼關係不好呢？
<ruby>彼<rt>かれ</rt></ruby>らが<ruby>仲違<rt>なかたが</rt></ruby>いしたのは、なぜだろう。

她拆散了那兩個人的感情。
<ruby>彼女<rt>かのじょ</rt></ruby>はあの<ruby>二人<rt>ふたり</rt></ruby>の<ruby>仲<rt>なか</rt></ruby>を<ruby>引<rt>ひ</rt></ruby>き<ruby>裂<rt>さ</rt></ruby>いた。

迷戀、迷上~
（〜に）惚れる

有眼光
目が高い

喜歡~
（〜のことが）好きだ

對~有興趣
（〜に）気がある

和~有希望
（〜と）脈ありだ

邀請約會
デートに誘う

約會
デートする

伺機、進退；根據對方
的態度或狀況來選擇對
自己有利的做法
駆け引きをする

交往
付き合う

分手
別れる

重逢
再会する

複合
復縁する

SENTENCES TO USE

我對他一見鍾情。	私は彼に一目惚れした。
我不會做一進一退之類的事情。	私は駆け引きなんてしない。
我現在沒有在交往的對象。	今、付き合っている人はいません。
和交往很久的男友分手了。	長く付き合った彼と別れた。
我想和前男友復合。	元彼と復縁したい。

被甩　甩、拒絕
振_ふられる　振_ふる

劈腿
浮気_{うわき}をする

夫妻吵架
夫婦_{ふうふ}げんかをする

訂婚
婚約_{こんやく}する

求婚
プロポーズする

結婚
結婚_{けっこん}する

離婚
離婚_{りこん}する

離婚、斷絕關係
離縁_{りえん}する

SENTENCES TO USE

我不是被甩，是我甩了他。

私_{わたし}が振_ふられたんじゃない、振_ふったんだよ。

我不相信他會劈腿。

彼_{かれ}が浮気_{うわき}をするなんて、信_{しん}じられない。

你想被怎麼求婚呢？

どんなプロポーズされたいんですか。

我想和溫柔的人結婚。

私_{わたし}は優_{やさ}しい人_{ひと}と結婚_{けっこん}したい。

她結了3次婚也離了3次婚。

彼女_{かのじょ}は3回結婚_{さんかいけっこん}して3回離婚_{さんかいりこん}した。

CHAPTER

2

工作&職業

仕事&職業
しごと　　　しょくぎょう

透過~通勤
（～で）通勤する

上班
出勤[出社]する

下班
退勤[退社]する

打卡
タイムカードを
タッチする

開會
会議をする

分配工作
業務を割り当てる

工作匯報
業務報告をする

做文書工作
書類作業をする

寫報告
報告書を作成する

提交批准文件
決裁書を出す

提出企畫書
企画書を提出する

報告、發表提案
プレゼンテーション
[プレゼン]をする

SENTENCES TO USE

我坐地鐵通勤。	私は地下鉄で通勤する。
今天 3 點開始開會。	今日は、3 時から会議をします。
我教導新人工作內容，並分配工作給他。	新入りに業務内容を教えて、業務を割り当てた。
開會之前必須做好工作報告書。	会議の前に、業務報告書を作成しなければならない。
他針對那個企劃案做了報告。	彼はその企画案について、プレゼンテーションをした。

打電話給客戶
取引先（とりひきさき）に
電話（でんわ）する

接電話
電話（でんわ）に出（で）る

轉接電話／接通電
話、把電話接到~
電話（でんわ）を回（まわ）す／
繋（つな）ぐ

連接公司的網路
会社（かいしゃ）の
イントラネットに
接続（せつぞく）する

確認email
Eメール（イー）を
確認（かくにん）する

寄email
Eメール（イー）を
送（おく）る

回email
Eメール（イー）に
返信（へんしん）する

發傳真／接收傳真
ファックスを
送（おく）る／受（う）ける

用印表機列印
プリンターで
出力（しゅつりょく）する

影印
コピーする

見客戶
顧客（こきゃく）に会（あ）う

出差
出張（しゅっちょう）する

去國外出差
海外出張（かいがいしゅっちょう）する

被上司罵
上司（じょうし）に叱（しか）られる／
怒（おこ）られる

SENTENCES TO USE

打電話給客戶的時候都會很緊張。
幫您轉接電話，請稍待片刻。
現在偶爾也還是會發傳真。
我這週要去大阪出差。
今天也被上司罵了。

取引先（とりひきさき）に電話（でんわ）する時（とき）は、いつも緊張（きんちょう）する。
お電話（でんわ）をお繋（つな）ぎいたしますので、少々（しょうしょう）お待（ま）ちください。
今（いま）もファックスを送（おく）ることがたまにある。
私（わたし）は今週（こんしゅう）、大阪（おおさか）に出張（しゅっちょう）する。
今日（きょう）もまた、上司（じょうし）に怒（おこ）られた。

請特休
有給休暇[有給]を取る

請半天假
半休を取る

請病假
病気休暇を取る

請假
休暇[休み]を取る

加班
残業をする

領加班費
残業代をもらう

日曜日

假日加班
休日出勤する

上班遲到
会社に遅刻する

提交檢討報告
始末書を提出する

SENTENCES TO USE

我想請特休出國旅遊。　　　有給を取って、海外旅行に行きたい。

因為要去醫院，請了半天假。　病院に行くために、半休を取った。

我加班並要求了加班費。　　　残業をして、残業代を請求した。

早上睡過頭，上班遲到了。　　寝坊して、会社に遅刻した。

針對這次的事件，他提交了一份檢討報告。　今回の事件で、彼は始末書を提出した。

聚餐
<ruby>会食<rt>かいしょく</rt></ruby>をする

談薪水
<ruby>給<rt>きゅう</rt></ruby><ruby>与<rt>よ</rt></ruby><ruby>交<rt>こう</rt></ruby><ruby>渉<rt>しょう</rt></ruby>をする

領薪水
<ruby>給料<rt>きゅうりょう</rt></ruby>をもらう

加薪
<ruby>昇給<rt>しょうきゅう</rt></ruby>する

減薪
<ruby>減給<rt>げんきゅう</rt></ruby>する

SENTENCES TO USE

要聚餐的話，我想要吃中午。

我換工作時談了薪水。

我每個月 25 號領薪水。

因為不景氣所以被減薪了。

<ruby>会食<rt>かいしょく</rt></ruby>をするなら、ランチ<ruby>会食<rt>かいしょく</rt></ruby>にしたい。

<ruby>転職<rt>てんしょく</rt></ruby>する<ruby>時<rt>とき</rt></ruby>、<ruby>給与交渉<rt>きゅうよこうしょう</rt></ruby>をしました。

<ruby>私<rt>わたし</rt></ruby>は<ruby>毎月<rt>まいつき</rt></ruby>、<ruby>25 日<rt>にじゅうごにち</rt></ruby>に<ruby>給料<rt>きゅうりょう</rt></ruby>をもらう。

<ruby>不景気<rt>ふけいき</rt></ruby>で<ruby>減給<rt>げんきゅう</rt></ruby>された。

領獎金
賞与<ruby>賞<rt>しょう</rt></ruby><ruby>与<rt>よ</rt></ruby>をもらう

領獎金
ボーナスをもらう

預支
<ruby>前<rt>まえ</rt></ruby><ruby>借<rt>が</rt></ruby>りをする

收到在職證明
<ruby>在<rt>ざい</rt></ruby><ruby>職<rt>しょく</rt></ruby><ruby>証<rt>しょう</rt></ruby><ruby>明<rt>めい</rt></ruby><ruby>書<rt>しょ</rt></ruby>を<ruby>発<rt>はっ</rt></ruby><ruby>行<rt>こう</rt></ruby>してもらう

招聘新員工
<ruby>新<rt>しん</rt></ruby><ruby>入<rt>にゅう</rt></ruby><ruby>社<rt>しゃ</rt></ruby><ruby>員<rt>いん</rt></ruby>を<ruby>募<rt>ぼ</rt></ruby><ruby>集<rt>しゅう</rt></ruby>する

錄取新員工
<ruby>新<rt>しん</rt></ruby><ruby>入<rt>にゅう</rt></ruby><ruby>社<rt>しゃ</rt></ruby><ruby>員<rt>いん</rt></ruby>を<ruby>採<rt>さい</rt></ruby><ruby>用<rt>よう</rt></ruby>する

執行新人教育訓練
<ruby>新<rt>しん</rt></ruby><ruby>入<rt>にゅう</rt></ruby><ruby>社<rt>しゃ</rt></ruby><ruby>員<rt>いん</rt></ruby><ruby>教<rt>きょう</rt></ruby><ruby>育<rt>いく</rt></ruby>を<ruby>行<rt>おこな</rt></ruby>う

設定試用期
<ruby>試<rt>し</rt></ruby><ruby>用<rt>よう</rt></ruby><ruby>期<rt>き</rt></ruby><ruby>間<rt>かん</rt></ruby>を<ruby>設<rt>もう</rt></ruby>ける

提高專業度／工作能力
<ruby>専<rt>せん</rt></ruby><ruby>門<rt>もん</rt></ruby><ruby>性<rt>せい</rt></ruby>/<ruby>職<rt>しょく</rt></ruby><ruby>務<rt>む</rt></ruby><ruby>能<rt>のう</rt></ruby><ruby>力<rt>りょく</rt></ruby>を<ruby>高<rt>たか</rt></ruby>める

遞辭呈
<ruby>辞<rt>じ</rt></ruby><ruby>表<rt>ひょう</rt></ruby>を<ruby>出<rt>だ</rt></ruby>す

SENTENCES TO USE

因為公司的營業額增加，我領到了特別獎金。
<ruby>会<rt>かい</rt></ruby><ruby>社<rt>しゃ</rt></ruby>の<ruby>売<rt>うり</rt></ruby><ruby>上<rt>あげ</rt></ruby>が<ruby>上<rt>あ</rt></ruby>がり、<ruby>特<rt>とく</rt></ruby><ruby>別<rt>べつ</rt></ruby>ボーナスをもらった。

為了申請簽證，我收到了在職證明。
ビザを<ruby>申<rt>しん</rt></ruby><ruby>請<rt>せい</rt></ruby>するため、<ruby>在<rt>ざい</rt></ruby><ruby>職<rt>しょく</rt></ruby><ruby>証<rt>しょう</rt></ruby><ruby>明<rt>めい</rt></ruby><ruby>書<rt>しょ</rt></ruby>を<ruby>発<rt>はっ</rt></ruby><ruby>行<rt>こう</rt></ruby>してもらった。

那個公司在招聘新員工。
その<ruby>会<rt>かい</rt></ruby><ruby>社<rt>しゃ</rt></ruby>で<ruby>新<rt>しん</rt></ruby><ruby>入<rt>にゅう</rt></ruby><ruby>社<rt>しゃ</rt></ruby><ruby>員<rt>いん</rt></ruby>を<ruby>募<rt>ぼ</rt></ruby><ruby>集<rt>しゅう</rt></ruby>している。

新員工有 3 個月的試用期。
<ruby>新<rt>しん</rt></ruby><ruby>入<rt>にゅう</rt></ruby><ruby>社<rt>しゃ</rt></ruby><ruby>員<rt>いん</rt></ruby>は、3 ヶ<ruby>月<rt>かげつ</rt></ruby>の<ruby>試<rt>し</rt></ruby><ruby>用<rt>よう</rt></ruby><ruby>期<rt>き</rt></ruby><ruby>間<rt>かん</rt></ruby>を<ruby>設<rt>もう</rt></ruby>ける。

向接手的人交接工作

<ruby>後<rt>こう</rt></ruby><ruby>任<rt>にん</rt></ruby><ruby>者<rt>しゃ</rt></ruby>に<ruby>業<rt>ぎょう</rt></ruby><ruby>務<rt>む</rt></ruby>を<ruby>引<rt>ひ</rt></ruby>き<ruby>継<rt>つ</rt></ruby>ぐ

離職

<ruby>退<rt>たい</rt></ruby><ruby>社<rt>しゃ</rt></ruby>する

升遷

<ruby>昇<rt>しょう</rt></ruby><ruby>進<rt>しん</rt></ruby>する

換工作

<ruby>転<rt>てん</rt></ruby><ruby>職<rt>しょく</rt></ruby>する

被開除

<ruby>首<rt>くび</rt></ruby>になる

退休

<ruby>退<rt>たい</rt></ruby><ruby>職<rt>しょく</rt></ruby>する

引退、退休

<ruby>引<rt>いん</rt></ruby><ruby>退<rt>たい</rt></ruby>する

SENTENCES TO USE

向接手的人交接完工作，我就要離職了。

<ruby>後<rt>こう</rt></ruby><ruby>任<rt>にん</rt></ruby><ruby>者<rt>しゃ</rt></ruby>への<ruby>業<rt>ぎょう</rt></ruby><ruby>務<rt>む</rt></ruby>の<ruby>引<rt>ひ</rt></ruby>き<ruby>継<rt>つ</rt></ruby>ぎが<ruby>終<rt>お</rt></ruby>わり<ruby>次<rt>し</rt></ruby><ruby>第<rt>だい</rt></ruby>、<ruby>会<rt>かい</rt></ruby><ruby>社<rt>しゃ</rt></ruby>を<ruby>辞<rt>や</rt></ruby>めます。

她上個月從課長升遷為部長了。

<ruby>彼<rt>かの</rt></ruby><ruby>女<rt>じょ</rt></ruby>は<ruby>先<rt>せん</rt></ruby><ruby>月<rt>げつ</rt></ruby>、<ruby>課<rt>か</rt></ruby><ruby>長<rt>ちょう</rt></ruby>から<ruby>部<rt>ぶ</rt></ruby><ruby>長<rt>ちょう</rt></ruby>に<ruby>昇<rt>しょう</rt></ruby><ruby>進<rt>しん</rt></ruby>した。

在被開除前我想換工作。

<ruby>首<rt>くび</rt></ruby>になる<ruby>前<rt>まえ</rt></ruby>に<ruby>転<rt>てん</rt></ruby><ruby>職<rt>しょく</rt></ruby>したい。

他從教職退休後，成為了咖啡師。

<ruby>彼<rt>かれ</rt></ruby>は<ruby>教<rt>きょう</rt></ruby><ruby>職<rt>しょく</rt></ruby>を<ruby>引<rt>いん</rt></ruby><ruby>退<rt>たい</rt></ruby>して、バリスタになった。

開店、開門營業
かいてん
開店する

關店、打烊
へいてん
閉店する

接待客人
きゃくさま　むか
お客様を迎える

處理客人的問題
きゃくさま
お客様からの
と　あ　　　　たいおう
問い合わせに対応する

接受點餐、接受訂單
ちゅうもん　う
注文を受ける

結帳商品
しょうひん　かいけい
商品を会計する

包裝商品
しょうひん　こんぽう
商品を梱包する

回應客人的要求
きゃくさま　　ようきゅう
お客様の要求に
おう
応じる

叫號、叫名字
ばんごう　なまえ　よ
番号 / 名前を呼ぶ

取消訂單
ちゅうもん
注文を
キャンセルする

累積點數
た
ポイントを貯める

處理客訴
きゃくさま
お客様のクレームに
たいおう
対応する

SENTENCES TO USE

早上 10 點營業，晚上 9 點打烊。

ごぜん　じゅう　じ　かいてん　　　ご　ご　く　じ　へいてん
午前 10 時に開店し、午後 9 時に閉店する。

那個店員總是用笑臉接待客人。

てんいん　　　　　　え　がお　きゃくさま　むか
その店員は、いつも笑顔でお客様を迎える。

這個程式可以自動回應客人的問題。

きゃくさま　　　と　あ　　　　　じ　どう　おうたい　　き　のう
このプログラムは、お客様からの問い合わせに自動に応対する機能がある。

我最近會用手機 APP 累積點數。

さいきん
最近は、スマホアプリでポイントを貯める。

接電話
電話に出る

打電話給客服中心
コールセンターに電話する

受理問題、詢問
問い合わせを受ける

把電話轉給負責人
担当者に電話を回す

採取必要措施
必要な措置を取る

通話錄音
通話内容を録音する

SENTENCES TO USE

客服中心的人員說，一天要接 80 通以上的電話。
コールセンターの相談員は、1 日に 80 件以上の電話に出るという。

收到客人詢問的信件後，馬上就回信了。
お客様からの問い合わせメールを受けて、すぐ返信しました。

他把電話轉接給了負責人。
彼は電話を担当者に回した。

為了提升產品與服務，我們會對通話內容進行錄音。
製品やサービス向上のため、通話内容を録音させていただきます。

搭交通車通勤
通勤バスで通勤する

刷員工證
社員証をタッチする

進行安全檢查
安全点検を行う

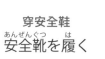

換上工作服
作業着に着替える

穿上無塵衣
防塵服を着用する

穿安全鞋
安全靴を履く

進入空氣浴塵室
エアシャワーを浴びる

檢查機器
機械を点検する

驗收產品
製品を検収する

挑出瑕疵品
不良品を見付ける

兩班制／三班制工作
２交代／３交代
勤務をする

SENTENCES TO USE

他搭交通車通勤。
彼は通勤バスで通勤している。

他刷了員工證進入辦公室。
彼らは社員証をタッチして、オフィスに入る。

工作前請先換上工作服並穿上安全鞋。
作業の前に作業着に着替えて、安全靴を履いてください。

在半導體工廠工作，必須進入空氣浴塵室。
半導体工場では、エアシャワーを浴びなければならない。

他們的工作是三班制。
彼らは、３交代勤務をする。

午後9時
PM 9:00

加班
残業をする
（ざんぎょう）

上夜班
夜勤をする
（やきん）

休息
休憩を取る
（きゅうけい）（と）

在員工餐廳吃午餐
社員食堂で昼食を取る
（しゃいんしょくどう）（ちゅうしょく）（と）

住在工廠的宿舍
工場の寮で生活する
（こうじょう）（りょう）（せいかつ）

交接工作
業務を引き継ぐ
（ぎょうむ）（ひ）（つ）

引導視察團隊
現場視察団を案内する
（げんば）（しさつだん）（あんない）

遭遇職災
業務災害に遭う
（ぎょうむ）（さいがい）（あ）

組成工會
労働組合を
結成する
（ろうどうくみあい）（けっせい）

勞資談判破裂
労使交渉が
決裂する
（ろうしこうしょう）（けつれつ）

罷工
ストライキをする

SENTENCES TO USE

這禮拜必須要加班到很晚。

我在員工餐廳吃早餐和午餐。

她住在工廠的宿舍。

勞資談判破裂，勞工發起罷工。

今週は、遅くまで残業をしなければならない。
（こんしゅう）（おそ）（ざんぎょう）

私は社員食堂で朝食と昼食を取る。
（わたし）（しゃいんしょくどう）（ちょうしょく）（ちゅうしょく）（と）

彼女は工場の寮で生活している。
（かのじょ）（こうじょう）（りょう）（せいかつ）

労使交渉が決裂し、労働者たちはストライキをした。
（ろうしこうしょう）（けつれつ）（ろうどうしゃ）

農業

従事農業
<ruby>農<rt>のうぎょう</rt></ruby>業を<ruby>営<rt>いとな</rt></ruby>む

用耕耘機／曳引機翻土
<ruby>耕運機<rt>こううんき</rt></ruby>/トラクターで
<ruby>土<rt>つち</rt></ruby>を<ruby>掘<rt>ほ</rt></ruby>り<ruby>返<rt>かえ</rt></ruby>す

引水到農田
<ruby>田<rt>た</rt></ruby>んぼに
<ruby>水<rt>みず</rt></ruby>を<ruby>引<rt>ひ</rt></ruby>く

準備秧苗
<ruby>苗代<rt>なわしろ</rt></ruby>の
<ruby>準備<rt>じゅんび</rt></ruby>をする

插秧
<ruby>田<rt>た</rt></ruby><ruby>植<rt>う</rt></ruby>えをする

使用插秧機
<ruby>田植機<rt>たうえき</rt></ruby>を<ruby>使<rt>つか</rt></ruby>う

灑肥料
<ruby>肥料<rt>ひりょう</rt></ruby>を<ruby>撒<rt>ま</rt></ruby>く

空中噴灑農藥
<ruby>航空防除<rt>こうくうぼうじょ</rt></ruby>/
<ruby>農薬<rt>のうやく</rt></ruby>の<ruby>空中散布<rt>くうちゅうさんぷ</rt></ruby>をする

割稲
<ruby>稲<rt>いね</rt></ruby>を<ruby>刈<rt>か</rt></ruby>る

農田排水
<ruby>田<rt>た</rt></ruby>んぼから
<ruby>水<rt>みず</rt></ruby>を<ruby>抜<rt>ぬ</rt></ruby>く

用乾燥機烘乾
<ruby>乾燥機<rt>かんそうき</rt></ruby>で
<ruby>乾燥<rt>かんそう</rt></ruby>させる

在碾米廠碾米
<ruby>精米所<rt>せいまいしょ</rt></ruby>で<ruby>精米<rt>せいまい</rt></ruby>する

SENTENCES TO USE

他回到鄉下從事農業。
<ruby>彼<rt>かれ</rt></ruby>は<ruby>田舎<rt>いなか</rt></ruby>に<ruby>帰<rt>かえ</rt></ruby>って、<ruby>農業<rt>のうぎょう</rt></ruby>を<ruby>営<rt>いとな</rt></ruby>んでいる。

用插秧機插秧。
<ruby>田植機<rt>たうえき</rt></ruby>で<ruby>田植<rt>たう</rt></ruby>えをします。

他們用曳引機在農田灑肥料。
<ruby>彼<rt>かれ</rt></ruby>らはトラクターで<ruby>田<rt>た</rt></ruby>んぼに<ruby>肥料<rt>ひりょう</rt></ruby>を<ruby>撒<rt>ま</rt></ruby>いている。

9月底到10月初要割稲。
<ruby>9月末<rt>くがつまつ</rt></ruby>から<ruby>10月初<rt>じゅうがつはじ</rt></ruby>めに<ruby>稲<rt>いね</rt></ruby>を<ruby>刈<rt>か</rt></ruby>ります。

烘乾稲穀後碾米。
<ruby>籾<rt>もみ</rt></ruby>は<ruby>乾燥<rt>かんそう</rt></ruby>させて、<ruby>精米<rt>せいまい</rt></ruby>する。

播種
種まきをする

種植幼苗
苗を植える

除草
雑草を抜く

在田裡灑肥料
畑に肥料を撒く

噴農藥
農薬を撒く

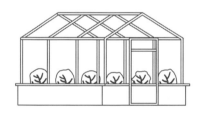

溫室栽培
ビニールハウスで栽培する

收成
収穫する

SENTENCES TO USE

她今年也在家庭菜園種植了蔬菜的幼苗。

彼女は今年も、家庭菜園で野菜の苗を植えた。

必須要幫庭院除草。

庭の雑草を抜かなければならない。

這個萵苣在種植的過程中沒有噴農藥。

このサンチュは、農薬を撒かないで育てた。

他們在溫室栽培橘子。

彼らはビニールハウスで、みかんを栽培している。

漁業

出海捕魚
<ruby>出漁<rt>しゅつりょう</rt></ruby>する

養殖
<ruby>養殖<rt>ようしょく</rt></ruby>する

經營養殖場
<ruby>養殖場<rt>ようしょくじょう</rt></ruby>を<ruby>運営<rt>うんえい</rt></ruby>する

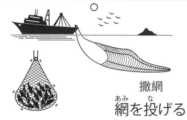

撒網
<ruby>網<rt>あみ</rt></ruby>を<ruby>投<rt>な</rt></ruby>げる

拉網
<ruby>網<rt>あみ</rt></ruby>を<ruby>引<rt>ひ</rt></ruby>き<ruby>寄<rt>よ</rt></ruby>せる

停泊漁船
<ruby>漁船<rt>ぎょせん</rt></ruby>を<ruby>停泊<rt>ていはく</rt></ruby>する

補完魚回家
<ruby>漁<rt>りょう</rt></ruby>を<ruby>終<rt>お</rt></ruby>えて<ruby>帰<rt>かえ</rt></ruby>る

分／儲藏捕獲的海鮮
<ruby>獲<rt>と</rt></ruby>れた<ruby>海産物<rt>かいさんぶつ</rt></ruby>を<ruby>分<rt>わ</rt></ruby>ける /
<ruby>貯蔵<rt>ちょぞう</rt></ruby>する

在魚市場拍賣捕獲的海鮮
<ruby>獲<rt>と</rt></ruby>れた<ruby>海産物<rt>かいさんぶつ</rt></ruby>を<ruby>魚市場<rt>うおいちば</rt></ruby>で
<ruby>競<rt>せ</rt></ruby>り<ruby>落<rt>お</rt></ruby>とす

保養捕魚工具
<ruby>漁具<rt>ぎょぐ</rt></ruby>の<ruby>手入<rt>てい</rt></ruby>れをする

SENTENCES TO USE

漁夫們一大早就出海捕魚。
<ruby>漁師<rt>りょうし</rt></ruby>たちは<ruby>早朝<rt>そうちょう</rt></ruby>に<ruby>出漁<rt>しゅつりょう</rt></ruby>する。

他們在養殖比目魚。
<ruby>彼<rt>かれ</rt></ruby>らはヒラメを<ruby>養殖<rt>ようしょく</rt></ruby>する。

把捕獲的海鮮儲藏在海產缸。
<ruby>獲<rt>と</rt></ruby>れた<ruby>海産物<rt>かいさんぶつ</rt></ruby>を<ruby>活魚水槽<rt>かつぎょすいそう</rt></ruby>に<ruby>貯蔵<rt>ちょぞう</rt></ruby>する。

漁夫們正在保養捕魚工具。
<ruby>漁師<rt>りょうし</rt></ruby>たちは<ruby>漁具<rt>ぎょぐ</rt></ruby>の<ruby>手入<rt>てい</rt></ruby>れをしている。

5 所有經濟活動

056

生産
せいさん
生産する

配送
りゅうつう
流通させる

消費
しょう ひ
消費する

販売
はんばい
販売する

購買
こうにゅう
購入する

做生意
じ ぎょう いとな
事業を営む

交易
と ひ
取り引きする

投資
とう し
投資する

打工
アルバイトを
する

在銀行存款
ぎんこう
銀行に
よ きん
預金する

收利息
り し と
利子を取る

貸款
ローンを組む

投資股票
かぶしきとう し
株式投資をする

領股息
はいとうきん う と
配当金を受け取る

SENTENCES TO USE

那家公司生產馬格利酒並出口到日本。
その会社では、マッコリを生産して日本に輸出している。

她在網路商店販售化妝品。
彼女はネットショップで、化粧品を販売している。

他在便利商店打工。
彼はコンビニでアルバイトをしている。

我貸了房屋貸款，買了房子。
住宅ローンを組んで、家を買った。

我也想試試看投資股票。
私も株式投資をしてみたい。

CHAPTER

3

購物

ショッピング

057

挑選商品
商品を選ぶ

比較商品／比較價格
商品 / 価格を比較する

詢問價格
価格を聞く

詢問商品
商品について聞く

放進購物推車
ショッピングカートに入れる

放進購物袋
買い物袋に入れる

得到贈品
おまけをもらう

議價、討價還價
値段を掛け合う

附贈品
おまけが付いている

結帳
会計する

降價
値下げする

打折
値引きする

SENTENCES TO USE

他挑選商品後放進購物推車。
彼は商品を選んでショッピングカートに入れた。

我會比較價格後再購買商品。
私は価格を比較してから商品を購入する。

她去買東西的時候，為了不使用塑膠袋，會攜帶折疊購物袋。
彼女は買い物に行く時、レジ袋を使わないため、折り畳み買い物袋を持って行く。

在韓國的傳統市場裡，有人會討價還價。
韓国の在来市場では、値段を掛け合う人たちがいる。

累積點數
ポイントを貯める

用聯名卡獲得折扣
提携カードで割引を受ける

使用電動步道
ムービングウォーク
[オートウォーク]を利用する

把購買的商品放在後車廂
購入した商品を
車のトランクに積む

幫我配送購買的商品
購入した商品を配達してもらう

SENTENCES TO USE

她每次買東西都會累積點數。
彼女は商品を買うたびにポイントを貯める。

那家便利商店用聯名卡可以有折扣。
そのコンビニでは提携カードで割引を受けることができる。

正當我把買的東西放進後車廂時，電話響了。
購入した商品を車のトランクに積んでいたら、電話のベルが鳴った。

我把在超市買的東西配送到我家。
私はスーパーマーケットで購入した商品を家まで配達してもらう。

挑選商品
しょうひん えら
商品を選ぶ

詢問尺寸
き
サイズを聞く

試穿
し ちゃく
試着してみる

確認價格
か かく
価格を
かくにん
確認する

詢問價格
か かく き
価格を聞く

結帳
かいけい
会計する

指定到貨日
とど き ぼう び
お届け希望日を
き
決める

逛街（只看不買）
ウィンドウ
ショッピングをする

在免稅店購買
めんぜいてん
免税店で
こうにゅう
購入する

用免稅價購買
めんぜい
免税で
こうにゅう
購入する

出示護照和機票
パスポートと
こうくうけん てい じ
航空券を提示する

在機場取貨
くうこう しょうひん
空港で商品を
う と
受け取る

SENTENCES TO USE

我向店員詢問了洋裝的尺寸。

わたし てんいん き
私は店員にワンピースのサイズを聞いた。

買褲子前先試穿一下比較好。

か まえ し ちゃく ほう
ズボンは買う前に試着してみた方がいい。

她用免稅價買了國外品牌的包包。

かのじょ がいこく めんぜい こうにゅう
彼女は外国ブランドのバッグを免税で購入した。

在免稅店必須出示護照和機票。
めんぜいてん こうくうけん てい じ
免税店ではパスポートと航空券を提示しなければならない。

我在機場的取貨櫃台領取在市區免稅店買的東西。
わたし し ないめんぜいてん こうにゅう しょうひん くうこう う と
私は市内免税店で購入した商品を空港のピックアップカウンターで受け取った。

3 利用美容服務設施

059

髮廊、按摩店

剪頭髪
かみ き
髪を切る

剪
カットする

剪短頭髪
かみ
髪を
みじか き
短く切る

剃平頭
が
スポーツ刈りにする

剃光頭
スキン
ヘッドにする

整理頭髪
かみ とと
髪を整える

燙頭髪
パーマをかける

染頭髪
かみ そ
髪を染める

洗頭
かみ あら
髪を洗う

吹頭髪
かみ かわ
髪を乾かす

用吹風機吹乾
ドライヤーで
かわ
乾かす

在等待的時間看雑誌
ま じかん
待ち時間に
ざっし よ
雑誌を読む

被化妝
メイクを
う
受ける

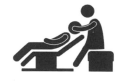
被按摩
マッサージを
う
受ける

SENTENCES TO USE

他每個月都會去美容院剪頭髪。
かれ まいつき びようしつ かみ き
彼は毎月、美容室で髪を切る。

隔了好久去剪了頭髪跟燙頭髪。
ひさ かみ き
久しぶりに髪を切ってパーマをかけた。

他入伍前剃了平頭。
かれ ぐんたい にゅうたい まえ あたま が
彼は軍隊に入隊する前に、頭をスポーツ刈りにした。

因為白髪的關係，我每個月必須要染一次頭髪。
わたし しらが つき いっかい かみ そ
私は白髪のせいで、月に1回、髪を染めなければならない。

睡前要用吹風機好好把頭髪吹乾。
ね まえ かみ かわ
寝る前は、ドライヤーで髪をしっかり乾かします。

美甲店

做指甲
マニキュアを受ける

做美甲、指甲彩繪
ネイルアートをする

挑選美甲設計
ネイルデザインを選ぶ

做光療指甲
ジェルネイルをつける

做光療指甲
ジェルネイルをしてもらう

卸光療指甲
ジェルネイルを
オフしてもらう

自己卸光療指甲
ジェルネイルを
セルフでオフする

貼指甲貼
ネイルシールを貼る

撕掉指甲貼
ネイルシールを
剥がす

做腳指甲
ペディキュアを
受ける

做指甲保養
ネイルケアを
受ける

做足部保養
フットケアを
受ける

SENTENCES TO USE

她偶爾會去美甲店做指甲。
彼女は、たまにネイルサロンでマニキュアを受ける。

我昨天第一次做了光療指甲。
私は昨日初めてジェルネイルをしてもらった。

這個指甲貼自己也可以貼得很漂亮。
このネイルシールは、自分できれいに貼ることができます。

我夏天會去做腳指甲。
私は、夏にはペディキュアを受ける。

她在美甲店做了足部保養。
彼女はネイルサロンで、フットケアを受けた。

網路購物
ネット
ショッピングを
する

下單
ちゅうもん
注文する

挑選商品
しょうひん えら
商品を選ぶ

比較商品／比較價格
しょうひん かかく
商品／価格を
ひ かく
比較する

放進購物車
か もの
買い物カゴに
い
入れる

適用折價券
わりびき
割引クーポンを
てきよう
適用する

支付運費
そうりょう し はら
送料を支払う

輸入寄送地址
はいそうさきじゅうしょ
配送先住所を
にゅうりょく
入力する

使用安全碼
あんしん
ナンバーを使う
つか

輸入個人清關認證碼
こ じんつうかん こ ゆう
個人通関固有
コードを
にゅうりょく
入力する

結帳
けっさい
決済する

使用點數
ポイントを使う
つか

放進願望清單
もの
ほしい物リストに
い
入れる

SENTENCES TO USE

他在閒暇之餘會網路購物。
かれ ひま とき
彼は暇な時、ネットショッピングをする。

選好商品後，點擊「購物車」的按鈕，就會放進購物車。
しょうひん えら か もの
商品を選んだら、「買い物カゴ」ボタンをクリックして、買い物カゴに入れる。
か もの い

結帳金額未滿 5 萬日圓的話，必須支付運費。
こうにゅうきんがく ご まんえん み まん そうりょう し はら
購入金額が 5 万円未満なら、送料を支払わなければならない。

從國外直接購買商品的時候，必須輸入個人清關認證碼。
かいがい しょうひん ちょくせつこうにゅう さい こ じんつうかん こ ゆう にゅうりょく
海外から商品を直接購入する際は、個人通関固有コードを入力しなければならない。

確認訂單內容
<ruby>注<rt>ちゅう</rt></ruby><ruby>文<rt>もん</rt></ruby><ruby>内<rt>ない</rt></ruby><ruby>容<rt>よう</rt></ruby>を<ruby>確<rt>かく</rt></ruby><ruby>認<rt>にん</rt></ruby>する

確認配送狀況
<ruby>配<rt>はい</rt></ruby><ruby>送<rt>そう</rt></ruby><ruby>状<rt>じょう</rt></ruby><ruby>況<rt>きょう</rt></ruby>を<ruby>確<rt>かく</rt></ruby><ruby>認<rt>にん</rt></ruby>する

詢問賣家
<ruby>販<rt>はん</rt></ruby><ruby>売<rt>ばい</rt></ruby><ruby>者<rt>しゃ</rt></ruby>に<ruby>問<rt>と</rt></ruby>い<ruby>合<rt>あ</rt></ruby>わせる

因為配送延遲向賣家客訴
<ruby>配<rt>はい</rt></ruby><ruby>送<rt>そう</rt></ruby><ruby>遅<rt>ち</rt></ruby><ruby>延<rt>えん</rt></ruby>で<ruby>販<rt>はん</rt></ruby><ruby>売<rt>ばい</rt></ruby><ruby>者<rt>しゃ</rt></ruby>に
クレームを<ruby>入<rt>い</rt></ruby>れる

把A更換成B
(AをBに) <ruby>交<rt>こう</rt></ruby><ruby>換<rt>かん</rt></ruby>する

退貨
<ruby>返<rt>へん</rt></ruby><ruby>品<rt>ぴん</rt></ruby>する

退款
<ruby>払<rt>はら</rt></ruby>い<ruby>戻<rt>もど</rt></ruby>す

寫評論
レビューを<ruby>作<rt>さく</rt></ruby><ruby>成<rt>せい</rt></ruby>する

寫附照片的評論
<ruby>画<rt>が</rt></ruby><ruby>像<rt>ぞう</rt></ruby><ruby>付<rt>つ</rt></ruby>きレビューを<ruby>書<rt>か</rt></ruby>く

SENTENCES TO USE

想確認訂單的時候，要怎麼做才好呢？

<ruby>注<rt>ちゅう</rt></ruby><ruby>文<rt>もん</rt></ruby><ruby>内<rt>ない</rt></ruby><ruby>容<rt>よう</rt></ruby>を<ruby>確<rt>かく</rt></ruby><ruby>認<rt>にん</rt></ruby>したい<ruby>時<rt>とき</rt></ruby>は、どうすればいいんですか。

他確認了 2 天前下單的運動鞋的配送狀況。

<ruby>彼<rt>かれ</rt></ruby>は 2 <ruby>日<rt>ふつ</rt></ruby><ruby>前<rt>かまえ</rt></ruby>に<ruby>注<rt>ちゅう</rt></ruby><ruby>文<rt>もん</rt></ruby>した<ruby>運<rt>うん</rt></ruby><ruby>動<rt>どう</rt></ruby><ruby>靴<rt>ぐつ</rt></ruby>の<ruby>配<rt>はい</rt></ruby><ruby>送<rt>そう</rt></ruby><ruby>状<rt>じょう</rt></ruby><ruby>況<rt>きょう</rt></ruby>を<ruby>確<rt>かく</rt></ruby><ruby>認<rt>にん</rt></ruby>した。

尺寸不合的話，可以換貨嗎？

サイズが<ruby>合<rt>あ</rt></ruby>わない<ruby>時<rt>とき</rt></ruby>、<ruby>交<rt>こう</rt></ruby><ruby>換<rt>かん</rt></ruby>してもらえますか。

網購買的鞋子太小所以退貨了。

オンラインで<ruby>購<rt>こう</rt></ruby><ruby>入<rt>にゅう</rt></ruby>した<ruby>靴<rt>くつ</rt></ruby>が<ruby>小<rt>ちい</rt></ruby>さくて、<ruby>返<rt>へん</rt></ruby><ruby>品<rt>ぴん</rt></ruby>した。

她寫了在網路上購買的洋裝的評論。

<ruby>彼<rt>かの</rt></ruby><ruby>女<rt>じょ</rt></ruby>はネットで<ruby>購<rt>こう</rt></ruby><ruby>入<rt>にゅう</rt></ruby>したワンピースのレビューを<ruby>作<rt>さく</rt></ruby><ruby>成<rt>せい</rt></ruby>した。

商品を選ぶ

CHAPTER

4

生産＆育児

出産＆育児

使用驗孕棒
にんしんけんさやく
妊娠検査薬を
つか
使う

在醫院檢查懷孕狀況
びょういん にんしん
病院で妊娠を
かくにん
確認する

懷孕
にんしん
妊娠する

有孩子
こども も
子供を持つ

懷雙胞胎／三胞胎
ふたご みご
双子 / 三つ子を
にんしん
妊娠する

8ヶ月

懷孕~週／~個月
にんしん しゅう
妊娠 ～週 /
かげつ
～ヶ月だ

寫孕婦健康手冊
ぼしけんこうてちょう
母子健康手帳を
か
書く

攝取葉酸／鐵劑
ようさん てつざい せっしゅ
葉酸 / 鉄剤を摂取する

接受超音波檢查
ちょうおん ぱけんさ
超音波検査を
受ける

接受產前診斷
しゅっしょうぜんしんだん
出生前診断を
う
受ける

接受胎兒染色體基因檢測
たいじ せんしょくたいけんさ
胎児の染色体検査を
受ける

得了妊娠糖尿病
にんしんとうにょうびょう
妊娠糖尿病に
かかる

有妊娠高血壓
にんしんこうけつあつしょうこうぐん
妊娠高血圧症候群に
なる

孕吐
つわりが起きる

SENTENCES TO USE

我在家用驗孕棒檢查，確認懷孕了。

わたし いえ にんしんけんさやく つか けんさ にんしん かくにん
私は家で妊娠検査薬を使って検査し、妊娠を確認した。

姊姊懷了雙胞胎。

あね ふたご にんしん
姉は双子を妊娠した。

她懷孕 27 週了。

かのじょ にんしん にじゅうなな しゅう
彼女は妊娠 27 週です。

懷孕初期，必須接受胎兒染色體基因檢測。

にんしんしょき たいじ せんしょくたいけんさ う
妊娠初期には、胎児の染色体検査も受けなければならない。

我不會孕吐。

わたし お
私はつわりが起きなかった。

做胎教
胎教をする

購買嬰兒用品
ベビー用品を購入する

準備嬰兒房
赤ちゃんの
部屋作りをする

預產
出産予定だ

開始陣痛
陣痛が始まる

每隔~分會陣痛
～分間隔で陣痛がある

羊水破了
破水する

陣痛中
陣痛中だ

生產中
分娩中だ

自然產
自然分娩する

剖腹產
帝王切開で産む

剪臍帶
へその緒を切る

生產、生下
出産する

把嬰兒從產房轉移至嬰兒病房
赤ちゃんを分娩室から
新生児室に移動する

SENTENCES TO USE

她在產前購買了嬰兒用品，還準備了嬰兒房。
彼女は出産前にベビー用品を購入し、赤ちゃんの部屋作りをした。

我女兒的預產期是下周。
娘は来週、出産予定だ。

羊水破了之後，陣痛就開始了。
破水してから、陣痛が始まった。

產婦現在正在生產中。
産婦は今、分娩中です。

她今天生下了一個女嬰。
彼女は今日、女の子を出産した。

收到新生賀禮
<ruby>出産<rt>しゅっさん</rt></ruby><ruby>祝<rt>いわ</rt></ruby>いをもらう

難產
<ruby>難産<rt>なんざん</rt></ruby>になる

早產
<ruby>早産<rt>そうざん</rt></ruby>する

胎死腹中
<ruby>死産<rt>しざん</rt></ruby>する

流產
<ruby>流産<rt>りゅうざん</rt></ruby>する

無法懷孕
<ruby>子供<rt>こども</rt></ruby>ができない

女性不孕症
<ruby>女性不妊症<rt>じょせいふにんしょう</rt></ruby>だ

男性不孕症
<ruby>男性不妊症<rt>だんせいふにんしょう</rt></ruby>だ

前往專門做不孕治療的醫院
<ruby>不妊治療専門<rt>ふにんちりょうせんもん</rt></ruby>の<ruby>病院<rt>びょういん</rt></ruby>に<ruby>通<rt>かよ</rt></ruby>う

確認排卵日
<ruby>排卵日<rt>はいらんび</rt></ruby>をチェックする

SENTENCES TO USE

那位女性在懷孕八個月時早產。
その<ruby>女性<rt>じょせい</rt></ruby>は<ruby>妊娠<rt>にんしん</rt></ruby>8<ruby>ヶ月<rt>かげつ</rt></ruby>で<ruby>早産<rt>そうざん</rt></ruby>した。

她生下長女之前流產過一次。
<ruby>彼女<rt>かのじょ</rt></ruby>は<ruby>長女<rt>ちょうじょ</rt></ruby>を<ruby>産<rt>う</rt></ruby>む<ruby>前<rt>まえ</rt></ruby>に<ruby>一度<rt>いちど</rt></ruby><ruby>流産<rt>りゅうざん</rt></ruby>した。

那對夫妻因為無法懷上孩子，很長一段時間都很辛苦。
その<ruby>夫婦<rt>ふうふ</rt></ruby>は<ruby>子供<rt>こども</rt></ruby>ができなくて、<ruby>長<rt>なが</rt></ruby>い<ruby>間<rt>あいだ</rt></ruby><ruby>苦労<rt>くろう</rt></ruby>した。

嘗試自然受孕
自然妊娠を試みる

人工受孕
人工授精をする

通過試管嬰兒進行不孕治療
体外受精による
不妊治療を受ける

做試管嬰兒
体外受精を行う

凍卵保存
卵子を凍結保存する

從精子銀行取得精子
精子バンクから精子を提供される

透過代理孕母生孩子
代理母出産で赤ちゃんを産む

SENTENCES TO USE

我透過試管嬰兒進行不孕治療，生下了孩子。
体外受精による不妊治療を受けて、赤ちゃんを産んだ。

越來越多女性在年輕時凍卵。
若い時に卵子を凍結保存しておく女性が増えている。

那位女性從精子銀行取得精子，生下了一名男嬰。
その女性は精子バンクから提供された精子で、息子を産んだ。

2 育兒

062

餵母乳
おっぱい/母乳を
飲ませる

餵奶
ミルク[粉ミルク]を
飲ませる

拍嗝
げっぷをさせる

抱
抱く

背
おぶう

讓~坐嬰兒車
ベビーカーに
乗せる

幫嬰兒洗澡
赤ちゃんを
お風呂に入れる

安撫哭泣的嬰兒
泣く赤ちゃんを
なだめる

安撫哭鬧的嬰兒
むずかる赤ちゃんを
なだめる

換尿布
おむつを
替える

讓~睡嬰兒床
ベビーベッドに
寝かす

安撫嬰兒睡覺
赤ちゃんを
なだめて寝かせる

讓嬰兒聽搖籃曲
子守唄を
聞かせる

SENTENCES TO USE

可以的話我想餵寶寶喝母乳。
私はできれば赤ちゃんに母乳を飲ませたい。

餵寶寶喝完奶之後，必須要拍嗝。
赤ちゃんにミルクを飲ませた後は、げっぷをさせなければならない。

他背著嬰兒。
彼は赤ちゃんをおぶった。

要安撫哭泣的嬰兒很困難。
泣いている赤ちゃんをなだめることは難しい。

一天要換幾次尿布呢？
一日何回、おむつを替えますか。

專心育兒
育児に専念する

寄放嬰兒
赤ちゃんを預ける

請育嬰假
育児休業を取る

育嬰假期中
育児休業中だ

和嬰兒對眼
赤ちゃんが
目を合わせる

製作副食品
離乳食を作る

幫嬰兒戴圍兜
ベビースタイを
してあげる

讓~坐學步車
歩行器に乗せる

做爬行、走路訓練
あんよトレーニングを
させる

開始訓練上廁所
トイレトレーニングを
始める

教導使用湯匙／筷子
スプーン / お箸の
使い方を教える

SENTENCES TO USE

她把寶寶寄放在老家後去上班。
彼女は赤ちゃんを実家に預けて会社に行く。

最近越來越多男性請育嬰假。
最近は、育児休業を取る男性が増えている。

寶寶 4 週大之後，開始可以對上眼了。
生後 4 週目になると、赤ちゃんが目を合わせ始める。

在寶寶睡覺的時候製作副食品。
赤ちゃんが寝ている時に、離乳食を作ります。

要什麼時候開始訓練上廁所呢？
トイレトレーニングはいつから始めますか。

舉辦百日宴
百日祝いをする
ひゃくにちいわ

慶祝周歲
満1歳の
まんいっさい
誕生祝いをする
たんじょういわ

申請／收到育兒津貼
児童扶養手当を
じ どう ふ ようて あて
申請する / 受ける
しんせい う

讓孩子打預防針
子供に予防接種を
こ ども よ ぼうせっしゅ
受けさせる

讓孩子做體檢
子供に健康診断を
こ ども けんこうしんだん
受けさせる
う

孩子在地上打滾鬧
脾氣
子供が
こ ども
駄々をこねる
だ だ

念書給（孩子）聽
本を読んで
ほん よ
あげる

讓孩子看手機／youtube影片／
電視
スマートフォン / YouTubeの
ユー チューブ
動画 / テレビを見せる
どう が み

讓（孩子）上托兒所／幼稚園／小學
保育園 / 幼稚園 /
ほ いくえん よう ち えん
小学校に通わせる
しょうがっこう かよ

跟老師商量
先生に相談する
せんせい そうだん

幫助學習
勉強を手伝う
べんきょう て つだ

SENTENCES TO USE

我們夫婦上週六舉辦了孩子的百日宴。
私たち夫婦は先週の土曜日に子供の百日祝いをした。
わたし ふう ふ せんしゅう ど よう び こ ども ひゃくにちいわ

他每天晚上在孩子睡前都會唸書給孩子聽。　彼は毎晩子供が寝る前に、子供に本を読んであげる。
かれ まいばん こ ども ね まえ こ ども ほん よ

想讓孩子安靜下來的時候，就讓他用手機看 youtube 影片。
子供を静かにさせたい時は、スマホで YouTube の動画を見せる。
こ ども しず とき ユー チューブ どう が み

她幫助我女兒學習英文跟數學。　彼女は娘の英語と数学の勉強を手伝う。
かのじょ むすめ えい ご すうがく べんきょう て つだ

請~去跑腿

おつかいをさせる

請~做家事

家事_{か じ}をさせる

保持良好習慣

よい習慣_{しゅうかん}を
身_みにつけさせる

給~各式各樣的體驗

様々_{さまざま}な経験_{けいけん}をさせる

稱讚

褒_ほめる

鼓勵

励_{はげ}ます

勸說、教誨

言_いい聞_きかせる

責罵

叱_{しか}る

生氣

怒_{おこ}る

控制、統一

統制_{とうせい}する

SENTENCES TO USE

我第一次請孩子去跑腿是在他小三的時候。

子供_{こ ども}に初_{はじ}めておつかいをさせたのは、小学校_{しょうがっこう}3年生_{さん ねんせい}の時_{とき}だ。

偶爾要請孩子做家事。

たまに子供_{こ ども}に家事_{か じ}をさせる。

我們夫婦努力讓孩子有各式各樣的體驗。

私_{わたし}たち夫婦_{ふう ふ}は子供_{こ ども}に様々_{さまざま}な経験_{けいけん}をさせようと努力_{ど りょく}している。

不要責罵孩子，請溫柔的跟他講道理。

子供_{こ ども}を叱_{しか}らないで、優_{やさ}しく言_いい聞_きかせてください。

讓~念私校
私教育を受けさせる

讓~去補習班
塾に通わせる

讓~上英語／數學／鋼琴／美術課
英語/数学/ピアノ/美術教室に通わせる

讓~上家教
プライベートレッスンを受けさせる

幫助找尋適合的性質
適性を探すのを手伝う

讓~接受適性學習
適期教育をさせる

SENTENCES TO USE

很多韓國父母會讓孩子念私校。
韓国の親たちは、子供たちに私教育をたくさん受けさせる。

她讓孩子去上英文、數學和鋼琴課。　　彼女は子供を英語、数学、ピアノ教室に通わせる。

她讓孩子上英文會話的家教。
彼女は子供に英会話のプライベートレッスンを受けさせている。

對孩子們來說需要的不是提前學習，而是適性學習。
子供たちに必要なのは早期教育ではなく、適期教育である。

讓~去體驗式學習
体験学習（たいけんがくしゅう）に行（い）かせる

參加教學觀摩
授業参観（じゅぎょうさんかん）に参加（さんか）する

讓~轉學
転校（てんこう）させる

讓~去留學
留学（りゅうがく）させる

讓~早早出國留學
早期留学（そうきりゅうがく）させる

讓~接受另類教育、上體制外學校
オルタナティブスクールに通（かよ）わせる

讓~接受智力測驗
知能検査（ちのうけんさ）を受（う）けさせる

閱讀教育書籍／親子教養書籍
教育書（きょういくしょ）/ 育児本（いくじぼん）を読（よ）む

SENTENCES TO USE

今天為了參加孩子的教學觀摩，請了半天假。
今日（きょう）、子供（こども）の授業参観（じゅぎょうさんかん）に参加（さんか）するため、半休（はんきゅう）を取（と）った。

他說他想讓他兒子出國留學。
彼（かれ）は息子（むすこ）を留学（りゅうがく）させたいと言（い）った。

她在她的小孩小學三年級的時候，讓他去上體制外學校。
彼女（かのじょ）は子供（こども）が小学（しょうがく）3 年生（ねんせい）の時（とき）から、オルタナティブスクールに通（かよ）わせた。

她因為對教育有興趣，喜歡閱讀教育相關書籍。
彼女（かのじょ）は教育（きょういく）に興味（きょうみ）があるので、教育書（きょういくしょ）を読（よ）むのが好（す）きだ。

CHAPTER

5

空閒時間&興趣

余暇&趣味

063

旅遊、旅行
旅行する

打包、整理旅行的行李
旅行の荷造りをする

一日遊
日帰り旅行をする

3泊4日

去…天~夜
～泊…日で行く

國內旅遊
国内旅行をする

國外旅遊
海外旅行をする

背包旅行、自助旅行
バックパッキングをする

跟團旅遊
パッケージツアーをする

郵輪旅遊
クルーズ旅行をする

SENTENCES TO USE

我想一個人去美國旅遊。
私は一人でアメリカを旅行したいです。

明明明天早上就要出發了，我卻還沒整理行李。
明日の朝、出発なのに、まだ旅行の荷造りをしていない。

請介紹我可以去 4 天 3 夜的國外旅遊。
３泊４日で行ける海外旅行先を紹介してください。

她在 20 幾歲的時候去過 50 天的背包旅行。
彼女は２０代に、50日間バックパッキングをした。

去校外教學
<ruby>修学<rt>しゅうがくりょこう</rt></ruby> 旅行に<ruby>行<rt>い</rt></ruby>く

去畢業旅行
<ruby>卒業旅行<rt>そつぎょうりょこう</rt></ruby>に<ruby>行<rt>い</rt></ruby>く

去蜜月旅行、度蜜月
<ruby>新婚旅行<rt>しんこんりょこう</rt></ruby>に<ruby>行<rt>い</rt></ruby>く

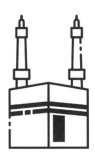

橫斷旅遊
<ruby>国土横断旅行<rt>こくどおうだんりょこう</rt></ruby>をする

縱貫旅遊
<ruby>国土縦断旅行<rt>こくどじゅうだんりょこう</rt></ruby>をする

事前考察
<ruby>下調<rt>したしら</rt></ruby>べに<ruby>行<rt>い</rt></ruby>く

去朝聖
<ruby>聖地巡礼<rt>せいちじゅんれい</rt></ruby>に<ruby>行<rt>い</rt></ruby>く

環遊世界
<ruby>世界一周<rt>せかいいっしゅう</rt></ruby>をする

SENTENCES TO USE

要去畢業旅行的話，我想出國。

<ruby>卒業旅行<rt>そつぎょうりょこう</rt></ruby>に<ruby>行<rt>い</rt></ruby>くなら、<ruby>海外<rt>かいがい</rt></ruby>に<ruby>行<rt>い</rt></ruby>きたいです。

因為工作太忙，沒辦法去蜜月旅行。

<ruby>仕事<rt>しごと</rt></ruby>が<ruby>忙<rt>いそが</rt></ruby>しくて、<ruby>新婚旅行<rt>しんこんりょこう</rt></ruby>に<ruby>行<rt>い</rt></ruby>けなかった。

聽說最近的年輕人都會去朝聖動畫裡出現的場景。

<ruby>最近<rt>さいきん</rt></ruby>の<ruby>若者<rt>わかもの</rt></ruby>は、アニメの<ruby>聖地巡礼<rt>せいちじゅんれい</rt></ruby>に<ruby>行<rt>い</rt></ruby>くそうだ。

他中了樂透後，下定決心要去環遊世界。

<ruby>彼<rt>かれ</rt></ruby>は<ruby>宝<rt>たから</rt></ruby>くじに<ruby>当<rt>あ</rt></ruby>たって、<ruby>世界一周<rt>せかいいっしゅう</rt></ruby>をすることを<ruby>決意<rt>けつい</rt></ruby>した。

制定旅行計畫
旅行の計画を
立てる

決定旅行路線
旅行ルートを
決める

訂旅館／青年旅館
ホテル / ホステルを
予約する

訂機票
航空券 / 飛行機のチケットを
予約する

訂火車／巴士
列車 / バスを予約する

買票
切符 / チケットを
購入する

搭車／火車／巴士／飛機去
車 / 列車 / バス /
飛行機で行く

轉乘電車／巴士、公車
電車 / バスに
乗り換える

搭飛機／火車／巴士旅行
飛行機 / 列車 / バスで
旅行する

轉機
飛行機の乗り継ぎをする

SENTENCES TO USE

旅行很開心，但制定旅行計畫更開心。
旅行も楽しいですが、旅行の計画を立てることがもっと楽しいです。

我預約了深夜巴士，可以取消嗎？
深夜バスを予約したんですが、キャンセルできますか。

他們開車去了舊金山。
彼らは車でサンフランシスコに行った。

首先先搭電車，接著再轉乘巴士。
まず、電車に乗って、それからバスに乗り換える。

住旅館／青年旅館
ホテル／ホステルに泊まる

入住、報到
チェックインする

退房
チェックアウトする

在旅館吃自助餐
ホテルの
バイキングで
食べる

吃旅館的自助餐
ホテルのバイキングを利用する

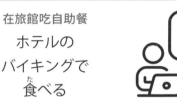

在旅遊服務中心詢問旅遊資訊
観光案内所で旅行情報を聞く

租車
レンタカーを借りる

停在高速公路休息站
高速道路のサービス
エリアに立ち寄る

在高速公路休息站吃東西
高速道路のサービス
エリアで食事をする

SENTENCES TO USE

他們住在車站附近的旅館。
彼らは駅の近くにあるホテルに泊まった。

下午 3 點入住，隔日上午 10 點退房。
午後 3 時にチェックインし、翌日の午前 10 時にチェックアウトした。

她在車站的旅遊服務中心詢問了幾個旅遊資訊。
彼女は駅の観光案内所で旅行情報をいくつか聞いた。

我們停在高速公路休息站，簡單吃了東西。
私たちは高速道路のサービスエリアに立ち寄り、食事を簡単に済ませた。

去觀光景點
観光^{かんこう}スポットに行^いく

參加導遊行程
ガイドツアーに
参加^{さんか}する

享受購物／觀光
ショッピング /
観光^{かんこう}を楽^{たの}しむ

去吃美食
おいしいお店^{みせ}に行^いく

用app找美食
アプリでおいしいお店^{みせ}を探^{さが}す

查詢店家評價
お店^{みせ}の評価^{ひょうか}を調^{しら}べる

拍照
写真^{しゃしん}を撮^とる

幫我拍照
写真^{しゃしん}を撮^とってもらう

買伴手禮、紀念品
お土産^{みやげ}を買^かう

SENTENCES TO USE

我在羅浮宮參加了導遊行程。
私^{わたし}はルーブル美術館^{びじゅつかん}でガイドツアーに参加^{さんか}した。

中國觀光客在首爾享受購物和觀光。
中国人観光客^{ちゅうごくじんかんこうきゃく}は、ソウルでショッピングや観光^{かんこう}を楽^{たの}しんだ。

去旅行的話，一定會有人去吃美食。
旅行^{りょこう}に行^いくと、必^{かなら}ずおいしいお店^{みせ}に行^いく人^{ひと}がいる。

當我去旅行時，我會買個小紀念品來記住那個地方。
私^{わたし}は旅行^{りょこう}に行^いくと、そこを思^{おも}い出^だすために小^{ちい}さなお土産^{みやげ}を買^かう。

在機場的免稅店購買
空港の免税店で購入する
（くうこう　めんぜいてん　こうにゅう）

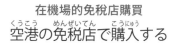

接受安檢
保安検査を受ける
（ほ あんけん さ　う）

通過安檢
保安検査を通過する
（ほ あんけんさ　つう か）

通過機場出入境審查
空港出入国審査台を通過する
（くうこうしゅつにゅうこくしん さ だい　つう か）

從行李提領處取行李
手荷物受取所から荷物を受け取る
（て に もつうけとりしょ　に もつ　う　と）

通過海關
税関を通過する
（ぜいかん　つう か）

結束旅遊回家
旅行を終えて帰る
（りょこう　お　かえ）

在部落格／社群網站上傳旅行照片和心得
ブログ / SNSに旅行写真と
（りょこう　しゃしん）
（エスエヌエス）
レビューをアップする

SENTENCES TO USE

旅行回程在機場的免稅店買了威士忌。
旅行の帰りに空港の免税店でウィスキーを購入した。
（りょこう　かえ　くうこう　めんぜいてん　こうにゅう）

在機場要通過安檢的時候，帽子必須脫下來。
空港で保安検査を通過する時は、帽子を脱がなければならない。
（くうこう　ほ あんけん さ　つう か　とき　ぼう し　ぬ）

旅行回來後，我在部落格上傳了照片和心得。
旅行から帰ると、私はブログに写真とレビューをアップする。
（りょこう　かえ　わたし　しゃしん）

看電視
テレビを見る

用VOD看電視節目
VODでテレビ番組を見る

用遙控器轉台
リモコンで
チャンネルを変える

一台接著一台轉台
チャンネルを
次々と変える

用IPTV看電影
IPTVで映画を見る

看youtube影片
YouTubeの動画を見る

訂閲youtube頻道
YouTubeチャンネルを
購読する

用youtube看直播
YouTubeで
ライブ配信を
見る

按youtube影片讚
YouTubeの動画に
「いいね」を押す

COMMENT

在youtube影片下留言
YouTubeの動画に
コメントを投稿する

Download

下載youtube影片／音樂
YouTubeの動画/音楽を
ダウンロードする

SENTENCES TO USE

最近可以用 VOD 看以前的電視節目。
最近は、VOD で過去のテレビ番組を見ることができる。

就算不去電影院，也可以在自己家裡用 IPTV 看最新的電影。
映画館に行かなくても、自宅で IPTV で最新映画を見ることができる。

我訂閱了一位影評人的 youtube 頻道。
私はある映画評論家の YouTube チャンネルを購読している。

拍攝／製作要上傳到youtube的影片
YouTubeに投稿する
動画を撮影 / 制作する

編輯要上傳到youtube的影片
YouTubeに投稿する
動画を編集する

上傳影片到youtube
YouTubeに
動画を投稿する

建立youtube頻道
YouTubeチャンネルを開設する

在youtube開直播
YouTubeでライブ配信をする

訂閱Netflix
ネットフリックスに登録する

用電視看Netflix
ネットフリックスをテレビで見る

在Netflix上看電視節目／電影／紀錄片
ネットフリックスでテレビ番組 / 映画 /
ドキュメンタリーを見る

取消訂閱Netflix
ネットフリックスを解約する

SENTENCES TO USE

為了編輯要上傳到 YouTube 20 分鐘的影片,需要花 8 小時左右。
YouTube に投稿する 20 分の動画を編集するのに、8 時間ほどかかる。

那位 youtuber 一週會在自己的頻道上傳 2 支影片。
そのユーチューバーは自分のチャンネルに 1 週間に 2 本の動画を投稿する。

在 Netflix 上看紀錄片成了她的興趣。
彼女はネットフリックスでドキュメンタリーを見ることが趣味になった。

3 球類運動、運動

🎧 065

去看足球／棒球比賽
サッカー／野球の
試合を見に行く

踢足球／打棒球
サッカー／野球をする

看足球／棒球比賽
サッカー／野球の試合を見る

打羽毛球／打網球／
打桌球／打高爾夫球
バドミントン／テニス／
卓球／ゴルフをする

去慢跑／游泳／登山／健行
ジョギング／水泳／山登り／
ハイキングに行く

去滑雪／滑冰
スキー／
スケートに行く

跑馬拉松
マラソンをする

享受像高空彈跳、跳傘這樣
的極限運動
バンジージャンプ、
スカイダイビングの
ようなエクストリーム
スポーツを楽しむ

SENTENCES TO USE

我小學的時候第一次和爸爸去看了棒球比賽。
私は小学生の時、父と一緒に初めて野球の試合を見に行った。

他每個週末會和朋友打網球。
彼は週末ごとに友達とテニスをする。

她每天早上都會去游泳。
彼女は毎朝、水泳に行く。

我一到冬天就會和朋友去滑雪。
私は冬になると、友達とスキーに行く。

做暖身運動
準備運動をする

做有氧運動
有酸素運動をする

做肌力訓練
筋力トレーニングを
する

做皮拉提斯／瑜珈
ピラティス/
ヨガをする

去健身房
スポーツ
ジムに行く

上一對一教練課程
パーソナル
トレーニングを受ける

用跑步機跑步
ランニング
マシーンで走る

深蹲
スクワットを
する

做平板式
プランクをする

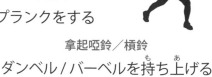

拿起啞鈴／槓鈴
ダンベル/バーベルを持ち上げる

練腹肌
腹筋をする

健走
パワーウォーキングをする

SENTENCES TO USE

運動之前必須先做暖身運動。
運動する前には、準備運動をしなければならない。

為了減肥成功必須要做有氧運動。
ダイエットに成功するためには、有酸素運動をしなければならない。

最近越來越多女性在做皮拉提斯。
最近、ピラティスをする女性が増えている。

她去健身房上一對一私人教練課。
彼女はスポーツジムに行って、パーソナルトレーニングを受ける。

066

去爬山
登山に行く
（とざん・い）

爬山、登山
山登りする
（やまのぼ）

攀岩
岩登りをする
（いわのぼ）

購買登山用品
登山用品を購入する
（とざんようひん・こうにゅう）

加入登山社團
登山サークルに加入する
（とざん・かにゅう）

穿登山服
登山の服装をする
（とざん・ふくそう）

穿登山鞋
登山靴を履く
（とざんぐつ・は）

戴登山帽
登山の帽子をかぶる
（とざん・ぼうし）

綁緊登山鞋的鞋帶
登山靴のひもをしっかり結ぶ
（とざんぐつ・むす）

夜晚登山
夜間登山をする
（やかんとざん）

背登山包
リュックサックを
背負う
（せお）

SENTENCES TO USE

請告訴我可以輕鬆爬的爬山地點。

她 30 幾歲的時候，有去攀岩過。

他為了要開始爬山，購買了登山用品。

我只有一次夜晚登山過。

気軽に行ける登山スポットを教えてください。
（きがる・い・とざん・おし）

彼女は 30 代の時、岩登りをした。
（かのじょ・さんじゅうだい・とき・いわのぼ）

彼は登山を始めるために、登山用品を購入した。
（かれ・とざん・はじ・とざんようひん・こうにゅう）

私は一度だけ夜間登山をしたことがある。
（わたし・いちど・やかんとざん）

喊出聲
ヤッホーと叫ぶ

沿著登山路線
登山コースに沿う

在山路迷路
山で道に迷う

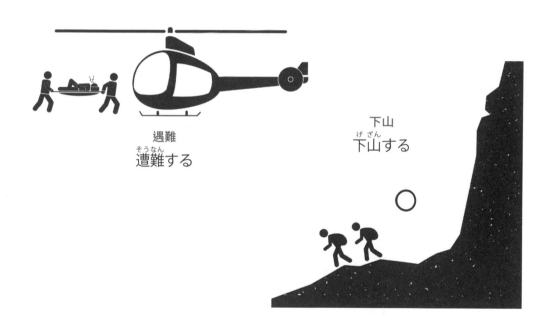

遇難
遭難する

下山
下山する

SENTENCES TO USE

他們在山頂大喊出聲。

彼らは山頂で、ヤッホーと叫んだ。

在山路迷路的話，該怎麼辦才好？

山で道に迷ったら、どうすればいいですか。

那位登山客在喜馬拉雅山遇難了。

その登山家はヒマラヤで遭難した。

因為天馬上就要黑了，所以我們就下山了。

もうすぐ日が暮れそうなので、私たちは下山した。

去露營
キャンプに
行く

租借／購買露營車
キャンピングカーを
レンタル / 購入する

把廂型車改造成露營車
ワゴン車を改造して
キャンピングカーにする

搭帳篷／收折帳篷
テントを
張る / 畳む

進去帳篷裡
テントの中に入る

出到帳篷外
テントの外に出る

搭棚子
タープを張る

燒篝火
焚き火を焚く

吃烤肉
バーベキューを
する / 食べる

用睡袋睡覺
寝袋で寝る

張開／折睡袋
寝袋を広げる /
畳む

張開／折蚊帳
蚊帳を張る / 畳む

在車子裡過夜
車中泊をする

SENTENCES TO USE

最近越來越多人去露營。
最近、ますます多くの人たちがキャンプに行く。

他們把廂型車改造成露營車後，開著它去露營。
彼らはワゴン車を改造してキャンピングカーにし、それに乗ってキャンプに行く。

我們到了露營區後，先搭了帳篷。
私たちはキャンプ場に着いて、まずテントを張った。

即使是輕型車，也足夠可以在車裡過一夜唷！軽自動車でも、十分に車中泊ができますよ。

5 度假、海水浴

在旅館度假	去旅館度假	入住旅館
ホカンスをする	ホカンスに行く	ホテルにチェックインする

從旅館退房	在旅館的酒吧喝雞尾酒	叫客房服務
ホテルでチェックアウトする	ホテルのバーでカクテルを飲む	ルームサービスを頼む

使用旅館的健身房	在旅館的游泳池游泳
ホテルのフィットネスセンターを利用する	ホテルのプールで泳ぐ

SENTENCES TO USE

上週末，我們在市區內的旅館度假了兩天一夜。
先週末、私たちは市内のホテルで1泊2日のホカンスをした。

她和朋友在旅館的酒吧喝雞尾酒。
彼女は友だちとホテルのバーでカクテルを飲んでいる。

晚餐要不要叫客房服務？
夕食はルームサービスを頼もうか。

我們在旅館的游泳池裡悠閒地游泳。
私たちはホテルのプールで、のんびりと泳いでいた。

享受spa
スパを楽しむ

享受乾式／濕式三溫暖
乾式/湿式サウナを楽しむ

看都市的夜景
都会の夜景を眺める

眺望海景
オーシャンビューを見渡す

去按摩
マッサージを受ける

在浴缸洗半身浴
お風呂で半身浴をする

吃自助式早餐
朝食バイキングを食べる

SENTENCES TO USE

因為是在市區內的旅館，所以我們可以看到都市的夜景。

市内にあるホテルだったので、私たちは都会の夜景を眺めることができた。

這個房間可以眺望絕佳的海景。

このルームでは、素晴らしいオーシャンビューを見渡すことができます。

我在旅館做了足部按摩。　　　　　　私はホテルで足のマッサージを受けた。

他們吃了自助式早餐後，就退房了。　彼らは朝食バイキングを食べて、チェックアウトした。

去海邊玩水
海水浴に行く

租借海灘遮陽傘
ビーチパラソルを
レンタルする

到海邊玩水
海水浴をする

下海游泳
海で泳ぐ

在沙灘上玩
砂浜で遊ぶ

躺在沙灘上
砂浜で横たわる

沙浴
砂浴する

曬黑、曬傷
日焼けをする

衝浪
サーフィンをする

潛水
スキューバ
ダイビングをする

淋浴沖掉鹽分
シャワーを浴びて
塩分を洗い流す

SENTENCES TO USE

我小時候一到暑假，就會跟父母去海邊玩水。
私は幼い頃、夏休みになると、両親と海水浴に行った。

我們一到海水浴場，先去租借海灘遮陽傘。
私たちは海水浴場に行くと、まずビーチパラソルをレンタルする。

就算去海邊，我也不下海游泳，而是在沙灘上玩。
海に行っても、私は海で泳がないで、砂浜で遊ぶ。

海上有很多在衝浪的人。　　　　　　　海にはサーフィンをする人がたくさんいる。

訂電影票
映画のチケットを予約する

訂舞台劇／音樂劇的票
演劇 / ミュージカルの
チケットを予約する

在網路上預訂電影
オンラインで映画を予約する

去看電影／舞台劇／音樂劇
映画 / 演劇 / ミュージカルを見に行く

看電影／舞台劇／音樂劇
映画 / 演劇 / ミュージカルを見る

電影首映、初次上映
映画が封切りされる

電影首映、初次上映
映画を封切りする

在電影院看電影
映画館で映画を見る

看早場電影
早朝映画を見る

看午夜場電影
深夜映画を見る

SENTENCES TO USE

我的興趣是看音樂劇。
私の趣味はミュージカルを見ることです。

期待很久的電影要上映，我已經在網路預訂了。
待ちに待った映画が封切りされて、オンラインで予約した。

她喜歡在電影院看電影。
彼女は映画館で映画を見ることが好きだ。

這家電影院可以用早場優惠價看早場電影。
この映画館では、朝割りの値段で早朝映画を見ることができる。

用IPTV ／ Netflix看電影

ＩＰ TV／ネットフリックスで
映画を見る

在汽車電影院看電影

ドライブインシアターで
映画を見る

被招待看電影試映會

映画試写会に招待される

參加電影試映會

映画試写会に参加する

去影展

映画祭に行く

SENTENCES TO USE

最近，可以用 IPTV 和 Netflix 來看電影。
最近は、IPTVやネットフリックスでも映画を見ることができる。

我有在汽車電影院看過電影。
ドライブインシアターで映画を見たことがありますか。

我被招待去看那位導演新作的電影試映會。
私はその監督の新作映画の試写会に招待された。

她每年一到秋天就會去釜山國際影展。
彼女は毎年、秋になると釜山国際映画祭に行く。

進去電影院
映画館に
入場する

在入口讓人確認票根
入り口でチケットを
確認してもらう

就坐
席に着く

把手機設定靜音
携帯電話をマナーモード /
ミュートにする

電影開始前的廣告
映画上映前の
広告を見る

手機關機
携帯電話の電源を切る

看完電影片尾名單
エンディングクレジットを
最後まで見る

一邊看電影一邊吃爆米花／喝飲料
映画を見ながらポップコーンを食べる /
飲み物を飲む

給予熱烈掌聲
大きな
拍手を送る

鼓掌
拍手をする

起立鼓掌
スタンディング
オベーションを送る

謝幕時歡呼
カーテンコールを叫ぶ

SENTENCES TO USE

在電影院，請把手機關靜音或關機。
映画館では、携帯電話をミュートするか電源を切ってください。

我會把電影結束後的片尾名單看完。
私は映画のエンディングクレジットを最後まで見る。

觀眾們為演員們起立鼓掌。
観客たちは俳優たちにスタンディングオベーションを送った。

舞台劇結束後，觀眾們會一邊鼓掌一邊在謝幕時歡呼。
演劇が終わると、観客たちは拍手をしながらカーテンコールを叫んだ。

069

聽音樂
音楽を聞く

串流音樂
音楽をストリーミングする

下載音樂
音楽をダウンロードする

訂演唱會／音樂會的票
コンサート／演奏会のチケットを予約する

去聽演場會／音樂會
コンサート／演奏会に行く

歡呼
歓呼する

一起唱歌
一緒に歌う

要求安可曲
アンコールを請う

演奏樂器
楽器を演奏する

學習樂器的演奏方法
楽器の演奏方法を学ぶ

SENTENCES TO USE

我每天早上會一邊聽音樂一邊慢跑。
私は毎朝、音楽を聞きながら、ジョギングをする。

以前很常去聽演唱會，最近完全沒辦法去。
以前はコンサートによく行ったが、最近は全然行けない。

觀眾一邊拍手一邊跟著歌手唱歌。
聴衆が拍手をしながら、ミュージシャンの歌を一緒に歌っている。

要演奏樂器，必須先會看樂譜。
楽器を演奏するためには、楽譜を読めなくてはなりません。

畫畫
絵を描く

畫風景畫／靜物畫
風景画 / 静物画を描く

畫肖像畫
肖像画[似顔絵]を描く

畫諷刺畫、誇示畫
カリカチュアを描く

畫水彩畫
水彩画を描く

畫油畫
油絵を描く

在著色本上著色
カラーリングブックに
色を塗る

去美術館
美術館に行く

欣賞展覽品／作品／畫作／
雕刻作品
展示品 / 作品 / 絵 /
彫刻作品を鑑賞する

一邊聽導覽員解說一邊欣賞作品
ドーセントの説明を
聞きながら作品を鑑賞する

購買商品目錄／紀念品
カタログ / 記念品を購入する

預約看展覽
展示会の観覧予約をする

SENTENCES TO USE

她從小就喜歡畫畫。

彼女は幼い頃から絵を描くのが好きだった。

他偶爾會出去戶外畫風景畫。

彼はたまに野外に出て風景画を描く。

我畫了朋友的誇示畫當作禮物送給他。

私は友だちのカリカチュアを描いてプレゼントした。

那個音樂家經常去美術館欣賞作品。

そのミュージシャンはよく美術館に行って作品を鑑賞する。

拍黑白照片
白黒写真を撮る

用底片相機拍照
フィルムカメラで写真を撮る

拍照
写真を撮る

購買專業相機
プロ用カメラを購入する

去拍照
写真を撮りに行く

抓照片構圖
写真の構図を
つかむ

對焦
焦点を
合わせる

在腳架上架相機
三脚にカメラを
取り付ける

調整快門速度
シャッター
スピードを
調整する

拍攝模特兒／產品
モデル/製品を
撮影する

自拍
自撮りをする

用自拍棒自拍
自撮り棒で
自撮りをする

修照片
写真を
補正する

編輯照片
写真を
編集する

印照片
写真を
プリントする

SENTENCES TO USE

我常常拍我家貓的照片。
私はうちの猫の写真をよく撮る。

她今天去漂亮的賞風景點拍照。
彼女は今日、紅葉が美しい紅葉スポットへ写真を撮りに行く。

我不喜歡自拍。
私は自撮りをするのが好きではない。

她修了照片後，上傳到 instagram。
彼女は写真を補正して、インスタグラムに投稿した。

🎧 071

領養寵物／狗／貓
ペット / 犬 / 猫の里親になる

領養中途犬／中途貓
保護犬 / 保護猫の
里親になる

餵狗／貓吃飯
犬 / 猫にご飯をあげる

養寵物／狗／貓
ペット / 犬 / 猫を飼う

餵寵物吃點心
ペットにおやつを
あげる

做給寵物吃的點心
ペットに
あげる
おやつを
作る

和寵物玩
ペットと
遊ぶ

購買寵物用品
ペット用品を
購入する

帶寵物去動物醫院
ペットを動物病院に
連れて行く

幫寵物打預防針
ペットに
予防接種をさせる

寵物登記
ペットの
登録をする

幫寵物注射晶片
ペットにマイクロ
チップを装着させる

遛狗
犬を散歩
させる

幫狗戴上項圈／
胸背帶
犬に首輪 /
ハーネスを付ける

SENTENCES TO USE

她領養了一隻中途犬。
彼女は保護犬の里親になった。

他在固定的時間餵狗。
彼は犬に決まった時間にご飯をあげる。

她自己做給狗狗吃的點心。
彼女は犬にあげるおやつを自分で作る。

我今天帶了貓去動物醫院。
私は今日、猫を動物病院に連れて行った。

遛狗的時候，一定要幫她戴上項圈。
犬を散歩させる時は、必ず首輪を付けなければならない。

讓狗接受社會化訓練
犬に社会化
トレーニングを
させる

幫狗／貓刷牙
犬／猫の
歯磨きをする

幫狗套上嘴套
犬に口輪を
付ける

狗帶著嘴套
犬が口輪を
付けている

處理狗大便
犬のフンを
処理する

讓小狗接受上廁所
的訓練
子犬に
トイレ
トレーニング
をさせる

幫狗／貓洗澡
犬／猫を
お風呂に入れる

幫狗／貓剪毛
犬／猫の
トリミングを
する

組裝／製作貓跳台
キャットタワーを
組み立てる / 作る

幫狗套上嘴套

買／製作貓窩
猫の隠れ家を
買う / 作る

打掃貓砂盆
猫トイレを
掃除する

更換貓砂
猫トイレの
猫砂を
交換する

舉行寵物葬禮
ペットの
葬式をする

幫寵物安樂死
ペットを
安楽死させる

SENTENCES TO USE

遛兇猛的狗狗時，必須幫他套上嘴套。
猛犬を散歩させる時は、犬に口輪を付けなければならない。

遛完狗之後，幫他洗了澡。
散歩させてから、犬をお風呂に入れた。

我試著 DIY 做了貓跳台。
私は DIY でキャットタワーを作ってみた。

她每週更換一次貓砂。
彼女は猫トイレの猫砂を週に一回交換する。

手機、網路、社群網站

スマートフォン、
インターネット、
SNS

🎧 072

打電話
電話をかける

接電話
電話に出る

講電話
通話する

打視訊電話
ビデオ通話をする

傳訊息
メッセージを送る

傳照片／影片
写真 / 動画を送る

用訊息聊天
メッセンジャーで
チャットする

設定螢幕鎖定
画面ロックを
設定する

解除螢幕鎖定
画面ロックを
解除する

滑動解鎖
画面をスワイプして
画面ロックを解除する

SENTENCES TO USE

我正在洗碗，所以無法接電話。
私は食器洗いをしていたので、電話に出られなかった。

我每天都會和在國外留學的男友講視訊電話。
私は海外留学中の彼氏と毎日ビデオ通話をしている。

開車中用手機傳訊息很危險。
運転中にスマホでメッセージを送るのは危険だ。

也有人覺得比起講電話，傳訊息聊天更輕鬆。
通話よりメッセンジャーでチャットする方が楽だという人もいる。

輸入密碼／圖形解鎖手機

パスワード / パターンを入力して
スマホのロックを解除する

指紋解鎖手機

指紋認識でスマホの
ロックを解除する

用手機連上網路

スマホでインターネットに
接続する

用手機上網

スマホでインターネットを
利用する

使用APP
（應用程式）

アプリを使う

搜尋APP

アプリを検索する

下載APP

アプリを
ダウンロードする

安裝APP

アプリを
インストールする

更新APP

アプリを
アップデートする

刪除APP

アプリを
削除する

SENTENCES TO USE

我輸入圖形解鎖手機。
私はパターンを入力して、スマホのロックを解除する。

最近大部分的人都用手機連網路。
最近は、ほとんどの人がスマホでインターネットに接続する。

我在使用管理日程的 APP。
私はスケジュールを管理するアプリを使っている。

她下載並安裝了當地圖書館的 APP。
彼女は地元の図書館のアプリをダウンロードして、インストールした。

使用行動銀行
モバイル
バンキングをする

把手機螢幕鏡像輸出到電視上
スマホをテレビに
ミラーリングする

換手機桌布
スマホのホーム
画面を変える

變更手機設定
スマホの設定を変更する

把手機切換成靜音模式
スマホをマナーモード /
ミュートに切り替える

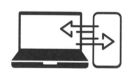

把手機跟電腦同步
スマホをパソコンと
同期する

搜尋Wi-Fi熱點
Wi-Fiスポットを
検索する

充電手機
スマホを充電する

快速充電手機
スマホを急速充電する

SENTENCES TO USE

使用行動銀行的話，不論在何時何地都可以匯款。

モバイルバンキングを利用すれば、いつでもどこでも送金ができる。

把手機螢幕鏡像輸出到電視上之後，就可以在電視上看 youtube。

スマホをテレビにミラーリングして、テレビで YouTube を見ることができる。

她每天都會換手機桌布。

彼女はスマホのホーム画面を毎日変える。

他搜尋 Wi-Fi 熱點，連上了免費 Wi-Fi。

彼は Wi-Fi スポットを検索して、無料 Wi-Fi に接続した。

設定網路

ネットワークを
セットアップする

連網路

インターネットに
接続(せつぞく)する

使用無線網路

無線(む せん)LANを
利用(りよう)する

切斷網路連線

ネットワーク
接続(せつぞく)が切(き)れる

連上網站

ウェブサイトに
接続(せつぞく)する

上網

ネットサーフィンを
する

用搜尋引擎搜尋資料

ポータルサイトで情報(じょうほう)を
検索(けんさく)する

用Google搜尋

グーグルで
検索(けんさく)する

註冊網站

ウェブサイトに
登録(とうろく)する

退出網站

ウェブサイトから退会(たいかい)する

SENTENCES TO USE

連不上網路的時候該怎麼辦才好？

インターネットに接続(せつぞく)できない時(とき)は、どうすればいいですか。

我上網的時候，有時候網路會斷線。

インターネットをしている時(とき)、たまにネットワーク接続(せつぞく)が切(き)れる。

她空閒的時候會上網。

彼女(かのじょ)は暇(ひま)な時(とき)、ネットサーフィンをする。

他會用搜尋引擎搜尋資料跟新聞。

彼(かれ)はポータルサイトで情報(じょうほう)やニュースを検索(けんさく)する。

登入網站

ウェブサイトに
ログインする

登出網站

ウェブサイトから
ログアウトする

輸入帳號和密碼

IDとパスワードを
入力する

把網站加入書籤

ウェブサイトを
お気に入りに追加する

網路購物

ネット / オンライン
ショッピングをする

使用網路銀行

インターネット
バンキングを利用する

打線上遊戲

オンライン
ゲームをする

駭入網站

ウェブサイトを
ハッキングする

分享文件

ファイルを
共有する

複製

コピーする

貼上

貼り付ける

SENTENCES TO USE

我忘記密碼了，所以無法登入那個網站。

パスワードを忘れてしまって、そのウェブサイトにログインできなかった。

我先把那個網站加入書籤。

私はそのウェブサイトをお気に入りに追加しておいた。

他在週末和休假的時候，會打線上遊戲打到天亮。

彼は週末や休日には、明け方までオンラインゲームをする。

一個國中生駭入了那家報社的網站。

中学生がその新聞社のウェブサイトをハッキングした。

建立email帳戶
メールアカウントを作る

獲得公司的電子信箱帳戶
会社のメールアドレスを取得する

登入信箱
メールアカウントに
ログインする

登出信箱
メールアカウントから
ログアウトする

寫email
メールを
書く

寄email
メールを送る

寄email給自己
メールを自分に送る

在email中添加附件
メールに
ファイルを添付する

回email
メールに
返信する

収到email
メールを
受け取る

[もらう]

轉寄email
メールを
転送する

寄email並抄送副本
CCでメールを送る

寄email並抄送密件副本
BCCでメールを送る

SENTENCES TO USE

我工作之外很少寫 email。

仕事以外には、メールを書くことがあまりない。

她在 email 中夾帶附件後寄出。

彼女はメールにファイルを添付して送った。

我收到 email 後立刻回信。

メールを受け取ったら、すぐ返信します。

我把那封 email 轉寄給了組長。

そのメールをチーム長に転送した。

寄 email 有副本的時候、必須好好地確認內容。

CC でメールを送る時は、内容をちゃんと確認しないといけません。

暫時保存email
メールを一時保存する
<ruby>一時保存<rt>いちじ ほぞん</rt></ruby>

預覽email
メールをプレビューする

備份email
メールを
バックアップする

刪除email
メールを
削除する
<ruby>削除<rt>さくじょ</rt></ruby>

永久刪除垃圾郵件
迷惑メール[スパムメール]を
完全に削除する
<ruby>迷惑<rt>めいわく</rt></ruby>
<ruby>完全<rt>かんぜん</rt></ruby> <ruby>削除<rt>さくじょ</rt></ruby>

封鎖垃圾郵件
スパムメールを
受信拒否リストに追加する
<ruby>受信拒否<rt>じゅしんきょひ</rt></ruby> <ruby>追加<rt>ついか</rt></ruby>

清空垃圾桶
ゴミ箱を空にする
<ruby>箱<rt>ばこ</rt></ruby> <ruby>空<rt>から</rt></ruby>

刪除email帳戶
メールアカウントを削除する
<ruby>削除<rt>さくじょ</rt></ruby>

email帳戶變為閒置帳戶
メールアカウントが
休眠アカウントに変わる
<ruby>休眠<rt>きゅうみん</rt></ruby> <ruby>変<rt>か</rt></ruby>

設定email帳戶環境
メールアカウント環境を
設定する
<ruby>環境<rt>かんきょう</rt></ruby>
<ruby>設定<rt>せってい</rt></ruby>

SENTENCES TO USE

我在寄 email 前會先預覽。
私はメールを送信する前にプレビューをする。
<ruby>私<rt>わたし</rt></ruby> <ruby>送信<rt>そうしん</rt></ruby> <ruby>前<rt>まえ</rt></ruby>

即使刪除了 email，它還是會在垃圾桶裡保留 30 天。
メールを削除しても、ゴミ箱に 30 日間保存される。
<ruby>削除<rt>さくじょ</rt></ruby> <ruby>箱<rt>ばこ</rt></ruby> <ruby>30 日間<rt>さんじゅう にちかん</rt></ruby> <ruby>保存<rt>ほ ぞん</rt></ruby>

請告訴我不用丟垃圾桶就可以永久刪除垃圾郵件的方法。
迷惑メールをゴミ箱を経由せず、完全に削除する方法を教えてください。
<ruby>迷惑<rt>めいわく</rt></ruby> <ruby>箱<rt>ばこ</rt></ruby> <ruby>経由<rt>けいゆ</rt></ruby> <ruby>完全<rt>かんぜん</rt></ruby> <ruby>削除<rt>さくじょ</rt></ruby> <ruby>方法<rt>ほうほう</rt></ruby> <ruby>教<rt>おし</rt></ruby>

我把變成閒置帳戶的 email 帳戶刪除了。
休眠アカウントとなったメールアカウントを削除した。
<ruby>休眠<rt>きゅうみん</rt></ruby> <ruby>削除<rt>さくじょ</rt></ruby>

3 社群媒體（SNS）

074

經營部落格
ブログを運営（うんえい）する

在部落格上傳文章
ブログに記事（きじ）を投稿（とうこう）する

註冊twitter ／ Instagram ／ facebook
ツイッター / インスタグラム / フェイスブックに登録（とうろく）する

創立twitter ／ Instagram ／ facebook的帳號
ツイッター / インスタグラム / フェイスブックのアカウントを作（つく）る

使用twitter ／ Instagram ／ facebook
ツイッター / インスタグラム / フェイスブックを
利用（りよう）する

發推
ツイートする

用twitter ／ Instagram ／ facebook追蹤
ツイッター / インスタグラム /
フェイスブックでフォローする

發表惡意的評論
悪質（あくしつ）な書（か）き込（こ）みをする

發／收到私訊
ダイレクトメッセージ(DM)（ディーエム）を送（おく）る / 受（う）け取（と）る

SENTENCES TO USE

她在經營做料理的部落格。
彼女（かのじょ）は料理（りょうり）ブログを運営（うんえい）している。

我最近註冊了 Instagram。
私（わたし）は最近（さいきん）、インスタグラムに登録（とうろく）した。

我有追蹤喜歡的藝人的 Instagram。
私（わたし）は好（す）きな芸能人（げいのうじん）をインスタグラムでフォローしている。

我無法理解在別人的社群網站上發表惡意評論的人。
他人（たにん）の SNS（エスエヌエス）に悪質（あくしつ）な書（か）き込（こ）みをする人（ひと）が理解（りかい）できない

在youtube直播
YouTubeで
ライブ配信をする

訂閱youtube頻道
YouTubeチャンネルを
購読する

在youtube上看直播
YouTubeで
ライブ配信を見る

插播廣告
インストリーム
広告をする

商業合作廣告卻無說明
裏広告をする

略過廣告
広告を
スキップする

總觀看數突破~觀看
総再生回数が
～回を突破する

訂閱數超過10萬／100萬人
購読者数が１０万人／
１００万人を超える

獲得銀色獎牌／金色獎牌
シルバーボタン / ゴールドボタンをもらう

開箱銀色獎牌／金色獎牌
シルバーボタン / ゴールドボタンの
アンボクシングをする

置頂留言
コメントを一番上に固定する

SENTENCES TO USE

那位歌手每週一次會在 youtube 直播。
その歌手は週に１回、YouTube でライブ配信をする。

我訂閱了那位旅遊作家的 youtube 頻道。
私はその旅行作家の YouTube チャンネルを購読している。

那部在幫貓洗澡的影片，總觀看數突破了 400 萬。
誰かが猫をお風呂に入れる動画は、総再生回数が４００万回を突破した。

那個 youtube 頻道的訂閱人數超過 10 萬人，得到了銀色獎牌。
その YouTube チャンネルは購読者数が 10 万人を越え、シルバーボタンをもらった。

TV CHANNEL

開1.25 ／ 1.5倍速看youtube影片
YouTubeの動画を
<ruby>1.25<rt>いってんにご</rt></ruby> / <ruby>1.5倍速<rt>いってんごばいそく</rt></ruby>で<ruby>見<rt>み</rt></ruby>る

分享youtube影片
YouTubeの<ruby>動画<rt>どうが</rt></ruby>を<ruby>共有<rt>きょうゆう</rt></ruby>する

按youtube影片讚
YouTubeの<ruby>動画<rt>どうが</rt></ruby>に
「いいね」を<ruby>押<rt>お</rt></ruby>す

在youtube影片留言
YouTubeの<ruby>動画<rt>どうが</rt></ruby>に
コメント<ruby>投稿<rt>とうこう</rt></ruby>する

下載youtube影片／音樂
YouTubeの<ruby>動画<rt>どうが</rt></ruby> / <ruby>音楽<rt>おんがく</rt></ruby>を
ダウンロードする

提取youtube影片裡的人聲
YouTubeの<ruby>動画<rt>どうが</rt></ruby>から
<ruby>音声<rt>おんせい</rt></ruby>を<ruby>抽出<rt>ちゅうしゅつ</rt></ruby>する

隔絕來自youtube ／ twitter ／ Instagram ／
facebook的~
YouTube / ツイッター / インスタグラム /
フェイスブックから 〜を<ruby>遮断<rt>しゃだん</rt></ruby>する

SENTENCES TO USE

開 1.25 倍速看 30 分鐘的 youtube 影片的話，要花幾分鐘呢？
<ruby>30 分<rt>さんじゅっぷん</rt></ruby>の <ruby>YouTube<rt>ユーチューブ</rt></ruby> の<ruby>動画<rt>どうが</rt></ruby>を <ruby>1.25 倍速<rt>いってんにごばいそく</rt></ruby>で<ruby>見<rt>み</rt></ruby>ると、<ruby>何分<rt>なんぷん</rt></ruby>かかるんだろう。

我一發現有趣的 youtube 影片，就會分享給朋友。
<ruby>私<rt>わたし</rt></ruby>はおもしろい <ruby>YouTube<rt>ユーチューブ</rt></ruby> の<ruby>動画<rt>どうが</rt></ruby>を<ruby>見<rt>み</rt></ruby>つけると、<ruby>友達<rt>ともだち</rt></ruby>と<ruby>共有<rt>きょうゆう</rt></ruby>する。

我在看 youtube 影片時會按讚加留言。
<ruby>私<rt>わたし</rt></ruby>は <ruby>YouTube<rt>ユーチューブ</rt></ruby> の<ruby>動画<rt>どうが</rt></ruby>を<ruby>見<rt>み</rt></ruby>ると、いいねを<ruby>押<rt>お</rt></ruby>して、コメントを<ruby>投稿<rt>とうこう</rt></ruby>する。

交通&駕駛

交通&運転
こう つう　　　　うん てん

公車、地鐵、計程車、火車

075

搭 公車／地鐵／計程車／
汽車／客運
バス / 地下鉄 / タクシー /
汽車 / 高速バスに乗る

搭 公車／地鐵／計程車／
汽車／客運 去
バス / 地下鉄 / タクシー /
汽車 / 高速バスで行く

從公車／地鐵下車
バス / 地下鉄から
降りる

搭計程車
タクシーに乗る

下計程車
タクシーから降りる

招公車
バスを
捕まえる

沒趕上公車／火車
バス / 列車に
乗り遅れる

加值交通卡
交通カードを
チャージする

購買一次性交通卡
一回用交通カードを
購入する

退還一次性交通卡的保證金
一回用交通カードの
保証金を返金される

搭雙層巴士
二階建ての
バスに乗る

SENTENCES TO USE

她搭上計程車去了醫院。
彼女はタクシーに乗って、病院に行った。

搭公車的時候，手機響了。
バスに乗る時、携帯電話が鳴った。

下計程車後，就開始下雨。
タクシーから降りたら、雨が降り始めた。

今天必須要加值悠遊卡。
今日は交通カードをチャージしなければならない。

我搭雙層巴士觀光。
二階建てのバスに乗って観光をした。

確認公車／地鐵時刻表
バス／地下鉄の
時刻表を確認する

確認公車／地鐵路線圖
バス／地下鉄の路線図を確認する

確認公車／地鐵要下車的站
降りるバス停／地下鉄の駅を確認する

通過車站驗票閘門
駅の改札口を通る

A轉乘B
(AからBに)
乗り換える

在公車／地鐵上找位子坐下
バス／地下鉄で
席を取る

讓座
席を譲る

坐博愛座
優先席に座る

坐孕婦博愛座
妊婦優先席に
座る

在公車上按下車鈴
バスで降車
ボタンを押す

忘東西在
地鐵／公車／計程車 上
地下鉄／バス／タクシーに
忘れ物をする

坐過站
降りる
停留所を
乗り過ごす

SENTENCES TO USE

最好提前確認地鐵的時刻表。　　　　　地下鉄の時刻表は事前に確認した方がいい。

要來這裡，必須坐地鐵再轉乘公車。
ここに来るためには、バスから地下鉄に乗り換えなければならない。

那位男孩讓座給一位奶奶。　　　　その少年はおばあさんに席を譲った。

因為把東西忘在計程車上，所以聯絡了計程車公司。
タクシーに忘れ物をしたので、タクシー会社に連絡した。

叫計程車
タクシーを呼ぶ

叫uber
ウーバータクシーを呼ぶ

用app叫計程車
アプリで
タクシーを呼ぶ

攔計程車
タクシーを拾う

告訴司機目的地
運転手に行き先を告げる

用信用卡／現金付計程車車資
クレジットカード／現金で
タクシー料金を支払う

拿發票
領収書をもらう

拿找零
お釣りをもらう

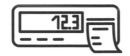

計程車司機按計費表
タクシーの運転手がメーターを押す

計程車司機關計費表
タクシーの運転手がメーターを切る

支付夜間加成
深夜割増料金を
支払う

（司機）拒載乗客
乗車拒否をする

SENTENCES TO USE

最近可以用 app 叫計程車。
最近はアプリでタクシーを呼ぶことができる。

這附近很難攔到計程車。
この辺でタクシーを拾うのは大変だ。

我很疲累，告訴計程車司機目的地之後就閉上眼睛了。
私は疲れたので、タクシーの運転手に行き先を告げた後に目を閉じた。

用信用卡付了計程車車資。
タクシー代はクレジットカードで支払った。

計程車司機不能拒載乗客。
タクシーの運転手は乗車拒否をすることはできない。

買／訂客運車票
<ruby>高速<rt>こうそく</rt></ruby>バスの<ruby>切符<rt>きっぷ</rt></ruby>を<ruby>買<rt>か</rt></ruby>う／
<ruby>予約<rt>よやく</rt></ruby>する

ご希望の
座席を指定

買／訂火車票
<ruby>列車<rt>れっしゃ</rt></ruby>の<ruby>切符<rt>きっぷ</rt></ruby>を<ruby>買<rt>か</rt></ruby>う／<ruby>予約<rt>よやく</rt></ruby>する

指定火車／客運的座位
<ruby>列車<rt>れっしゃ</rt></ruby>／<ruby>高速<rt>こうそく</rt></ruby>バスの<ruby>座席<rt>ざせき</rt></ruby>を
<ruby>指定<rt>してい</rt></ruby>する

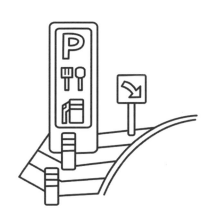

停在高速公路休息站
<ruby>高速道路<rt>こうそくどうろ</rt></ruby>の
サービスエリアに<ruby>立<rt>た</rt></ruby>ち<ruby>寄<rt>よ</rt></ruby>る

騎腳踏車／機車／電動滑板車
<ruby>自転車<rt>じてんしゃ</rt></ruby>／バイク／
<ruby>電動<rt>でんどう</rt></ruby>キックボードに<ruby>乗<rt>の</rt></ruby>る

SENTENCES TO USE

我都會在網路上訂火車票。　<ruby>私<rt>わたし</rt></ruby>はいつも<ruby>列車<rt>れっしゃ</rt></ruby>の<ruby>切符<rt>きっぷ</rt></ruby>をインターネットで<ruby>予約<rt>よやく</rt></ruby>する。

我訂客運車票的時候，有指定座位。　<ruby>私<rt>わたし</rt></ruby>は<ruby>高速<rt>こうそく</rt></ruby>バスの<ruby>切符<rt>きっぷ</rt></ruby>を<ruby>予約<rt>よやく</rt></ruby>する<ruby>時<rt>とき</rt></ruby>、<ruby>座席<rt>ざせき</rt></ruby>を<ruby>指定<rt>してい</rt></ruby>する。

他出差的時候停在高速公路休息站吃了午餐。
<ruby>彼<rt>かれ</rt></ruby>は<ruby>出張中<rt>しゅっちょうちゅう</rt></ruby>に<ruby>高速道路<rt>こうそくどうろ</rt></ruby>のサービスエリアに<ruby>立<rt>た</rt></ruby>ち<ruby>寄<rt>よ</rt></ruby>って、<ruby>昼食<rt>ちゅうしょく</rt></ruby>を<ruby>食<rt>た</rt></ruby>べた。

最近常常看到騎電動滑板車的人。　<ruby>最近<rt>さいきん</rt></ruby>、<ruby>電動<rt>でんどう</rt></ruby>キックボードに<ruby>乗<rt>の</rt></ruby>っている<ruby>人<rt>ひと</rt></ruby>をよく<ruby>見<rt>み</rt></ruby>かける。

076

搭飛機／船
ひこうき ふね の
飛行機 / 船に乗る

搭飛機／船去
ひこうき ふね い
飛行機 / 船で行く

訂機票
こうくうけん よやく
航空券を予約する

機場報到
くうこう
空港で
チェックインする

托運行李
て にもつ あず
手荷物を預ける

通過金屬探測器
きんぞくたん ち き
金属探知機を
つうか
通過する

辦理出境手續
しゅっこく て つづ
出国手続きをする

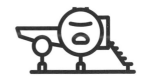

登機
ひこうき
飛行機に
とうじょう
搭乗する

通過登機空橋
ひこうき とうじょうきょう
飛行機の搭乗橋
とお
[ボーディングブリッジ]を通る

上／下登機梯
ひこうき
飛行機のタラップを
のぼ お
上る / 降りる

SENTENCES TO USE

我有搭船去過濟州島。

わたし ふね の チェジュド い
私は船に乗って済州島に行ったことがある。

我訂了東京到紐約的機票。

とうきょうはつ ゆ こうくうけん よやく
東京発ニューヨーク行きの航空券を予約した。

要搭國際線的話，最好起飛 2 小時前到機場報到。

こくさいせん ひこうき しゅっぱつ に じかんまえ くうこう ほう
国際線なら、飛行機の出発の 2 時間前に空港でチェックインした方がいい。

我在機場辦出境手續的時候，看到了藝人。

わたし くうこう しゅっこく て つづ とき げいのうじん み
私は空港で出国手続きをしている時、芸能人を見た。

把手提行李從頭上行李艙
拿下來
手荷物を
頭上荷物棚から
取り出す

坐在指定座位上
指定された
座席に座る

把手提行李放在頭上行李艙
手荷物を頭上荷物棚に収納する

接受飲品服務
飲み物のサービスを
受ける

吃飛機餐
機内食を食べる

呼叫乘務員
乗務員を呼ぶ

轉機
飛行機を
乗り換える

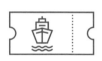

預約渡輪
フェリーを
予約する

在售票處購買渡輪票
切符売り場で
フェリーの切符を買う

在剪票口出示船票和身分證
改札口で乗船券と
身分証明書を見せる

把汽車開上汽車渡輪
車をカーフェリー
に乗せる

SENTENCES TO USE

搭飛機請坐在指定的座位上。　飛行機に乗ったら、指定された座席に座ってください。

我喜歡吃飛機餐。　私は機内食を食べるのが好きだ。

我在倫敦轉機，去了雷克雅維克。
ロンドンで飛行機を乗り換えて、レイキャビクまで行った。

我們預約了去那座島的渡輪。　私たちはその島に行くフェリーを予約した。

我在剪票口出示了船票和身分證後上了船。
私は改札口で乗船券と身分証明書を見せてから船に乗った。

學開車
運転を習う

上駕訓班
運転研修を
受ける

拿到駕照
運転免許証を
取得する

更新駕照
運転免許証を
更新する

開汽車／卡車／廂型車
自動車 / トラック /
ワゴン車を運転する

繫上／解開安全帶
シートベルトを
締める / 外す

直走
直進する

倒車
バックする

右轉／左轉
右折 / 左折する

變換車道
車線を
変更する

迴轉／P型轉彎
Uターン /
Pターンする

サイドミラー/
バックミラーで後ろを見る

用車外後照鏡／車內後照鏡看後方

插隊
前に割り込む

SENTENCES TO USE

我在 20 歲的時候拿到駕照。
私は 20 歳の時に、運転免許証を取得した。

全部的座位都必須繫安全帶。
全ての座席でシートベルトを締めなければならない。

開車新手要變換車道並不容易。
運転初心者が車線を変更することは容易ではない。

汽車導航告訴我前方 100 公尺處可以迴轉。
カーナビでは 100 メートル先でU ターンだと案内している。

直行車道的車插隊進左轉車道。
直進レーンの車ガ左折レーンに割り込んだ。

超車
<ruby>追<rt>お</rt></ruby>い<ruby>越<rt>こ</rt></ruby>す

保持行車距離
<ruby>車間距離<rt>しゃかんきょり</rt></ruby>を
<ruby>空<rt>あ</rt></ruby>ける

遵守速限
<ruby>制限速度<rt>せいげんそくど</rt></ruby>を
<ruby>守<rt>まも</rt></ruby>る

加速
<ruby>速度<rt>そくど</rt></ruby>を<ruby>上<rt>あ</rt></ruby>げる,
スピードを<ruby>出<rt>だ</rt></ruby>す

減速
<ruby>速度<rt>そくど</rt></ruby>を
<ruby>下<rt>さ</rt></ruby>げる

踩煞車
ブレーキをかける

打方向燈
ウインカーをつける

打危險警告燈
ハザードランプを
つける

按喇叭
クラクションを
<ruby>鳴<rt>な</rt></ruby>らす

開外側車道／內側車道
<ruby>走行車線<rt>そうこうしゃせん</rt></ruby> /
<ruby>追<rt>お</rt></ruby>い<ruby>越<rt>こ</rt></ruby>し<ruby>車線<rt>しゃせん</rt></ruby>を<ruby>走<rt>はし</rt></ruby>る

開在路肩
<ruby>路肩<rt>ろかた</rt></ruby>を<ruby>走<rt>はし</rt></ruby>る

在路肩停車
<ruby>路肩<rt>ろかた</rt></ruby>に<ruby>停車<rt>ていしゃ</rt></ruby>する

SENTENCES TO USE

在高速公路上必須保持行車距離並遵守速限。
<ruby>高速道路<rt>こうそくどうろ</rt></ruby>では<ruby>車間距離<rt>しゃかんきょり</rt></ruby>を<ruby>空<rt>あ</rt></ruby>けて、<ruby>制限速度<rt>せいげんそくど</rt></ruby>を<ruby>守<rt>まも</rt></ruば>らなければならない。

因為前方的車突然停車，我緊急踩了煞車。 <ruby>前<rt>まえ</rt></ruby>の<ruby>車<rt>くるま</rt></ruby>が<ruby>急停止<rt>きゅうていし</rt></ruby>したので、<ruby>私<rt>わたし</rt></ruby>は<ruby>急<rt>きゅう</rt></ruby>ブレーキをかけた。

要右轉或左轉之前必須先打方向燈。
<ruby>右折<rt>うせつ</rt></ruby>や<ruby>左折<rt>させつ</rt></ruby>をする<ruby>前<rt>まえ</rt></ruby>にはウインカーをつけなければならない。

在路肩停車很危險。 <ruby>路肩<rt>ろかた</rt></ruby>に<ruby>停車<rt>ていしゃ</rt></ruby>するのは<ruby>危険<rt>きけん</rt></ruby>だ。

停車
<ruby>駐<rt>ちゅう</rt></ruby><ruby>車<rt>しゃ</rt></ruby>する

載（人）、裝載
<ruby>乗<rt>の</rt></ruby>せる

讓（人）下（車）、卸下
<ruby>降<rt>お</rt></ruby>ろす

安全駕駛
<ruby>安<rt>あん</rt></ruby><ruby>全<rt>ぜん</rt></ruby><ruby>運<rt>うん</rt></ruby><ruby>転<rt>てん</rt></ruby>をする

遵守／違反交通規則
<ruby>交<rt>こう</rt></ruby><ruby>通<rt>つう</rt></ruby>ルールを<ruby>守<rt>まも</rt></ruby>る /
<ruby>違<rt>い</rt></ruby><ruby>反<rt>はん</rt></ruby>する

遵守交通號誌
<ruby>交<rt>こう</rt></ruby><ruby>通<rt>つう</rt></ruby><ruby>信<rt>しん</rt></ruby><ruby>号<rt>ごう</rt></ruby>を
<ruby>守<rt>まも</rt></ruby>る

闖紅燈
<ruby>信<rt>しん</rt></ruby><ruby>号<rt>ごう</rt></ruby><ruby>無<rt>む</rt></ruby><ruby>視<rt>し</rt></ruby>する

超速
スピードを<ruby>出<rt>だ</rt></ruby>し<ruby>過<rt>す</rt></ruby>ぎる

因為超速被開罰單
スピード<ruby>違<rt>い</rt></ruby><ruby>反<rt>はん</rt></ruby>で<ruby>違<rt>い</rt></ruby><ruby>反<rt>はん</rt></ruby>キップを<ruby>切<rt>き</rt></ruby>られる

SENTENCES TO USE

載小朋友的時候，要讓他們坐在兒童安全座椅上。
<ruby>子<rt>こ</rt></ruby><ruby>供<rt>ども</rt></ruby>を<ruby>車<rt>くるま</rt></ruby>に<ruby>乗<rt>の</rt></ruby>せる<ruby>時<rt>とき</rt></ruby>は、チャイルドシートに<ruby>座<rt>すわ</rt></ruby>らせる。

開車時必須遵守交通規則。
<ruby>運<rt>うん</rt></ruby><ruby>転<rt>てん</rt></ruby>する<ruby>時<rt>とき</rt></ruby>は、<ruby>交<rt>こう</rt></ruby><ruby>通<rt>つう</rt></ruby>ルールを<ruby>守<rt>まも</rt></ruby>らなければならない。

因為駕駛闖紅燈所以釀成車禍。
<ruby>運<rt>うん</rt></ruby><ruby>転<rt>てん</rt></ruby><ruby>手<rt>しゅ</rt></ruby>が<ruby>信<rt>しん</rt></ruby><ruby>号<rt>ごう</rt></ruby><ruby>無<rt>む</rt></ruby><ruby>視<rt>し</rt></ruby>したせいで、<ruby>事<rt>じ</rt></ruby><ruby>故<rt>こ</rt></ruby>を<ruby>起<rt>お</rt></ruby>こした。

她昨天因為超速被開罰單了。
<ruby>彼<rt>かの</rt></ruby><ruby>女<rt>じょ</rt></ruby>は<ruby>昨<rt>き</rt></ruby><ruby>日<rt>のう</rt></ruby>も、スピード<ruby>違<rt>い</rt></ruby><ruby>反<rt>はん</rt></ruby>で<ruby>違<rt>い</rt></ruby><ruby>反<rt>はん</rt></ruby>キップを<ruby>切<rt>き</rt></ruby>られた。

疲勞駕駛
居眠り運転をする
〔い ねむ〕〔うんてん〕

疲勞駕駛
居眠り運転
〔い ねむ〕〔うんてん〕

在休息站補眠
サービスエリアで仮眠する
〔か みん〕

被拖吊車拖走
レッカー車で運ばれる
〔しゃ〕〔はこ〕

確認行車紀錄器的畫面
ドライブレコーダーの
映像を確認する
〔えいぞう〕〔かくにん〕

SENTENCES TO USE

睡眠不足是疲勞駕駛的最大原因。

睡眠不足は居眠り運転の大きな原因となる。
〔すいみん ぶ そく〕〔い ねむ〕〔うんてん〕〔おお〕〔げんいん〕

開車的時候想睡覺，所以在休息站補眠。

運転中に眠くなって、サービスエリアで仮眠した。
〔うんてんちゅう〕〔ねむ〕〔か みん〕

因為車子發不動，所以被拖吊車拖走了。

車のエンジンがかからなかったので、レッカー車で運ばれた。
〔くるま〕〔しゃ〕〔はこ〕

因為發生車禍，所以我確認了行車紀錄器的畫面。

自動車事故が発生して、私たちはドライブレコーダーの映像を確認した。
〔じ どうしゃ じ こ〕〔はっせい〕〔わたし〕〔えいぞう〕〔かくにん〕

酒駕
飲酒運転をする
（いんしゅうんてん）

酒測攔檢
飲酒検問に引っかかる
（いんしゅけんもん　ひ）

酒測
アルコール検知器を吹く
（けんちき　ふ）

拒絕酒測
呼気検査を拒否する
（こきけんさ　きょひ）

因酒駕被逮捕
飲酒運転で逮捕される
（いんしゅうんてん　たいほ）

吊扣駕照
免許停止[免停]になる
（めんきょていし　めんてい）

吊銷駕照
免許取り消し[免取]になる
（めんきょと　け　めんとり）

SENTENCES TO USE

不管在什麼情況下，絕對不能酒駕。
飲酒運転はどんなことがあっても絶対にしてはいけない。
（いんしゅうんてん　ぜったい）

你有被酒測過嗎？
アルコール検知器を吹いてみたことがありますか。
（けんちき　ふ）

他因為酒駕被吊銷駕照。
彼は飲酒運転で免許取り消しになってしまった。
（かれ　いんしゅうんてん　めんきょと　け）

發生車禍
<ruby>交通<rt>こうつう</rt></ruby><ruby>事故<rt>じこ</rt></ruby>が<ruby>起<rt>お</rt></ruby>こる

標明事故地點
<ruby>事故<rt>じこ</rt></ruby>の<ruby>位置<rt>いち</rt></ruby>を<ruby>表示<rt>ひょうじ</rt></ruby>する

發生擦撞
<ruby>接触<rt>せっしょく</rt></ruby><ruby>事故<rt>じこ</rt></ruby>を<ruby>起<rt>お</rt></ruby>こす

車子抛錨
(<ruby>車<rt>くるま</rt></ruby>が) <ruby>故障<rt>こしょう</rt></ruby>する

車輪爆胎
<ruby>車<rt>くるま</rt></ruby>のタイヤがパンクする

聯絡保險公司
<ruby>保険<rt>ほけん</rt></ruby><ruby>会社<rt>がいしゃ</rt></ruby>に<ruby>連絡<rt>れんらく</rt></ruby>する

SENTENCES TO USE

她在去看棒球比賽的途中，發生了擦撞。

<ruby>彼女<rt>かのじょ</rt></ruby>は<ruby>野球<rt>やきゅう</rt></ruby>の<ruby>試合<rt>しあい</rt></ruby>を<ruby>見<rt>み</rt></ruby>に<ruby>行<rt>い</rt></ruby>く<ruby>途中<rt>とちゅう</rt></ruby>で、<ruby>接触<rt>せっしょく</rt></ruby><ruby>事故<rt>じこ</rt></ruby>を<ruby>起<rt>お</rt></ruby>こした。

當我要從停車出場離開的時候，發現輪胎爆胎了。

<ruby>駐車場<rt>ちゅうしゃじょう</rt></ruby>から<ruby>出発<rt>しゅっぱつ</rt></ruby>しようとした<ruby>時<rt>とき</rt></ruby>に、<ruby>車<rt>くるま</rt></ruby>のタイヤがパンクしたことがわかった。

發生車禍之後，必須聯絡保險公司。

<ruby>交通<rt>こうつう</rt></ruby><ruby>事故<rt>じこ</rt></ruby>が<ruby>起<rt>お</rt></ruby>こったら、<ruby>保険<rt>ほけん</rt></ruby><ruby>会社<rt>がいしゃ</rt></ruby>に<ruby>連絡<rt>れんらく</rt></ruby>しなければならない。

加油
<ruby>給油<rt>きゅうゆ</rt></ruby>する

自助加油
セルフで<ruby>給油<rt>きゅうゆ</rt></ruby>する

幫車加滿油
<ruby>車<rt>くるま</rt></ruby>のガソリンを<ruby>満<rt>まん</rt></ruby>タンにする

打開油箱蓋
<ruby>給油口<rt>きゅうゆこう</rt></ruby>を<ruby>開<rt>あ</rt></ruby>ける

洗車
<ruby>洗車<rt>せんしゃ</rt></ruby>する

自動洗車
<ruby>自動洗車機<rt>じどうせんしゃき</rt></ruby>で<ruby>洗車<rt>せんしゃ</rt></ruby>をする

手工洗車、自助洗車
<ruby>手洗<rt>てあら</rt></ruby>い<ruby>洗車<rt>せんしゃ</rt></ruby>をする

驗車
<ruby>車<rt>くるま</rt></ruby>を<ruby>点検<rt>てんけん</rt></ruby>する

維修故障的車
<ruby>故障<rt>こしょう</rt></ruby>した<ruby>車<rt>くるま</rt></ruby>を
<ruby>修理<rt>しゅうり</rt></ruby>する

報廢車子
<ruby>廃車<rt>はいしゃ</rt></ruby>にする

SENTENCES TO USE

加油的時候請先打開油箱蓋。

我出遊前會先幫車加滿油。

我加油後會使用機器自動洗車。

他自己手工洗車。

因為車子故障，她去維修廠維修。

<ruby>給油<rt>きゅうゆ</rt></ruby>する<ruby>時<rt>とき</rt></ruby>は、まず<ruby>給油口<rt>きゅうゆこう</rt></ruby>を<ruby>開<rt>あ</rt></ruby>けてください。

<ruby>私<rt>わたし</rt></ruby>は<ruby>旅立<rt>たびだ</rt></ruby>つ<ruby>前<rt>まえ</rt></ruby>に、<ruby>車<rt>くるま</rt></ruby>のガソリンを<ruby>満<rt>まん</rt></ruby>タンにした。

<ruby>私<rt>わたし</rt></ruby>は<ruby>給油後<rt>きゅうゆご</rt></ruby>に、<ruby>自動洗車機<rt>じどうせんしゃき</rt></ruby>で<ruby>洗車<rt>せんしゃ</rt></ruby>をする。

<ruby>彼<rt>かれ</rt></ruby>は<ruby>車<rt>くるま</rt></ruby>を<ruby>自分<rt>じぶん</rt></ruby>で<ruby>手洗<rt>てあら</rt></ruby>い<ruby>洗車<rt>せんしゃ</rt></ruby>をする。

<ruby>彼女<rt>かのじょ</rt></ruby>は<ruby>車<rt>くるま</rt></ruby>が<ruby>故障<rt>こしょう</rt></ruby>したので、<ruby>整備工場<rt>せいびこうじょう</rt></ruby>に<ruby>修理<rt>しゅうり</rt></ruby>に<ruby>行<rt>い</rt></ruby>った。

検査／更換機油／煞車油　　補充雨刷精　　補充／更換冷卻劑　　更換空氣濾芯

エンジン / ブレーキ　　ウォッシャー液を　　冷却水を補充 /　　エアフィルターを
オイルを点検 / 交換する　　補充する　　交換する　　交換する

検査／更換輪胎　　調整四輪定位　　更換雨刷

タイヤを点検 /　　ホイールアライメントを　　ワイパーを交換する
交換する　　調整する

検査汽車空調　　貼汽車隔熱紙　　用車用吸塵器打掃車內　　打掃汽車踏墊

カーエアコンを　　スモークフィルムを　　車用掃除機で　　車のマットを
点検する　　貼る　　車内を掃除する　　掃除する

SENTENCES TO USE

最好每一萬公里更換一次機油。

エンジンオイルは１万キロごとに交換した方がいい。

我可以自己補充雨刷精。

私は自分でウォッシャー液を補充することができる。

每次換機油的時候，也會檢查輪胎。

エンジンオイルを交換するたびに、タイヤも点検してもらう。

請定期檢查汽車空調。

カーエアコンは定期的に点検してください。

他有時候會用車用吸塵器打掃車內。

彼は時々車用掃除機で車内を掃除する。

CHAPTER

8

社會&政治

社会&政治

發生車禍 こうつう じ こ お 交通事故が起こる	**發生擦撞** せっしょく じ こ お 接触事故が起こる	**被車撞** くるま 車にひかれる	**火車出軌** れっしゃ だっせん 列車が脱線する

飛機失事 ひ こう き ついらく 飛行機が墜落する	**沈船** ふね ちんぼつ 船が沈没する	**在地鐵發生火災** ち か てつ か さい 地下鉄で火災が はっせい 発生する	**發生火災** か さい はっせい 火災が発生する

建築物倒塌
たてもの ほうかい
建物が崩壊する

受困在倒塌的建築物裡
ほうかい たてもの
崩壊した建物に
と こ
閉じ込められる

發生爆炸 ばくはつ じ こ お 爆発事故が起こる	**瓦斯氣爆事故** ばくはつ じ こ ガス爆発事故

SENTENCES TO USE

今天下班回家的路上發生了輕微擦撞。
きょう し ごとがえ かる せっしょく じ こ お
今日、仕事帰りに軽い接触事故が起こった。

我走在人行道上時，被車撞傷。
おうだん ほ どう ほ こうちゅう くるま け が
横断歩道を歩行中に、車にひかれて怪我をした。

特快車出軌造成多人死亡。
とっきゅうれっしゃ だっせん おお ひと し ぼう
特急列車が脱線して多くの人が死亡した。

建築物倒塌波及到了公車。
たてもの ほうかい おそ
建物が崩壊して、バスを襲った。

有６人受困在因為地震而倒塌的建築物裡。
じ しん ほうかい たてもの なか ろくにん と こ
地震で崩壊した建物の中に６人が閉じ込められている。

燒傷、燙傷　一度／二度／三度灼傷
やけどをする　1度/2度/3度の
やけどをする

全身燒燙傷
全身やけどを
する

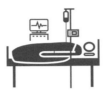

助けて〜〜〜

溺水
溺れる

溺斃
溺死する

從工地墜落
工事現場で墜落する

從公寓陽台／建築物屋頂墜落
アパートのベランダ /
建物の屋上から墜落する

職業災害／
職業災害死亡
勤務中に怪我をする /
死亡する

遭遇職業災害、工傷
労働災害に
遭う

過勞死
過労死する

被創傷壓力症候群困擾
心的外傷後ストレス障害
(PTSD)に悩まされる

發生醫療事故
医療事故が
発生する

叫救護車
救急車を呼ぶ

被送急診
救命救急
センターに運ばれる

SENTENCES TO USE

我小時候有被燒開的熱水燙傷過。

私は子供の頃、沸騰したお湯でやけどをしたことがある。

發生了走路滑手機的女性掉落河川的溺斃事件。

歩きスマホをしていた女性が川に落ちて、溺死した事故が起きた。

他說最近因為工作太累，常常做過勞死的夢。

彼は最近、仕事に疲れていたせいか、過労死する夢をよく見るそうだ。

有人昏倒了。請叫救護車。

人が倒れていますよ。救急車を呼んでください。

發生天災
じ ぜんさいがい　　　はっせい
自然災害が発生する

遭遇天災
し ぜんさいがい　　み ま
自然災害に見舞われる

遭遇水災
こうずい　　ひ がい　　う
洪水で被害を受ける。

城鎮因為豪雨被淹沒
ごうう　　まち　すいぼつ
豪雨で町が水没する

遭遇雨災
おおあめ　ひ がい　う
大雨の被害を受ける

遭遇風災
たいふう　　ひ がい　　　う
台風で被害を受ける

車子因為颱風翻車
たいふう　くるま　おうてん
台風で車が横転する

房子因為颱風損壞
たいふう　　いえ　こわ
台風で家が壊れる

苦於炎熱
もうしょ　くる
猛暑に苦しむ

因炎熱受害
もうしょ
猛暑による
ひ がい　う
被害を受ける

（右上部分）

苦於寒流
かん ぱ　　くる
寒波に苦しむ

因寒流受害
かん ぱ　　　ひ がい
寒波による被害を
う
受ける

遭遇雪災
おおゆき　ひ がい　う
大雪で被害を受ける

房子的屋頂因為大雪坍塌
おおゆき　いえ　や ね　　ほうかい
大雪で家の屋根が崩壊する

因雪崩／山崩受害
なだれ　ど しゃくず　　ひ がい　う
雪崩/土砂崩れの被害を受ける

有人因山崩被活埋
ど しゃくず　ひと　い　う
土砂崩れで人が生き埋めになる

苦於旱災
干ばつで苦しむ

發生森林大火
山火事が発生する

因旱災受害
干ばつによる被害を受ける

因森林大火受害
山火事で被害を受ける

因地震受害
地震で被害を受ける

因海嘯受害
津波による被害を受ける

因火山爆發受害
火山噴火で被害を受ける

建築物因為地震倒塌
地震で建物が崩れる

苦於霧霾／PM2.5（細懸浮微粒）
黄砂 / PM2.5
[微細ホコリ]に苦しむ

PM 2.5

發生路面塌陷
シンクホールが発生する

因霧霾／
PM2.5（細懸浮微粒）受害
黄砂 / PM2.5
[微細ホコリ]による
被害を受ける

因路面塌陷受害
シンクホールよる被害を受ける

SENTENCES TO USE

那個村子因為這次的大雨遭受重大災害。

許多人因為那場地震受害。

その村は今回の大雨で大きな被害を受けた。

多くの人々がその地震で被害を受けた。

犯罪
（はんざい）（おか）
犯罪を犯す

逃走
（に）
逃げる

被逮捕
（たい ほ）
逮捕される

偷竊
（ぬす）
盗む

偷（當扒手）
スリをする

詐騙
（さ ぎ）（はたら）
詐欺を働く

偽造鈔票
（さつ）（ぎ ぞう）
お札を偽造する

非法賭博
（い ほう と ばく）
違法賭博をする

行賄
（わ い ろ）（わた）
賄賂を渡す

貪污、侵占
（おうりょう）
横領する

匯款詐騙
（ふ）（こ）（さ ぎ）（はたら）
振り込め詐欺を働く

SENTENCES TO USE

那個男人犯罪潛逃。

その男（おとこ）は犯罪（はんざい）を犯（おか）して逃（に）げた。

那家店收銀機裡的現金全部被偷了。

その店（みせ）はレジの現金（げんきん）を全部（ぜんぶ）盗（ぬす）まれた。

那位喜劇演員因非法賭博退出了節目。

そのコメディアンは違法賭博（い ほう と ばく）をして、番組（ばんぐみ）を降板（こうばん）した。

賄賂外國公務員的話，會在本國被處分。

外国（がいこく）の公務員（こう む いん）に賄賂（わ い ろ）を渡（わた）した場合（ば あい）には、自国（じこく）で処罰（しょばつ）される。

犯下網路犯罪
サイバー犯罪を犯す

妨害名譽
名誉を傷つける

洩漏企業機密
会社の営業秘密を漏らす

妨礙公務
公務執行妨害になる

偽造文書
私文書を偽造する

無辜、清白
無実だ

抄襲（他人作品）
盗作する

酒駕
飲酒運転をする

無照駕駛
無免許運転を
する

逼車
あおり運転を
する

肇事逃逸
ひき逃げを
する

SENTENCES TO USE

妨害他人名譽也是犯罪。
他人の名誉を傷つける行為も犯罪です。

他因為妨礙公務被逮捕了。
彼は公務執行妨害で、逮捕された。

他主張自己是清白的。
彼は自分は無実だと主張している。

那位暢銷作家抄襲了國外的書。
そのベストセラー作家は外国の本を盗作した。

那位歌手又因為酒駕被逮捕了。
その歌手はまた飲酒運転で、逮捕された。

吸毒
まやく　ふくよう
麻薬を服用する

走私毒品
まやく　みつゆ
麻薬を密輸する

施暴
ぼうこう
暴行する

犯下性犯罪
せいはんざい　おか
性犯罪を犯す

性騷擾
セクハラをする

性侵害
せいてきぼうこう
性的暴行する

約會暴力
ティーブイ
デートDVをする

召妓
かいしゅん
買春をする

賣淫
ばいしゅん
売春をする

偷拍
とうさつ
盗撮する

跟蹤
ストーキングする

SENTENCES TO USE

那位男性因為有吸毒與走私毒品的嫌疑遭到法院審判。
おとこ　まやく　ふくよう　みつゆ　うたが　さいばん
その男は麻薬を服用して、密輸した疑いで裁判にかけられた。

那位政治人物因為犯下了性犯罪，結束了他做為政治人物的人生。
せいじか　せいはんざい　おか　せいじか　じんせい　お
その政治家は性犯罪を犯したために、政治家としての人生が終わった。

一名被上司性騷擾的女性被解雇了。
かいしゃ　じょうし　じょせい　や
会社の上司にセクハラをされた女性が辞めさせられた。

那位男性因為疑似偷拍女廁被逮捕了。
おとこ　じょせい　とうさつ　うたが　たいほ
その男は女性トイレを盗撮した疑いで逮捕された。

綁架　　　誘拐
<ruby>拉致<rt>らち</rt></ruby>する　　<ruby>誘拐<rt>ゆうかい</rt></ruby>する

人口販賣
<ruby>人身取引<rt>じんしんとりひき</rt></ruby>をする

虐待兒童／老人／動物
<ruby>子供<rt>こども</rt></ruby>/<ruby>老人<rt>ろうじん</rt></ruby>/<ruby>動物<rt>どうぶつ</rt></ruby>を<ruby>虐待<rt>ぎゃくたい</rt></ruby>する

殺害
<ruby>殺害<rt>さつがい</rt></ruby>する

殺人未遂
<ruby>殺人未遂<rt>さつじんみすい</rt></ruby>に<ruby>終<rt>お</rt></ruby>わる

犯下連續殺人
<ruby>連続殺人<rt>れんぞくさつじん</rt></ruby>を<ruby>犯<rt>おか</rt></ruby>す

連續殺人犯
<ruby>連続殺人犯<rt>れんぞくさつじんはん</rt></ruby>

棄屍
<ruby>死体<rt>したい</rt></ruby>を<ruby>遺棄<rt>いき</rt></ruby>する

縱火、放火
<ruby>放火<rt>ほうか</rt></ruby>する

進行恐怖攻擊
テロを<ruby>犯<rt>おか</rt></ruby>す

進行自殺攻擊
<ruby>自爆<rt>じばく</rt></ruby>テロを<ruby>犯<rt>おか</rt></ruby>す

SENTENCES TO USE

發生了老師誘拐學生的事件。

<ruby>教師<rt>きょうし</rt></ruby>が<ruby>自分<rt>じぶん</rt></ruby>の<ruby>教<rt>おし</rt></ruby>え<ruby>子<rt>ご</rt></ruby>を<ruby>誘拐<rt>ゆうかい</rt></ruby>する<ruby>事件<rt>じけん</rt></ruby>があった。

會虐待動物的人，也很有可能虐待人。

<ruby>動物<rt>どうぶつ</rt></ruby>を<ruby>虐待<rt>ぎゃくたい</rt></ruby>する<ruby>人<rt>ひと</rt></ruby>は、<ruby>人<rt>ひと</rt></ruby>も<ruby>虐待<rt>ぎゃくたい</rt></ruby>しやすい。

那個男人是在 5 年內殺了 10 個人的連續殺人犯。

その<ruby>男<rt>おとこ</rt></ruby>は、<ruby>5年間<rt>ごねんかん</rt></ruby>で<ruby>10人<rt>じゅうにん</rt></ruby>を<ruby>殺<rt>さつ</rt></ruby><ruby>人<rt>じん</rt></ruby>した<ruby>連続殺人犯<rt>れんぞくさつじんはん</rt></ruby>だ。

一個醉漢在半夜放火燒了他的車。

<ruby>酔<rt>よ</rt></ruby>っ<ruby>払<rt>ばら</rt></ruby>いが<ruby>真夜中<rt>まよなか</rt></ruby>に<ruby>自分<rt>じぶん</rt></ruby>の<ruby>車<rt>くるま</rt></ruby>に<ruby>放火<rt>ほうか</rt></ruby>した。

那個恐怖份子進行了自殺攻擊。

そのテロリストは<ruby>自爆<rt>じばく</rt></ruby>テロを<ruby>犯<rt>おか</rt></ruby>した。

守法
法律を守る

犯法
法律を犯す

告（人）
訴える

起訴
起訴する

提起民事／刑事訴訟
民事 / 刑事訴訟を起こす

提起離婚訴訟
離婚訴訟を起こす

裁判、審判
裁判する, 裁く

弁論
弁論する

作證
証言する

檢察官求刑
検察官が求刑する

下判決
判決を下す

被判有罪／無罪
有罪判決 / 無罪判決を受ける

SENTENCES TO USE

必須得遵守法律。
法律は守らなければならない。

那位歌手告了對他寫惡意評論的人。
その歌手は悪質な書き込みをした人を訴えた。

那位女性提起與丈夫的離婚訴訟。
その女性は夫に離婚訴訟を起こした。

檢察官對被告求處 7 年有期徒刑。
検察官は被告に懲役 7 年を求刑した。

他在一審被判無罪。
彼は一審で無罪判決を受けた。

宣判
判決を言い渡す
はんけつ　　　わた

判處有期徒刑／無期徒刑／死刑
懲役刑 / 無期懲役 / 死刑を
ちょうえきけい　む　きちょうえき　し けい
言い渡される
い　わた

被判罰款
罰金刑を受ける
ばっきんけい　　う

判處緩刑
執行猶予を言い渡される
しっこうゆう よ　い　わた

被關進監獄
刑務所に
けい む しょ
収監される
しゅうかん

被關在拘留所
拘置所に
こう ち しょ
収容される
しゅうよう

服刑
服役する
ふくえき

被關進單人房
独房に
どくぼう
収監される
しゅうかん

出獄
出所する
しゅっしょ

請求保釋
保釈を請求する
ほ しゃく　せいきゅう

交保釋放
保釈金を払って釈放される
ほ しゃくきん　はら　　しゃくほう

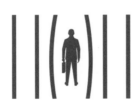

減刑
減刑される
げんけい

假釋
仮釈放される
かりしゃくほう

赦免
赦免される
しゃめん

上訴
上訴する
じょう そ

上訴
控訴する
こう そ

SENTENCES TO USE

法院判處一位將自己的女兒棄置不顧而導致死亡的女性 20 年有期徒刑。
裁判所は自分の娘を放置して死亡させた女性に懲役 20 年の判決を言い渡した。
さいばんしょ　じ ぶん　むすめ　ほうち　　　し ぼう　　　　　じょせい　ちょうえきにじゅう ねん　はんけつ　い　わた

他因為酒駕被判罰款。
彼は飲酒運転で罰金刑を受けた。
かれ　いんしゅうんてん　ばっきんけい　う

一名刑滿出獄的男子又再度犯罪。
刑を終えて出所した男がまた犯罪を犯した。
けい　お　　しゅっしょ　　おとこ　　　はんざい　おか

她被判有罪，但馬上提出上訴。
彼女は有罪判決を受けたが、直ちに控訴した。
かのじょ　ゆうざいはんけつ　う　　　　ただ　こう そ

投票
とうひょう
投票する

通過選舉選擇
せんきょ　えら
選挙で選ぶ

舉行選舉
せんきょ　じっし
選挙を実施する

舉行總統大選
だいとうりょうせんきょ　じっし
大統領選挙を実施する

舉行國會議員選舉
こっかい ぎ いんせんきょ　じっし
国会議員選挙を実施する

舉行地方政府選舉
ち ほう じ ち たいせんきょ
地方自治体選挙を
じっし
実施する

投票棄權
とうひょう　き けん
投票を棄権する

投票給~候選人
こう ほ　とうひょう
~候補に投票する

舉行重選／補選
さいせんきょ　ほ けつせんきょ
再選挙 / 補欠選挙を
じっし
実施する

提前投票
き じつまえとうひょう
期日前投票をする

填寫選票
とうひょうよう し　き にゅう
投票用紙に記入する

把選票投入投票箱
とうひょうよう し
投票用紙を
とうひょうばこ　い
投票箱に入れる

拍照證明有投票
とうひょう　にんしょう
投票の認証
と
ショットを撮る

SENTENCES TO USE

投票是民主國家人民的權力也是義務。
とうひょう　　　　　　　みんしゅしゅ ぎ こく　こくみん　けん り　　ぎ む
投票することは民主主義国の国民の権利であり義務である。

在總統直選下，人民可以直接選出總統。
だいとうりょうちょくせんせい　　　こくみん　だいとうりょう　ちょくせつせんきょ　えら
大統領直選制では国民が大統領を直接選挙で選ぶ。

那個國家的總統任期是 5 年，國會議員是 4 年。
くに　　だいとうりょうせんきょ　ご ねん　　　こっかい ぎ いんせんきょ　よ ねん　　　じっし
その国では大統領選挙は 5 年ごとに、国会議員選挙は 4 年ごとに実施される。

我提前去投票了。
わたし　き じつまえとうひょう
私は期日前投票をした。

参選總統
大統領選挙に出馬する
<small>だいとうりょうせんきょ しゅつ ば</small>

参選國會議員
国会議員選挙に出馬する
<small>こっかい ぎ いんせんきょ しゅつ ば</small>

登記為候選人
候補者登録をする
<small>こう ほ しゃとうろく</small>

表示不參選連任
再選不出馬を
表明する
<small>さいせん ふ しゅつ ば</small>
<small>ひょうめい</small>

支持候選人
候補者を
支持する
<small>こう ほ しゃ</small>
<small>し じ</small>

從事競選活動
選挙運動をする
<small>せんきょうんどう</small>

做民意調査
世論調査を
実施する
<small>よ ろんちょう さ</small>
<small>じっ し</small>

回答民意調査
世論調査に応じる
<small>よ ろんちょう さ おう</small>

開票
開票する
<small>かいひょう</small>

公布選舉結果
選挙の結果を
発表する
<small>せんきょ けっ か</small>
<small>はっぴょう</small>

勝選／敗選
選挙で勝つ／
負ける
<small>せんきょ か</small>
<small>ま</small>

收到當選證書
当選証書を
受け取る
<small>とうせんしょうしょ</small>
<small>う と</small>

SENTENCES TO USE

那位演員有參選過國會議員。

その俳優は国会議員選挙に出馬したことがある。
<small>はいゆう こっかい ぎ いんせんきょ しゅつ ば</small>

那位國會議員表明了他不參選連任。

その国会議員は再選不出馬を表明した。
<small>こっかい ぎ いん さいせん ふ しゅつ ば ひょうめい</small>

公務員和教職人員被禁止從事競選活動。

公務員や教育者は、選挙運動をすることが禁止されている。
<small>こう む いん きょういくしゃ せんきょうんどう きん し</small>

我今天回答了這次總統選舉的民意調査。

私は今日、今回の大統領選挙に関する世論調査に応じた。
<small>わたし きょう こんかい だいとうりょうせんきょ かん よ ろんちょう さ おう</small>

🎧 083

信仰宗教
<ruby>宗<rt>しゅうきょう</rt></ruby>教を<ruby>信<rt>しん</rt></ruby>じる

去大教堂／教堂／寺廟
<ruby>聖堂<rt>せいどう</rt></ruby> / <ruby>教会<rt>きょうかい</rt></ruby> / お<ruby>寺<rt>てら</rt></ruby>に<ruby>通<rt>かよ</rt></ruby>う

改變信仰
<ruby>改宗<rt>かいしゅう</rt></ruby>する

天主教

參加彌撒
ミサに
<ruby>参列<rt>さんれつ</rt></ruby>する

參加線上彌撒
オンラインミサに<ruby>参列<rt>さんれつ</rt></ruby>する

祈禱
<ruby>祈<rt>いの</rt></ruby>る

念珠祈禱
ロザリオの<ruby>祈<rt>いの</rt></ruby>りをする

聽演講
<ruby>講論<rt>こうろん</rt></ruby>を<ruby>聞<rt>き</rt></ruby>く

劃十字架
<ruby>十字<rt>じゅうじ</rt></ruby>を<ruby>切<rt>き</rt></ruby>る

SENTENCES TO USE

我們家每週日都會去教堂。

她改信跟丈夫一樣的基督新教。

他每週日會去參加彌撒。

我每天晚上睡前會向神祈禱。

她吃飯之前都會劃十字架。

<ruby>私<rt>わたし</rt></ruby>たち<ruby>家族<rt>かぞく</rt></ruby>は<ruby>毎週<rt>まいしゅう</rt></ruby><ruby>日曜日<rt>にちようび</rt></ruby>に<ruby>教会<rt>きょうかい</rt></ruby>に<ruby>通<rt>かよ</rt></ruby>っている。

<ruby>彼女<rt>かのじょ</rt></ruby>は<ruby>夫<rt>おっと</rt></ruby>の<ruby>宗教<rt>しゅうきょう</rt></ruby>であるプロテスタントに<ruby>改宗<rt>かいしゅう</rt></ruby>した。

<ruby>彼<rt>かれ</rt></ruby>は<ruby>毎週<rt>まいしゅう</rt></ruby><ruby>日曜日<rt>にちようび</rt></ruby>にミサに<ruby>参列<rt>さんれつ</rt></ruby>する。

<ruby>私<rt>わたし</rt></ruby>は<ruby>毎日<rt>まいにち</rt></ruby>、<ruby>夜<rt>よる</rt></ruby><ruby>寝<rt>ね</rt></ruby>る<ruby>前<rt>まえ</rt></ruby>に<ruby>神様<rt>かみさま</rt></ruby>に<ruby>祈<rt>いの</rt></ruby>る。

<ruby>彼女<rt>かのじょ</rt></ruby>は<ruby>食事<rt>しょくじ</rt></ruby>の<ruby>前<rt>まえ</rt></ruby>に、いつも<ruby>十字<rt>じゅうじ</rt></ruby>を<ruby>切<rt>き</rt></ruby>る。

戴彌撒頭紗
ミサベールを被る

取教名
洗礼名を決める

受洗
洗礼を受ける

告解
告解をする

進行聖餐禮
聖体拝領をする

成為教父／教母
代父 / 代母になる

SENTENCES TO USE

女信徒們在教堂戴上彌撒頭巾。
女性信徒たちは聖堂でミサベールを被る。

我媽媽在 60 幾歲的時候接受了天主教受洗。
私の母は 60 代にカトリックの洗礼を受けた。

我每年復活節前會去向神父告解。
私は毎年、復活祭の前に神父さまに告解をします。

基督教

去教堂
きょうかい い かよ
教会に行く／通う

參加禮拜
れいはい さんれつ
礼拝に参列する

午前6時
天亮前去做禮拜
よ あ まえ れいはい い
夜明け前の礼拝に行く

做家庭禮拜
か ていれいはい おこな
家庭礼拝を行う

做地區禮拜
く いきれいはい おこな
区域礼拝を行う

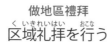

在線上做禮拜
れいはい
オンラインで礼拝する

唱聖歌
さん び か うた
賛美歌を歌う

聽（人）講道
せっきょう き
説教を聞く

捐獻
けんきん だ
献金を出す

SENTENCES TO USE

我國中的時候，有去過好幾個月的教堂。
わたし ちゅうがくせい とき なん か げつかん きょうかい かよ
私は中学生の時、何ヶ月間か教会に通ったことがある。

沒辦法去教堂的信徒，可以在線上做禮拜。
きょうかい い しんと れいはい
教会に行けない信徒は、オンラインで礼拝することができます。

做禮拜中我最喜歡唱聖歌。
わたし れいはい なか さん び か うた いちばん す
私は礼拝の中で賛美歌を歌うことが一番好きだ。

什一奉獻
十分の一税を出す

上教義課
教理教育を受ける

傳教
伝道する

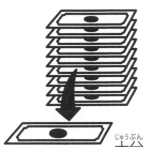

擔任主日學校的老師
日曜学校の先生をする

出席佈道會
伝道集会に出席する

讀／抄寫聖經
聖書を読む / 筆写する

BIBLE STUDY

研讀聖經
聖書の勉強をする

有QT時間
QTの時間を持つ

SENTENCES TO USE

他每個月會做什一奉獻。
彼は毎月、十分の一税を出す。

她幾年前開始擔任主日學校的老師。
彼女は数年前から日曜学校の先生をしている。

我最近每天會抄一小時的聖經。
私は最近、聖書を毎日１時間ずつ筆写している。

佛教

拜佛
ぶっさん
仏参する

祭祀
くよう
供養をする

雙手合十
がっしょう
合掌する

轉佛珠祈禱
じゅ ず　まわ　　いの
数珠を回しながら祈る

讀佛經
きょう　よ
お経を読む

行禮
じ ぎ
お辞儀をする

做108拜
ひゃくはちはい
108拝をする

聽（人）講經
せっぽう　　き
説法を聞く

佈施
ふ せ
布施する

燒香
こう　た
お香を焚く

點蠟燭
ひ
ロウソクの火を
とも
灯す

點亮燃燈
ねんとう　　あ
燃灯に明かりを
とも
灯す

SENTENCES TO USE

和尚閉眼坐著，一邊轉佛珠一邊祈禱。
ぼう　　　め　　　　　　すわ　　じゅ ず　まわ　　　いの
お坊さんが目をつぶって座り、数珠を回しながら祈っている。

佛教徒正在出聲念經文。
ぶっきょうしゃ　　　　こえ　だ　　　　きょう　よ
仏教者たちは、声を出してお経を読んでいる。

她每天早上會做 108 拜。
かのじょ　まいあさ　ひゃくはち はい
彼女は毎朝、108 拝をする。

我睡前會在 youtube 上聽和尚講經。
わたし　ね　　まえ　　　ユーチューブ　　　　ぼう　　　　　せっぽう　き
私は寝る前に、YouTube でお坊さんたちの説法を聞く。

6 軍隊

🎧 084

従軍
<ruby>軍隊<rt>ぐんたい</rt></ruby>に<ruby>行<rt>い</rt></ruby>く

入伍
<ruby>入隊<rt>にゅうたい</rt></ruby>する

入伍陸軍／海軍／空軍／
海軍陸戰隊
<ruby>陸軍<rt>りくぐん</rt></ruby> / <ruby>海軍<rt>かいぐん</rt></ruby> / <ruby>空軍<rt>くうぐん</rt></ruby> /
<ruby>海兵隊<rt>かいへいたい</rt></ruby>に<ruby>入隊<rt>にゅうたい</rt></ruby>する

當兵
<ruby>兵役<rt>へいえき</rt></ruby>に<ruby>就<rt>つ</rt></ruby>く

接受體檢
<ruby>身体検査<rt>しんたいけんさ</rt></ruby>を<ruby>受<rt>う</rt></ruby>ける

接受新兵訓練
<ruby>新兵訓練<rt>しんぺいくんれん</rt></ruby>を<ruby>受<rt>う</rt></ruby>ける

被分配到部隊
<ruby>部隊<rt>ぶたい</rt></ruby>に<ruby>配属<rt>はいぞく</rt></ruby>される

敬禮
<ruby>敬礼<rt>けいれい</rt></ruby>する

戴軍人身份確認牌
<ruby>認識票<rt>にんしきひょう</rt></ruby>をつける

識別編號
<ruby>認識番号<rt>にんしきばんごう</rt></ruby>

點名
<ruby>点呼<rt>てんこ</rt></ruby>する

SENTENCES TO USE

他們入伍後，進入了新兵訓練所。

<ruby>彼<rt>かれ</rt></ruby>らは<ruby>入隊<rt>にゅうたい</rt></ruby>して、<ruby>新兵訓練所<rt>しんぺいくんれんじょ</rt></ruby>に<ruby>入所<rt>にゅうしょ</rt></ruby>した。

那位歌手下個月就要入伍海軍陸戰隊。

その<ruby>歌手<rt>かしゅ</rt></ruby>は<ruby>来月<rt>らいげつ</rt></ruby>、<ruby>海兵隊<rt>かいへいたい</rt></ruby>に<ruby>入隊<rt>にゅうたい</rt></ruby>する。

他當了 18 個月的兵後退伍了。

<ruby>彼<rt>かれ</rt></ruby>は 18 <ruby>ヶ月間<rt>かげつかん</rt></ruby>の<ruby>兵役<rt>へいえき</rt></ruby>に<ruby>就<rt>つ</rt></ruby>いて、<ruby>除隊<rt>じょたい</rt></ruby>した。

他們在新兵訓練所接受完新兵訓練後，被分配到各自的部隊。

<ruby>彼<rt>かれ</rt></ruby>らは<ruby>新兵訓練所<rt>しんぺいくんれんじょ</rt></ruby>で<ruby>新兵訓練<rt>しんぺいくんれん</rt></ruby>を<ruby>受<rt>う</rt></ruby>けた<ruby>後<rt>あと</rt></ruby>に、それぞれの<ruby>部隊<rt>ぶたい</rt></ruby>に<ruby>配属<rt>はいぞく</rt></ruby>された。

行軍
行軍<ruby>こうぐん</ruby>する

奔跑、快跑
駆<ruby>か</ruby>け足<ruby>あし</ruby>する

站哨
歩哨<ruby>ほしょう</ruby>に立<ruby>た</ruby>つ

站夜哨
不寝番<ruby>ふしんばん</ruby>に立<ruby>た</ruby>つ

報上軍階跟姓名
階級<ruby>かいきゅう</ruby>と氏名<ruby>しめい</ruby>を名乗<ruby>なの</ruby>る

午前12時

進行夜間訓練
夜間訓練<ruby>やかんくんれん</ruby>をする

SENTENCES TO USE

夏天行軍真的很難熬。

有兩位士兵在彈藥庫前站哨。

他凌晨12點到3點站了夜哨。

空軍要進行夜間飛行訓練。

夏<ruby>なつ</ruby>に行軍<ruby>こうぐん</ruby>するのは本当<ruby>ほんとう</ruby>に大変<ruby>たいへん</ruby>だ。

二人<ruby>ふたり</ruby>の兵士<ruby>へいし</ruby>が弾薬庫<ruby>だんやくこ</ruby>の前<ruby>まえ</ruby>で歩哨<ruby>ほしょう</ruby>に立<ruby>た</ruby>っていた。

彼<ruby>かれ</ruby>は午前<ruby>ごぜん</ruby>12時<ruby>じゅうにじ</ruby>から3時<ruby>さんじ</ruby>まで不寝番<ruby>ふしんばん</ruby>に立<ruby>た</ruby>った。

空軍<ruby>くうぐん</ruby>では夜間飛行訓練<ruby>やかんひこうくんれん</ruby>をする。

進行冬季／夏季訓練
<ruby>冬<rt>とう</rt></ruby><ruby>季<rt>き</rt></ruby> / <ruby>夏<rt>か</rt></ruby><ruby>季<rt>き</rt></ruby><ruby>訓<rt>くん</rt></ruby><ruby>練<rt>れん</rt></ruby>をする

進行游擊訓練
<ruby>遊<rt>ゆう</rt></ruby><ruby>擊<rt>げき</rt></ruby><ruby>訓<rt>くん</rt></ruby><ruby>練<rt>れん</rt></ruby>をする

收到慰問信
<ruby>慰<rt>い</rt></ruby><ruby>問<rt>もん</rt></ruby>の<ruby>手<rt>て</rt></ruby><ruby>紙<rt>がみ</rt></ruby>をもらう

唱軍歌
<ruby>軍<rt>ぐん</rt></ruby><ruby>歌<rt>か</rt></ruby>を<ruby>歌<rt>うた</rt></ruby>う

休假外出
<ruby>休<rt>きゅう</rt></ruby><ruby>暇<rt>か</rt></ruby>をもらって<ruby>外<rt>がい</rt></ruby><ruby>出<rt>しゅつ</rt></ruby>する

來會面
<ruby>面<rt>めん</rt></ruby><ruby>会<rt>かい</rt></ruby>に<ruby>来<rt>く</rt></ruby>る

回部隊
<ruby>部<rt>ぶ</rt></ruby><ruby>隊<rt>たい</rt></ruby>に<ruby>復<rt>ふっ</rt></ruby><ruby>帰<rt>き</rt></ruby>する

在災區進行救援
<ruby>被<rt>ひ</rt></ruby><ruby>災<rt>さい</rt></ruby><ruby>地<rt>ち</rt></ruby>で<ruby>救<rt>きゅう</rt></ruby><ruby>護<rt>ご</rt></ruby><ruby>活<rt>かつ</rt></ruby><ruby>動<rt>どう</rt></ruby>をする

欣賞勞軍表演
<ruby>軍<rt>ぐん</rt></ruby><ruby>部<rt>ぶ</rt></ruby><ruby>隊<rt>たい</rt></ruby>の<ruby>慰<rt>い</rt></ruby><ruby>問<rt>もん</rt></ruby><ruby>公<rt>こう</rt></ruby><ruby>演<rt>えん</rt></ruby>を<ruby>楽<rt>たの</rt></ruby>しむ

護送至軍醫院
<ruby>軍<rt>ぐん</rt></ruby><ruby>病<rt>びょう</rt></ruby><ruby>院<rt>いん</rt></ruby>に<ruby>護<rt>ご</rt></ruby><ruby>送<rt>そう</rt></ruby>される

逃兵
<ruby>軍<rt>ぐん</rt></ruby><ruby>隊<rt>たい</rt></ruby>から<ruby>脱<rt>だっ</rt></ruby><ruby>走<rt>そう</rt></ruby>する

關禁閉
<ruby>営<rt>えい</rt></ruby><ruby>倉<rt>そう</rt></ruby>に<ruby>行<rt>い</rt></ruby>く

退伍
<ruby>除<rt>じょ</rt></ruby><ruby>隊<rt>たい</rt></ruby>する

SENTENCES TO USE

我們進行了 5 天 4 夜的游擊訓練。

<ruby>私<rt>わたし</rt></ruby>たちは 4 <ruby>泊<rt>はく</rt></ruby> 5 <ruby>日<rt>か</rt></ruby><ruby>間<rt>かん</rt></ruby>、<ruby>遊<rt>ゆう</rt></ruby><ruby>擊<rt>げき</rt></ruby><ruby>訓<rt>くん</rt></ruby><ruby>練<rt>れん</rt></ruby>をした。

上週末女友到部隊跟我會面。

<ruby>先<rt>せん</rt></ruby><ruby>週<rt>しゅう</rt></ruby><ruby>末<rt>まつ</rt></ruby>、<ruby>彼<rt>かの</rt></ruby><ruby>女<rt>じょ</rt></ruby>が<ruby>部<rt>ぶ</rt></ruby><ruby>隊<rt>たい</rt></ruby>に<ruby>面<rt>めん</rt></ruby><ruby>会<rt>かい</rt></ruby>に<ruby>来<rt>き</rt></ruby>た。

明天必須要回部隊。

<ruby>明<rt>あした</rt></ruby><ruby>日<rt></rt></ruby>は<ruby>部<rt>ぶ</rt></ruby><ruby>隊<rt>たい</rt></ruby>に<ruby>復<rt>ふっ</rt></ruby><ruby>帰<rt>き</rt></ruby>しなければならない。

逃兵的士兵會被關禁閉。

<ruby>軍<rt>ぐん</rt></ruby><ruby>隊<rt>たい</rt></ruby>から<ruby>脱<rt>だっ</rt></ruby><ruby>走<rt>そう</rt></ruby>した<ruby>兵<rt>へい</rt></ruby><ruby>士<rt>し</rt></ruby>は、<ruby>営<rt>えい</rt></ruby><ruby>倉<rt>そう</rt></ruby>に<ruby>行<rt>い</rt></ruby>くことになった。

他預定下個月要退伍。

<ruby>彼<rt>かれ</rt></ruby>は<ruby>来<rt>らい</rt></ruby><ruby>月<rt>げつ</rt></ruby>、<ruby>除<rt>じょ</rt></ruby><ruby>隊<rt>たい</rt></ruby>する<ruby>予<rt>よ</rt></ruby><ruby>定<rt>てい</rt></ruby>だ。

INDEX 索引

あ

アイマスクをする (睡眠用) 戴上（睡覺用的）眼罩　96

アイロンをかける 用熨斗　070, 108

和える 拌　078

仰向けで寝る 仰睡、正睡　096

仰向けになる 仰躺　056

あおり運転をする 逼車　247

赤ちゃんが目を合わせる 和嬰兒對到眼　181

赤ちゃんの部屋作りをする 準備嬰兒房　177

赤ちゃんを預ける 寄放嬰兒　181

赤ちゃんをお風呂に入れる 幫嬰兒洗澡　180

赤ちゃんをなだめて寝かせる 安撫嬰兒睡覺　180

赤ちゃんを分娩室から新生児室に移動する
把嬰兒從產房轉移至新生兒房　177

悪質な書き込みをする 發表惡意的評論　221

握手する 握手　034

あくびをする 打哈欠　097, 118

あぐらをかく 盤腿坐　045

あごを上げる 抬起下巴　024

あごを触る 摸下巴　024

あごを下に引く 縮下巴　024

あごを突き出す 伸下巴　024

あごを撫でる （洋洋得意）撫摸下巴　024

朝ご飯を食べる 吃早餐　083

あざ笑う 嘲笑　027, 144

足がうずく 腳刺痛　121

足がしびれる 腳麻　046

足がつる 腳抽筋　046, 121

足首の捻挫をする 扭傷腳踝　051

足首をクロスする 交叉腳踝　051

足首を伸ばす 伸展腳踝　051

足首を捻る 扭到腳踝　124

足首を回す 轉動腳踝　051

味付けする 調味　078

足で蹴る 用腳踢　050

足で踏む 用腳踩踏　050

足並みを揃える 齊步走、步調一致　050

足にギプスをする 在腳上打石膏　046

足の裏にたこができる 腳底長繭　052

足の裏にまめができる 腳底起水泡　052
足の裏を掻く 抓腳底　052
足の裏をくすぐる 搔腳底　052
足の骨が折れる 腳骨折　046
足の指を握る 抓住腳趾　053
足の指の爪が抜ける 腳指甲脫落　053
足の指の爪に塗る 塗腳指甲　053
足の指の爪を切る 剪腳指甲　053
足の指の爪を磨く 磨腳指甲　053
足の指を噛む 咬腳趾　053
足の指を広げる 張開腳趾　053
足の指を曲げる 彎曲腳趾　053
足の指をもぞもぞ動かす 扭動腳趾　053
足の指を揉む 按摩腳趾　053
足元を見られる 被抓住弱點　051
足指を反らす 扳腳趾　051
足湯をする 泡足湯　050
足を洗う 金盆洗手、斷絕往來　051
足を掻く 抓腿　045
足をかけて倒す 用腳絆倒　046
足を組む 翹二郎腿　045
足を組んで座る 翹腳坐著　045
足を怪我する 腳受傷　046
足を切断する 截肢　046
足を閉じる 合上雙腿　045
足を止める 停下腳步　050
足を伸ばす 伸展雙腿　045
足を引きずる 拖著腿、跛腳　046, 050
足を広げて座る 張開雙腿坐著　045
足を広げる 張開雙腿　045
足を踏み入れる(～界に) 踏入、進入(～的世界)　051
足を踏み出す 邁出步伐　050
足を踏み鳴らす 跺腳　050
足を踏み外す 腳踩空　050
足を踏む 踩腳　050
足を曲げる 把腿彎起來　045
足をマッサージする 按摩腳　051

足を揉む 按摩腿部、腳　045
汗をかく 流汗　118
頭を痛める 煩惱　013
頭を掻きむしる 抱頭扯髮　015,143
頭を掻く(困って) (因為為難)搔頭　013
頭を怪我する 頭受傷　013
頭を下げて挨拶する 鞠躬敬禮　013
頭を絞る 絞盡腦汁　013
頭を叩く 敲頭　013
頭を使う 動腦　013
頭を突き出す 探出頭　012
頭を通す(～に) 把頭伸進、穿過~　066
頭を殴る 毆打頭部　013
頭を撫でる 摸頭　013
熱いお風呂に入る 泡熱水澡　059
アパートのベランダから墜落する 從公寓陽台墜落　243
アフターサービスを申し込む 預約售後服務　111
油絵を描く 畫油畫　208
油で揚げる 油炸　078
油で焼く 油煎　078
アプリでタクシーを呼ぶ 用app叫計程車　228
アプリでおいしいお店を探す 用app找美食　192
アプリをアップデートする 更新app　215
アプリをインストールする 安裝app　215
アプリをダウンロードする 下載app　215
アプリを検索する 搜尋app　215
アプリを使う 使用app　215
アプリを削除する 刪除app　215
網を投げる 撒網　162
網を引き寄せる 拉網　162
謝る 道歉　143
アラームを設定する 設定鬧鐘　096
アラームを止める 關掉鬧鐘　097
アルコール検知器を吹く 酒測　236
アルバイトをする 打工　163
アンコールを請う 要求安可曲　207
あんしんナンバーを使う 使用安全碼　171

安全運転をする 安全駕駛 234
安全靴を履く 穿安全鞋 158
安全点検を行う 進行安全檢查 158
あんよトレーニングをさせる 做爬行、走路訓練 181
言い聞かせる 勸說、教誨 183
いい気になる 得意、沾沾自喜 144
遺影写真を持つ 捧遺照 136
家の修理の見積書をもらう 收到修理房子的報價單 112
家の掃除をする 打掃房子 107
家を改造する 改造房子 112
家を修理する 修理房子 112
家をリフォームする 翻新房子 112
胃カメラを受ける 照胃鏡 127
育児休業中だ 休育嬰假中 181
育児休業を取る 請育嬰假 181
育児に専念する 專心育兒 181
育児本を読む 閱讀教育書籍／親子教養書籍 184
遺骨を納骨堂に安置する 將骨灰安置在靈骨塔 136
意地悪をする 使壞、刁難 143
椅子に座って足を組む 翹腳坐在椅子上 057
椅子の背もたれに寄りかかる 靠著椅背 057
痛い 痛 120
遺体に死化粧をする 為大體化妝 134
遺体を安置室[霊安室]に安置する 將遺體安置在太平間 134
遺体を火葬する 火化 136
遺体を土葬する 土葬 136
痛みがある 會痛 120
痛み止めを服用する 吃止痛藥 121
痛みに耐える 忍痛 120
炒める 炒 079
傷んだ部分を抉る 挖掉壞掉的部分 077
一日一食ダイエットをする 一天只吃一餐減重 132
一日一食にする 一天一餐 132
一回用交通カードの保証金を返金される 退還一次性交通卡的保證金 226
一回用交通カードを購入する 購買一次性交通卡 226
一週間分の献立を立てる 製作一星期份的菜單 108

一緒に歌う 一起唱歌 207
一般病室に運ばれる 轉入普通病房 130
胃内視鏡検査を受ける 照胃鏡 127
犬が口輪を付けている 狗戴著嘴套 211
犬に口輪を付ける 幫狗套上嘴套 211
犬に首輪を付ける 幫狗戴上項圈 210
犬にご飯をあげる 餵狗吃飯 210
犬に社会化トレーニングをさせる 讓狗接受社會化訓練 211
犬にハーネスを付ける 幫狗戴胸背帶 210
犬の里親になる 領養狗 210
犬のトリミングをする 幫狗／貓剪毛 211
犬の歯磨きをする 幫狗刷牙 211
犬のフンを処理する 處理狗大便 211
犬をお風呂に入れる 幫狗洗澡 211
犬を飼う 養狗 210
犬を散歩させる 遛狗 210
居眠り運転 疲勞駕駛 235
居眠り運転をする 疲勞駕駛 235
稲を刈る 割稻 160
祈る 祈禱 254
いびきをかく 打呼 017,96
違法賭博をする 非法賭博 246
慰問の手紙をもらう 收到慰問信 261
イヤリングをする 戴耳環 068
入り口でチケットを確認してもらう 在入口讓人確認票根 206
医療事故が発生する 發生醫療事故 243
岩登りをする 攀岩 198
飲酒運転で逮捕される 因酒駕被逮捕 236
飲酒運転をする 酒駕 236,247
飲酒検問に引っかかる 酒測攔檢 136
インスタグラムから～を遮断する 隔絕來自Instagram的~ 223
インスタグラムでフォローする 用Instagram追蹤 221
インスタグラムに登録する 註冊Instagram 221
インスタグラムのアカウントを作る 創立Instagram的帳號 221
インスタグラムを利用する 使用Instagram 221

インストリーム広告をする 插播廣告　222

インターネットに接続する 連網路　217

インターネットバンキングを利用する
使用網路銀行　218

引退する 引退、退休　155

う

ウインカーをつける 打方向燈　233

ウインクする 眨單眼　018.027

ウィンドウショッピングをする 逛街（只看不買）　168

ウーバータクシーを呼ぶ 叫uber　228

ウェーティングリストに名を連ねる
在等候名單上填上名字　090

ウェブサイトからログアウトする 登出網站　218

ウェブサイトから退会する 退出網站　217

ウェブサイトにログインする 登入網站　218

ウェブサイトに登録する 註冊網站　217

ウェブサイトに接続する 連上網站　217

ウェブサイトをお気に入りに追加する
把網站加入書籤　218

ウェブサイトをハッキングする 駭入網站　218

上を向く 抬頭　012

ウォーミングアップをする 做熱身運動　058

ウォシュレットを使う 使用免治馬桶　103

ウォッシャー液を補充する 補充雨刷精　239

薄切りにする 薄切　077

うずくまる 蹲坐　058

右折する 右轉　232

訴える 告　250

うつ伏せる 趴著　056

腕にぶら下がる 掛在手臂上　032

腕まくらをして横になる 枕著手臂躺下　031

腕まくりをする 捲起袖子　031

腕を上げる 舉起手　031

腕を組む 雙手交叉抱胸　032

腕を下げる 放下手　031

腕を掴む 抓住手臂　032

腕を伸ばす 伸出手臂　031

腕を引っ張る 拉住手　032

腕をひねる 扭轉手臂　032

腕を広げる 張開手　031

腕を振り払う 甩開手　032

腕を振り回す 擺動手臂　031

腕を前に伸ばす 將手臂往前伸展　031

腕を曲げて力こぶを作る 彎曲手臂形成二頭肌　031

腕を曲げる 彎曲手臂　031

頷く 點頭　012

海で泳ぐ 下海游泳　203

膿を出す[潰す] 擠膿　123

裏広告をする 商業合作廣告卻無說明　222

嬉し涙を流す 流下喜悅的淚水　142

浮気をする 劈腿　147

うんこをする 大便　103,119

運転研修を受ける 上駕訓班　232

運転手に行き先を告げる 告訴司機目的地　228

運転免許証を更新する 更新駕照　232

運転免許証を取得する 拿到駕照　232

運転を習う 學開車　232

運動する 運動　058

え

エアコンの温度を上げる 調高冷氣溫度　110

エアコンの温度を下げる 調低冷氣溫度　110

エアコンを消す 關冷氣　110

エアコンをつける 開冷氣　110

エアシャワーを浴びる 進入空氣浴塵室　158

エアフィルターを交換する 更換空氣濾芯　239

映画が封切りされる 電影首映、初次上映　204

映画館で映画を見る 在電影院看電影　204

映画館に入場する 電影院入場　206

映画祭に行く 去影展　205

映画試写会に参加する 參加電影試映會　205

映画試写会に招待される 被招待去電影試映會　205

映画 上 映前の広告を見る 看電影開始前的廣告　206

映画のチケットを予約する 訂電影票　204

映画を封切りする 電影首映、初次上映　204

映画を見ながら飲み物を飲む 邊看電影邊喝飲料　206

映画を見ながらポップコーンを食べる
一邊看電影一邊吃爆米花　206

映画を見に行く 去看電影　204

映画を見る 看電影　097.204

英語教室に通わせる 讓~上英語課　184

営倉に行く 關禁閉　261

駅の改札口を通る 通過車站驗票閘門　227

エプロンをする 穿圍裙　082

襟を立てる 立起領子　067

絵を描く 畫畫　098.208

絵を鑑賞する 欣賞畫作　208

演劇のチケットを予約する 訂舞台劇的票　204

演劇を見に行く 去看舞台劇　204

演劇を見る 看舞台劇　204

エンジンオイルを交換する 換機油　239

エンジンオイルを点検する 檢查機油　239

演奏会に行く 去聽音樂會　207

演奏会のチケットを予約する 訂音樂會的票　207

エンディングクレジットを最後まで見る
看完電影片尾名單　206

お

追い越し車線を走る 開內側車道　233

追い越す 超車　233

おいしいお店に行く 去吃美食　192

老いて死ぬ 衰老死亡　134

応急手当を受ける 接受急救處理　124

横領する 貪汙、侵占　246

大雨の被害を受ける 遭遇雨災　244

大きな拍手を送る 給予熱烈掌聲　206

大口を開ける 張大嘴巴　020

オーシャンビューを見渡す 眺望海景　202

オーブンで肉を焼く 用烤箱烤肉　081

オーブンでパンを焼く 用烤箱烤麵包　081

オーブンや火で焼く 用烤箱或火烤　079

大雪で家の屋根が崩壊する 房子的屋頂因大雪坍塌　244

大雪で被害を受ける 遭遇雪災　244

お会計する 結帳　092

お客様からの問い合わせに対応する
處理客人的問題　156

お客様のクレームに対応する 處理客訴　156

お客様の要求に応じる 回應客人要求　156

お客様を迎える 接待客人　156

お経を読む 讀佛經　258

起きる 起來、起床　056

屋上を防水処理する 做屋頂防水處理　113

お悔やみの言葉を伝える 表達哀悼之意　135

お香を焚く 燒香　258

お米を研ぐ 洗米　076

お米を水に浸ける 把米泡水　076

怒る 生氣　143.183

お札を偽造する 偽造鈔票　246

お皿をさげる 收拾盤子　083

お辞儀をする 行禮　258

おしっこをする 尿尿　103.119

おしゃべりをする 交談、聊天　089

おしゃれする 打扮得時髦　061

お尻のほこりを払う 拍掉屁股上的灰塵／露出屁股　044

お尻を後ろに引く 把屁股往後推　044

お尻を掻く 抓屁股　044

お尻を軽く叩く 輕拍屁股　044

お尻を出す 露出屁股　044

お尻をピシャリと打つ （啪地一下）打屁股　044

お尻をプリプリ振る 左右搖晃屁股、扭腰擺臀　044

お尻を振る 搖屁股　044

お汁を飲む 喝湯　084

落ち葉を熊手でかき集める 用竹耙掃落葉　107

おつかいをさせる 請~去跑腿　183

おっぱいを飲ませる 餵母乳　180

お釣りをもらう 找零錢　228

おでこを叩く 輕拍額頭　016

お寺に通う 去寺廟　254

お届け希望日を決める 指定到貨日　168

お腹が空く 肚子餓　041

お腹が痛い 肚子痛　041

お腹が一杯になる 肚子很飽　041

お腹がグーグーと鳴る 肚子咕嚕咕嚕叫　041.118

お腹が出る 肚子變大　041

お腹が痩せる 肚子瘦了　041

お腹を擦る 揉肚子　041

お腹を出す 露出肚子　041

お腹を膨らませる 鼓起肚子　041

おならをする 放屁　118

お箸の使い方を教える 教導使用筷子的方法　181

おぶう 背　180

お風呂で半身浴をする 洗半身浴　202

お風呂に入る 洗澡（泡澡）　059.102

お風呂に水を溜める 放泡澡水　102

お風呂を掃除する 打掃浴缸　105

お弁当を作る 做便當　100

溺れる 溺水　243

おまけが付いている 附贈品　166

おまけをもらう 得到贈品　166

お水をこぼす 打翻水　091

お店の評価を調べる 查詢店家評價　192

お土産を買う 買伴手禮、紀念品　192

おむつを替える 換尿布　180

思い上がる 得意、沾沾自喜　144

おやすみ 晚安　096

おやすみなさい 晚安（較有禮貌）　096

おやつを食べる 吃點心　083

親指を立てる 豎起大拇指　037

お湯に浸かる 泡在熱水裡　059

降りる地下鉄の駅を確認する 確認要下車的地鐵站　227

降りる停留所を乗り過ごす 坐過站　227

降りるバス停を確認する 確認公車要下車的站　227

オルタナティブスクールに通わせる
讓~接受另類教育、上體制外學校　185

下ろし金で下ろす 用刨絲器刨絲　077

降ろす 讓（人）下（車）、卸下　234

音楽を聞く 聽音樂　207

音楽をストリーミングする 串流音樂　207

音楽をダウンロードする 下載音樂　207

温湿布する 熱敷　123

オンラインゲームをする 打線上遊戲　118

オンラインショッピングをする 網路購物　118

オンラインで映画を予約する 在網路上預訂電影　204

オンラインで礼拝する 在線上做禮拜　256

オンラインミサに参列する 參加線上彌撒　254

か

カーエアコンを点検する 檢查汽車空調　239

カーテンコールを叫ぶ 謝幕時歡呼　206

海外出張する 去國外出差　151

海外旅行をする 出國旅遊　188

階級と氏名を名乗る 報上軍階跟姓名　260

開胸手術を受ける 動開心手術　129

会議をする 開會　150

海軍に入隊する 入伍海軍　259

会計する 結帳　166.168

改札口で乗船券と身分証明書を見せる
在剪票口出示船票和身分證　231

会社に遅刻する 上班遲到　152

会社のイントラネットに接続する 連接公司的網路　151

会社の営業秘密を漏らす 洩漏公司機密　247

会社のメールアカウントを取得する
取得公司的電子信箱帳戶　219

改宗する 改變信仰　254

買春をする 召妓　248

会食をする 聚餐　153

海水浴に行く 去海邊玩水　203

海水浴をする 到海邊玩水　203

開店する 開店、開門營業　156

解凍する 解凍　076

ガイドツアーに参加する 參加導遊行程　195

開票する 開票　253

回復する 恢復、康復　060

海兵隊に入隊する 入伍海軍陸戦隊　259

買い物カゴに入れる 放進購物車　171

買い物袋に入れる 放進購物袋　166

買い物リストを作成する 製作／寫購物清單　108

買い物をする 買東西、購物　108

顔を赤らめる 臉紅　027

顔を洗う 洗臉　012

顔をしかめる （不開心）皺起眉頭、擺臭臉　027

価格を確認する 確認價格　068

価格を聞く 詢問價格　166.168

価格を比較する 比價　166.171

かかとを上げる 踮腳尖　052

鏡に自分の姿を映して見る 照鏡子、看著鏡中的自己　061

鏡を交換する 更換鏡子　115

夏季訓練をする 進行夏季訓練　261

かき混ぜて泡立てる (卵などを)
把（蛋等等）攪拌至打發　079

かき混ぜる 攪拌　079

駆け足する 奔跑、快跑　260

駆け引きをする 伺機、進退；根據對方的態度或
狀況來選擇對自己有利的做法　146

火災が発生する 發生火災　242

重ね着する 多層次穿衣、穿很多層　068

かさぶたを剥がす 摳掉結痂　124

火山噴火で被害を受ける 因火山爆發受害　245

加湿器を消す 關加濕器　111

加湿器をつける 開加濕器　111

家事をさせる 請~做家事　183

ガスコンロの火をつける 開瓦斯爐　081

ガスコンロの火を大きくする 轉大瓦斯爐的火　081

ガスコンロの火を小さくする 轉小瓦斯爐的火　081

ガスコンロの火を消す 關瓦斯爐　081

ガスの元栓を開ける 開瓦斯的總開關　081

ガスの元栓を締める 關瓦斯的總開關　081

ガスを遮断する 切斷瓦斯　081

ガス爆発事故 瓦斯氣爆事故　242

風邪薬を服用する 吃感冒藥　121

画像付きレビューを書く 寫附照片的評論　172

片足で立つ 單腳站　046.056

片足でバランスを取る 單腳保持平衡　056

肩掛けする 披在肩上　068

肩が凝る 肩膀僵硬　120

肩に掛ける 揹著、肩負　030

片膝を立てる 立起單邊膝蓋　048

カタログを購入する 購買商品目録　208

肩を軽く叩く 輕拍肩膀　030

肩を組む 搭肩　030

肩を上下に動かす 上下活動肩膀　030

肩をすくめる 聳肩　030

肩をすぼめる 縮著肩膀　030

肩を抱く 摟著肩膀　030

肩を並べて立つ 並肩站著　030

肩を並べる 並駕齊驅　030

肩を揉む 按摩肩膀　030

ガツガツ食べる 狼吞虎嚥　085

楽器の演奏方法を学ぶ 學習樂器的演奏方法　207

楽器を演奏する 演奏樂器　207

合掌する 雙手合十　035.258

カットする 剪　169

家庭菜園で野菜を育てる 在自家菜園種菜　106

家庭菜園に肥料をやる 在自家菜園施肥　106

家庭礼拝を行う 做家庭禮拜　256

かびを除去する 除霉　114

がぶがぶと飲む 咕嚕咕嚕地喝、大口喝　084

株式投資をする 投資股票　163

壁紙を張り替える(部屋の) 重貼（房間的）壁紙　113

髪にパーマをかける 燙頭髮　014

髪の毛が抜ける 掉髮　015

髪の手入れをする 護髮　102

髪を編む 編髮　015

髪を洗う 洗髮、洗頭　014.102.169

髪を掻き乱す 弄亂頭髮　015

髪を刈る 理髮、剃髮　014

髪を乾かす 吹乾頭髮　014.102.169

髪を切る 剪頭髪　014.169

髪をすすぐ 沖洗頭髮　014

髪を染める 染頭髮　014.169

髪を束ねる 綁頭髮　015

髪をとかす 梳頭　014.102

髪を整える 整理頭髮　014.169

髪を伸ばす 把頭髮留長　015

髪を解く 把頭髮放下來　015

髪を短く切る 剪短頭髮　169

髪を結う 紮頭髮　015

噛む (食べ物を) 咀嚼 (食物)　084

画面ロックを解除する 解除螢幕鎖定　214

画面ロックを設定する 設定螢幕鎖定　214

画面をスワイプして画面ロックを解除する
滑動解鎖　214

蚊帳を畳む 折蚊帳　200

蚊帳を張る 張開蚊帳　200

カラーリングブックに色を塗る 在著色本上著色　208

からかう 逗弄、戲弄　027

体に気をつける 保重身體　060

体を暖かくする 取暖、溫暖身體　060

体を暖める 取暖　059

体を後ろに反らす 將身體向後仰　039

体を傾ける (左/右に) 身體向 (左／右) 傾斜　057

体を支える 支撐身體　058

体をシャワージェルでこする 在身上抹沐浴乳　059

体を清潔に保つ 保持身體清潔　059

体を大事にする 保重身體　060

体を振るわせる 身體顫抖　058

体をボディソープでこする 在身上抹沐浴乳　059

体を丸めて横になる 蜷縮身體躺下　056

体を回す (左/右に) 身體向 (左／右) 轉動　057

体を揺する 搖晃身體　057

体を楽にする 放鬆身體　060

カリカチュアを描く 畫諷刺畫、誇示畫　208

仮釈放される 假釋　251

ガレージの扉を開ける 打開車庫的門　106

ガレージの扉を閉める 關上車庫的門　106

過労死する 過勞死　243

皮をむく 削皮　077

間欠的断食をする 間歇性斷食　132

観光案内所で旅行情報を聞く
在旅遊服務中心詢問旅遊資訊　191

観光スポットに行く 去觀光景點　192

観光を楽しむ 享受觀光　192

歓呼して拍手する 鼓掌歡呼　140

歓呼して迎える 歡呼迎接　140

歓呼する 歡呼　140.207

乾式サウナを楽しむ 享受乾式三溫暖　202

かんしゃくを起こす 發脾氣　143

関節がうずく 關節刺痛　121

乾燥温度を設定する 設定烘乾機的溫度　072

乾燥機にかける 放烘乾機烘乾　104

乾燥機で乾燥させる 用乾燥機烘乾　160

歓待する 款待　142

干ばつで苦しむ 苦於旱災　245

干ばつによる被害を受ける 因旱災受害　245

寒波に苦しむ 苦於寒流　244

寒波による被害を受ける 因寒流受害　244

漢方薬で痩せる 靠中藥瘦身　132

き

キオスクで注文する 用點餐機點餐　088

気がある (〜に) 對~有興趣　146

機械を点検する 檢查機器　158

企画書を提出する 提出企畫書　150

着飾る 打扮　061

期日前投票をする 提前投票　252

汽車で行く 搭汽車去　226

汽車に乗る 搭汽車　226

生地をこねる 揉麵團　080

生地を伸ばす 擀麵團　080

生地を発酵させる 發酵麵團　080

傷跡が残る 留下疤痕　124

傷口をガーゼで覆う 在傷口上貼紗布　123

傷口を縫合する 縫合傷口　124

傷口を消毒する 消毒傷口　122

キスをする 親吻　020

規則的に運動する 規律運動　133

起訴する 起訴　251

基礎代謝量を高める 提高基礎代謝率　133

ギターを弾く 彈吉他　098

キッチンスケールで重さを計る 用料理秤秤重　082

キッチンフードを消す 關抽油煙機　099

キッチンフードをつける 開抽油煙機　101.099

切符売り場でフェリーの切符を買う
在售票處購買渡輪票　231

切符を購入する 買票　190

気どる 得意、沾沾自喜　144

機内食を食べる 吃飛機餐　231

記念品を購入する 購買紀念品　208

牙を鳴らす 咬牙切齒　023

きびすを返す 折返、轉身走掉　050

ギプスをする[はめる] 打石膏　123

ギフティコンで飲み物を購入する 用兌換券買飲料　088

ギフティコンのバーコードを読み取る
刷兌換券的條碼　088

ギフティコンを飲み物に交換する
用兌換券交換飲料　088

キムチを漬ける 醃泡菜　078

キャットタワーを組み立てる 組裝貓跳台　211

キャットタワーを作る 製作貓跳台　211

キャップを後ろかぶりにしている 反戴棒球帽　067

キャンピングカーを購入する 購買露營車　200

キャンピングカーをレンタルする 租借露營車　200

キャンプに行く 去露營　200

休暇[休み]を取る 請假　152

休暇をもらって外出する 休假外出　261

救急車を呼ぶ 叫救護車　243

休憩を取る 休息　098.159

休日出勤する 假日加班　152

急にカッとなる 突然發飆　143

救命救急センターに運ばれる 被送急診　243

給油口を開ける 打開油箱蓋　238

給油する 加油　238

給与交渉をする 談薪水　153

給料をもらう 領薪水　153

教育書を読む 閱讀教育書籍　185

教会に行く 去教堂　256

教会に通う 去教堂　254.256

業務災害に遭う 遭遇職災　159

業務報告をする 工作匯報　150

業務を引き継ぐ 交接工作　159

業務を割り当てる 分配工作　150

教理教育を受ける 上教義課　257

漁具の手入れをする 保養捕魚工具　162

拒食症になる 得了厭食症　132

漁船を停泊する 停泊漁船　162

切り刻む 切碎　077

切る 切　077

木を植える 種樹　106

銀行に預金する 在銀行存款　163

金属探知機を通過する 通過金屬探測器　230

筋肉量を高める 增加肌肉量　134

勤務中に怪我をする 職業災害　243

勤務中に死亡する 職業災害死亡　243

筋力トレーニングをする 做肌力訓練　197

く

区域礼拝を行う 做地區禮拜　256

空気清浄機を消す 關空氣清淨機　111

空気清浄機をつける 開空氣清淨機　111

グーグルで検索する 用Google搜尋　217

空軍に入隊する 入伍空軍　259

空港出入国審査台を通過する
通過機場出入境審查　193

空港で商品を受け取る 在機場取貨　168

空港でチェックインする 機場報到　230

空港の免税店で購入する 在機場的免税店購買 193

供花を送る 贈與花圈／花籃 135

くしゃみをする 打噴嚏 118

クスクス笑う 傻笑 027

薬を飲む 吃藥 121

薬を服用する 服藥 121.131

口げんかする 吵架、起口角 145

唇 が荒れる 嘴唇乾裂 120

唇 が震える 嘴唇發抖 021

唇 に口紅をつける[塗る] 擦口紅 021

唇 に指を当てる 把手指放在嘴唇上 021

唇 にリップグロスをつける[塗る] 擦唇蜜 021

唇 を噛む 咬嘴唇 021

唇 をすぼめる 噘嘴 021

唇 をなめる 舔嘴唇 021

唇 を震わせる 彈嘴唇 021

クチャクチャ音を立てて食べる 吃東西發出聲音 085

口を開ける 張開嘴巴 020

口を合わせる 交談 020

口をつぐむ 閉口不言 020

口を尖らせる （不滿）噘嘴 020

口を閉じる 閉上嘴巴 020

口を拭く 擦嘴 020

口をモグモグさせる 咀嚼 020

クッキー型を使う 使用餅乾壓模 080

靴下の穴を縫う 縫補襪子破洞 071

クッションフロアを張り替える 重鋪塑膠地板 114

靴を脱ぐ 脫鞋 068

靴を履く 穿鞋 068

首が凝る 脖子僵硬 120

首になる 被開除 155

首元にスカーフを巻く 打領巾 067

首を後ろに反らす 仰頭 012.026

首を傾ける 歪著頭 012

首を絞める 勒住脖子 026

首を縦に振る 點頭 012

首を吊る 上吊 026

首を回す 轉頭 012.026

首を揉む 按摩脖子 026

首を横に振る 搖頭 012

供養をする 祭祀 258

クラクションを鳴らす 按喇叭 233

クリームを塗る 擦乳液 102

クルーズ旅行をする 郵輪旅遊 188

車で行く 搭汽車去 190

車にひかれる 被車撞 242

車のガソリンを満タンにする 幫車加滿油 240

車のタイヤがパンクする 車輪爆胎 237

車のマットを掃除する 打掃汽車踏墊 239

車 用掃除機で車内を掃除する 用車用吸塵器打掃車內 239

車をカーフェリーに乗せる 把汽車開上汽車渡輪 231

車を点検する 驗車 238

クレジットカードでタクシー料金を支払う 用信用卡支付計程車車資 228

クローゼットから取り出す 從櫥櫃裡拿出來 105

クローゼットに物を保管する 把物品放在櫥櫃裡保管 105

クローゼットに収納する 收在櫥櫃裡 105

クローゼットに積み重ねる 堆積在櫥櫃裡 105

軍歌を歌う 唱軍歌 261

軍隊から脱走する 逃兵 261

軍隊に行く 入伍 259

軍 病 院に護送される 護送至軍醫院 259

軍部隊の慰問公演を楽しむ 欣賞勞軍表演 252

け

蛍光灯をLED照明に交換する 把日光燈換成LED燈 115

刑事訴訟を起こす 提起刑事訴訟 250

携帯電話の電源を切る 手機關機 206

携帯電話をマナーモードにする 把手機設定靜音 206

携帯電話をミュートにする 把手機設定靜音 206

傾聴する 傾聽 144

軽蔑する 看不起、輕視 144

刑務所に収監される 被關進監獄　251

敬礼する 敬禮　259

怪我をする 受傷　122

下山する 下山　199

化粧水をつける 擦化妝水　102

化粧する 化妝　105

化粧を落とす 卸妝　105

下駄箱を整理する 整理鞋櫃　107

血圧が上がる 血壓上升　119

血圧が下がる 血壓下降　119

血圧を測る 量血壓　125

血液検査を受ける 做抽血檢查　125

月経前症候群で苦しむ 因為經前症候群感到難受　119

結婚する 結婚　147

決裁書を出す 提交批准文件　150

決済する 結帳　171

げっぷする 打飽嗝　118

げっぷをさせる 拍嗝　180

けんかする 吵架　145

減給する 減薪　153

現金でタクシー料金を支払う
用現金支付計程車車資　228

献金を出す 捐獻　256

減刑される 減刑　251

健康を失う 失去健康　060

健康を害する 危害健康　060

検察官が求刑する 檢察官求刑　250

現場視察団を案内する 引導視察團隊　159

こ

子犬にトイレトレーニングをさせる
讓小狗接受上廁所的訓練　211

コインを入れる 投入硬幣　072

豪雨で町が水没する 城鎮因為豪雨被淹沒　244

耕運機で土を掘り返す 用耕耘機翻土　160

交換する (AをBに) 把A更換成B　172

航空券を予約する 訂機票　190.230

航空防除をする 空中噴灑農藥　160

行軍する 行軍　260

広告をスキップする 略過廣告　222

黄砂に苦しむ 苦於霧霾　245

黄砂による被害を受ける 因霧霾受害　245

工事現場で墜落する 從工地墜落　243

工場の寮で生活する 住在工廠的宿舍　159

洪水で被害を受ける 遭遇水災　244

抗生剤を服用する 吃抗生素　121

高速道路のサービスエリアで食事をする
在高速公路休息站吃東西　191

高速道路のサービスエリアに立ち寄る
停于高速公路休息站　191.229

高速バスで行く 搭客運去　226

高速バスに乗る 搭客運　226

高速バスの切符を買う 買客運車票　229

高速バスの切符を予約する 訂客運車票　229

高速バスの座席を指定する 指定客運的座位　229

控訴する 上訴　251

拘置所に収容される 被關在拘留所　251

交通カードをチャージする 加值交通卡　226

交通事故が起こる 發生車禍　237.242

交通信号を守る 遵守交通號誌　234

交通ルールを違反する 違反交通規則　234

交通ルールを守る 遵守交通規則　234

香典を渡す 交付奠儀　135

購読者数が10万人を越える 訂閱數超過10萬人　222

購読者数が100万人を越える 訂閱數超過100萬人　222

購入した商品を車のトランクに積む
把購買的商品放在後車廂　167

購入した商品を配達してもらう
幫我配送購買的商品　167

購入する 購買　163

後任者に業務を引き継ぐ 向接手的人交接工作　155

候補者登録をする 登記為候選人　253

候補者を支持する 支持候選人　253

公務執行妨害になる 妨礙公務　247

講論を聞く 聽演講　254

声を出して笑う 笑出聲音　027

コーヒーメーカーでコーヒーを淹れる 用咖啡機泡咖啡 082

コーヒーを淹れる 泡咖啡 100

コーヒーを飲む 喝咖啡 089

コールセンターに電話する 打電話給客服中心 157

ゴールドボタンのアンボクシングをする 開箱金色獎牌 222

ゴールドボタンをもらう 獲得金色獎牌 222

呼気検査を拒否する 拒絕酒測 236

顧客に会う 見客戶 151

国土横断旅行をする 橫斷旅遊 189

国土縦断旅行をする 縱貫旅遊 189

国内旅行をする 國內旅遊 188

小首を傾げる 疑惑 102

腰が痛い 腰痛 040

腰に怪我をする 腰受傷 040

腰に手を当てる 手插腰 036

腰の捻挫をする 扭傷腰 040

腰パンする 穿垮褲 044

故障した車を修理する 維修故障的車 238

故障する(車が) 車子拋錨 237

腰を屈める 彎腰 039

腰をひねる 扭腰 040

個人通関固有コードを入力する 輸入個人清關認證碼 171

小銭を用意する 準備零錢 072

国会議員選挙に出馬する 參選國會議員 253

国会議員選挙を実施する 舉行國會議員選舉 252

告解をする 告解 255

骨壺を持つ 捧骨灰罈 136

骨盤を左右に動かす 左右移動骨盆 044

コップに水を注ぐ 把水倒入杯子裡 090

孤独死する 孤獨死 134

子供が駄々をこねる 孩子在地上打滾鬧脾氣 182

子供ができない 無法懷孕 178

子供に健康診断を受けさせる 讓孩子做體檢 182

子供に予防接種を受けさせる 讓孩子打預防針 182

子供を虐待する 虐待兒童 249

子供を持つ 有孩子 176

粉薬を飲む 吃藥粉 121

小鼻を膨らませる (因不滿)使鼻子膨脹 019

ご飯を炊く 煮飯 078

コピーする 影印；複製 141.218

こぶしで机を叩き付ける 用拳頭捶桌子 143

こぶしを握る 握拳 035

ゴミを分別する 做垃圾分類 108

ゴミを出す 丟垃圾 108

ゴミ箱を空にする 清空垃圾桶 108.220

小麦粉をこねる 和麵粉 080

コメントを一番上に固定する 把留言置頂 222

子守唄を聞かせる 讓嬰兒聽搖籃曲 180

ゴルフをする 打高爾夫球 116

根気強く運動する 堅持不懈的運動 133

コンサートに行く 去聽演唱會 207

コンサートのチケットを予約する 訂演唱會的票 207

昏睡状態に陥る 陷入昏迷 130

婚約する 訂婚 147

さ

サービスエリアで仮眠する 在休息站補眠 235

サーフィンをする 衝浪 203

再会する 重逢 146

採血する 抽血 125

在職証明書を発行してもらう 收到在職證明 154

祭祀を行う 舉行祭祀儀式、拜拜 137

サイズを聞く 詢問尺寸 168

再選挙を実施する 舉行重選／補選 252

再選不出馬を表明する 表示不參選連任 253

サイドミラーで後ろを見る 用車外後照鏡看後方 232

さいの目切りにする 切丁 077

サイバー犯罪を犯す 犯下網路犯罪 247

裁判する 裁判、審判 250

財布のひもを締める 勒緊褲帶、節省 040

サウナスーツを着て運動する 穿桑拿服運動 133

魚の内臓を取る 將魚的內臟取出　077

魚の骨を抜く 去除魚骨　077

魚をさばく 處理魚　077

作業着に着替える 換上工作服　158

詐欺を働く 詐騙　246

作品を鑑賞する 欣賞作品　208

左折する 左轉　232

サッカーの試合を見に行く 去看足球比賽　196

サッカーの試合を見る 看足球比賽　196

サッカーをする 踢足球　196

殺害する 殺害　249

サッシを交換する 更換窗（內）框　114

殺人未遂に終わる 殺人未遂　249

雑草を抜く 拔草、除草　106.161

裁く 裁判、審判　250

様々な経験をさせる 給~各式各樣的體驗　183

さめざめと泣く 潸然淚下、不停的安靜流淚　143

砂浴する 沙浴　203

皿洗いをする 洗碗　100

三脚にカメラを取り付ける 在腳架上架相機　209

残業代をもらう 領加班費　152

残業をする 加班　152.159

散骨する 撒骨灰　136

賛美歌を歌う 唱聖歌　256

し

指圧を受ける 接受指壓按摩　123

シーツを交換する 換床單　97

シートベルトを締める 繫上安全帶　232

シートベルトを外す 解開安全帶　232

ジェルネイルをオフしてもらう 卸光療指甲　170

ジェルネイルをしてもらう 做光療指甲　170

ジェルネイルをセルフでオフする 自己卸光療指甲　170

ジェルネイルをつける 做光療指甲　170

塩に漬け込む 用鹽醃漬　078

塩をかける 加鹽　080

次回の診療日時を予約する 預約下次門診　131

歯科検診を受ける 做牙齒檢查　127

叱る 責罵　183

歯間ブラシを使う 使用牙間刷　023.102

子宮頸癌の検査を受ける 做子宮頸癌檢查　126

私教育を受けさせる 讓~接受私立教育　184

事業を営む 做生意　163

死刑を言い渡される 判處死刑　251

資源ゴミを分別して捨てる 分類丟棄資源回收　108

事故で死ぬ 意外死亡　134

事故の位置を表示する 標明事故地點　237

自殺する 自殺　134

死産する 胎死腹中　178

地震で建物が崩れる 建築物因為地震倒塌　245

地震で被害を受ける 因地震受害　245

姿勢を正す 端正姿勢　057

自然災害が発生する 發生天災　244

自然災害に見舞われる 遭遇天災　244

自然妊娠を試みる 嘗試自然受孕　179

自然分娩する 自然產　177

死体を遺棄する 棄屍　249

舌打ちする 咂嘴、發出"嘖"聲　022

親しくなる 變得親近　145

下調べに行く 事前考察　189

舌鼓を打つ （因為美味）發出嘖嘖聲　021.085

舌で片方の頬を膨らます 用舌頭鼓起單邊臉頰　025

舌を噛む 咬舌頭　022

舌を出す 吐舌頭　022

舌を垂らす（子犬が） （小狗）伸出舌頭　022

舌をベロベロする 用舌頭舔　022

舌を巻く 卷舌　022

下を向く 低頭　012

地団駄を踏む （因生氣、懊悔）跺腳　143

試着してみる 試穿　168

歯痛[歯の痛み]がある 牙痛　120

執行猶予を言い渡される 判處緩刑　251

湿式サウナを楽しむ 享受濕式三溫暖　202

指定された座席に座る　坐在指定座位上　231

自転車に乗る　騎腳踏車　229

自動車を運転する　開汽車　232

自動洗車機で洗車をする　自動洗車　240

児童扶養手当を受ける　收到育兒津貼　182

児童扶養手当を申請する　申請育兒津貼　182

自撮り棒で自撮りをする　用自拍棒自拍　209

自撮りをする　自拍　209

死ぬ　死亡　134

芝刈りをする　割草、除草　106

自爆テロを犯す　進行自殺攻擊　249

辞表を出す　遞辭呈　154

しびれる(手足が)　(手腳)發麻　121

私文書を偽造　偽造文書　247

紙幣を小銭に両替する　把紙鈔換成零錢　072

脂肪吸引の手術を受ける　做抽脂手術　133

死亡届を出す　辦理死亡登記　136

始末書を提出する　提交檢討報告　152

絞め殺す　勒死　026

指紋認識でスマホのロックを解除する
用指紋解鎖手機　215

社員証をタッチする　刷員工證　058

社員食堂で昼食を取る　在員工餐廳吃午餐　159

しゃがむ　蹲下　058

車間距離を空ける　保持行車距離　233

杓子ですくう　用勺子撈　083

写真の構図をつかむ　抓照片構圖　209

写真を送る　傳照片　214

写真を撮ってもらう　幫我拍照　192

写真を撮りに行く　去拍照　209

写真を撮る　拍照　192.209

写真をプリントする　印照片　209

写真を編集する　編輯照片　209

写真を補正する　修照片　209

車線を変更する　變換車道　232

車中泊をする　在車子裡過夜　200

しゃっくりをする　打嗝(停不下來的那種)　118

シャッタースピードを調整する　調整快門速度　209

シャツのカフスボタンを付ける　扣上襯衫的袖扣　067

シャツを選ぶ　挑襯衫　068

赦免される　赦免　251

しゃもじでご飯をよそう　用飯匙盛飯　083

シャワーヘッドを交換する　更換淋浴花灑　114

シャワーを浴びて塩分を洗い流す　淋浴沖掉鹽分　203

シャワーを浴びる　洗澡　059.102

収穫する　收成　161

修学旅行に行く　去校外教學　189

宗教を信じる　信仰宗教　254

十字を切る　劃十字架　254

柔軟剤シートを入れる　放入柔軟片　072

柔軟剤を入れる　倒入柔軟精　069.104

十分の一税を出す　什一奉獻　257

修理してもらう(家電を)　請人幫忙修理（家電）　111

授業参観に参加する　參加教學觀摩　185

塾に通わせる　讓~去補習班　184

手術後回復室に運ばれる　被推進恢復室　130

手術後回復する　術後恢復　130

手術後ガスを出す　術後排氣　130

手術後抜糸する　術後拆線　130

手術室に運ばれる　被推進手術室　128

手術同意書に署名する　簽手術同意書　128

手術日を決める　決定手術日期　128

手術前の注意事項を聞く　聽手術前的注意事項　128

手術を受ける　動手術　129

数珠を回しながら祈る　轉佛珠祈禱　258

出棺する　出殯　136

出勤[出社]する　上班　150

出国手続きをする　辦理出境手續　230

出産祝いをもらう　收到新生賀禮　118

出産する　生產、生下　117

出産予定だ　預產　117

出生前診断を受ける　接受產前診斷　116

出所する　出獄　251

出張修理サービスを受ける　獲得到府維修服務　111

出張修理サービスを申し込む
預約到府維修服務　111

出張する 出差	151
出漁する 出海捕魚	162
樹木葬をする 樹葬	136
準備運動をする 做暖身運動	058.197
消化剤を服用する 吃胃腸藥	121
小学校に通わせる 讓（孩子）上小學	182
試用期間を設ける 設試用期	154
昇給する 加薪	153
証言する 作證	250
錠剤を飲む 吃藥丸	121
上司に怒られる 被上司罵	151
上司に叱られる 被上司罵	151
乗車拒否をする （司機）拒載乘客	228
小食にする 吃很少	132
昇進する 升遷	155
浄水器で水を注ぐ 用淨水器倒水	110
使用済みの食器を返却する 歸還使用完畢的餐具	089
肖像画[似顔絵]を描く 畫肖像畫	208
焦点を合わせる 對焦	207
消費する 消費	163
商品について聞く 詢問商品	166
商品を選ぶ 挑選商品	166.168.171
商品を会計する 結帳商品	156
商品を梱包する 包裝商品	156
商品を比較する 比較商品	166.171
小便をする 小便	103.119
静脈注射を打ってもらう 接受靜脈注射	131
乗務員を呼ぶ 呼叫乘務員	231
賞与をもらう 領獎金	154
ジョギングに行く 去慢跑	196
食事制限をする 控制飲食	132
食事の用意をする 準備用餐	083
食事をする 吃飯、用餐	083
食事を注文する 點餐	090
食卓に食器を並べる 在餐桌上擺餐具	100
食卓を片付ける 整理餐桌	100
植物に水をあげる 幫植物澆水	105
植物を育てる 種（培養）植物	105
職務能力を高める 提高工作能力	154
植毛する 植髮	015
食欲抑制剤を服用する 吃減肥藥	133
食料品の買い物をする 買食物、買菜	108
除湿機を消す 關除濕機	111
除湿機をつける 開除濕機	111
女性不妊症だ 女性不孕症	178
除隊する 退伍	261
食器洗い機に器を入れる 把餐具放進洗碗機	082
食器洗い機に食器を入れる 把餐具放進洗碗機	101
食器洗い機の電源を入れる 打開洗碗機的電源	082.101
食器洗い機を使う 使用洗碗機	082.101
食器棚にしまう 將餐具收入餐櫃	076
ショッピングカートに入れる 放進購物推車	166
ショッピングを楽しむ 享受購物	192
処方される（薬を) 被開（藥）	127
書類作業をする 做文書工作	150
白髪を抜く 拔白頭髮	014
視力検査をする 視力檢查	127
シルバーボタンのアンボクシングをする 開箱銀色獎牌	222
シルバーボタンをもらう 獲得銀色獎牌	222
汁を絞る 榨汁	077
白黒写真を撮る 拍黑白照片	209
シロップを追加する 追加糖漿	088
白目をむく 翻白眼	017.027
白物と色物を分ける 將白色及有色衣物分類	069.104
死を知らせる 通知死亡消息	134
シンクホールが発生する 發生路面塌陷	245
シンクホールによる被害を受ける 因路面塌陷受害	245
人工呼吸をする 做人工呼吸	124
人工芝を敷く 鋪人工草皮	106
人工授精をする 人工受孕	179
信号無視する 闖紅燈	234
新婚旅行に行く 去蜜月旅行、度蜜月	189

人身取引をする 人口販賣 249

身体検査を受ける 接受體檢 259

診断される 被診斷為 127

新陳代謝を促進する 促進新陳代謝 133

陣痛が始まる 開始陣痛 177

陣痛中だ 陣痛中 177

心的外傷後ストレス障害(PTSD)に悩まされる
被創傷壓力症候群困擾 243

心電図検査を受ける 做心電圖 126

新入社員教育を行う 執行新人教育訓練 154

新入社員を採用する 錄取新員工 154

新入社員を募集する 招聘新員工 154

心肺蘇生を行う 做CPR（心肺復甦術） 124

新兵訓練を受ける 接受新兵訓練 259

深夜映画を見る 看午夜場電影 204

深夜割増料金を支払う 支付夜間加成 228

診療を受ける 看醫生、接受治療 125

す

水泳に行く 去游泳 196

水彩画を描く 畫水彩畫 208

水道の配管を交換する 更換水管管線 114

炊飯器でご飯を炊く 用電子鍋煮飯 081

睡眠薬を服用する 吃安眠藥 121

水薬を飲む 喝藥水 121

数学教室に通わせる 讓~上數學課 184

スーツを選ぶ 挑套裝 068

スカートの丈を詰める 改短裙長 071

スキーに行く 去滑雪 196

好きだ（～のことが） 喜歡~ 146

スキューバダイビングをする 潛水 203

スキンヘッドにする 剃光頭 169

スクワットをする 深蹲 117

すぐ怒る 突然發飆 143

スケートに行く 去滑冰 146

スケーリングを受ける 洗牙 023

すすり泣く 啜泣、抽泣 027

スタートボタンを押す 按下開始按鈕 072

スタンディングオベーションを送る 起立鼓掌 206

頭痛がある 頭痛 120

ステーキを切る 切牛排 091

ストーキングする 跟蹤 248

ストライキをする 罷工 159

砂浜で遊ぶ 在沙灘上玩 203

砂浜で横たわる 躺在沙灘上 203

スパゲッティをフォークにグルグル巻く
用叉子捲義大利麵 091

スパムメールを受信拒否リストに追加する 封鎖垃圾
郵件 218

スパムメールを完全に削除する 永久刪除垃圾郵件 218

スパを楽しむ 享受spa 202

スピードを出し過ぎる 超速 234

スピードを出す 加速 233

スピード違反で違反キップを切られる
因為超速被開罰單 234

スプーンですくう 用湯匙舀 084

スプーンの使い方を教える 教導使用湯匙 181

スプーンを使う 用湯匙 084

スポーツジムに行く 去健身房 197

スポーツ刈りにする 剃平頭 169

ズボンの裾を折り返す 捲褲管 067

ズボンの丈を詰める 改短褲長 071

ズボンを履く 穿褲子 066

スマートフォンを見せる 讓孩子看手機 182

スマホでインターネットに接続する
用手機連上網路 215

スマホでインターネットを利用する 用手機上網 215

スマホのホーム画面を変える 換手機桌布 216

スマホの設定を変更する 換手機設定 216

スマホをテレビにミラーリングする
把手機螢幕鏡像輸出到電視上 216

スマホをパソコンと同期する 把手機跟電腦同步 216

スマホをマナーモードに切り替える
把手機切換成靜音模式 216

スマホをミュートに切り替える
把手機切換成靜音模式 216

スマホを急速充電する 手機快速充電 216

スマホを充電する 充電手機 216

スモークフィルムを貼る 貼汽車隔熱紙 239

スリをする 偷（當扒手） 246

せ

税関を通過する 通過海關 193

制限速度を守る 遵守速限 234

生産する 生産 163

精子バンクから精子を提供される
從精子銀行取得精子 179

聖書の勉強をする 研讀聖經 257

聖書を筆写する 抄寫聖經 257

聖書を読む 讀聖經 257

聖体拝領をする 進行聖餐禮 255

聖地巡礼に行く 去朝聖 189

性的暴行する 性侵害 248

聖堂に通う 去教堂 254

性犯罪を犯す 犯下性犯罪 248

製品を検収する 驗收產品 158

製品を撮影する 拍攝產品 209

静物画を描く 畫靜物畫 208

精米所で精米する 在碾米廠碾米 162

生理中だ 生理期、月經期間 119

生理痛がある 生理痛 119.120

背負う 背、背負 039

世界一周をする 環遊世界 189

席に着く 就坐 206

咳払いをする 清喉嚨 026

咳をする 咳嗽 118

席を立つ 從座位上站起來、離開座位 056

席を取る（カフェなとで） （在咖啡廳等地方）佔位子 089

席を譲る 讓座 227

席を予約する 訂位 090

セクハラをする 性騷擾 248

背筋を伸ばす 挺直背部 030.039

説教を聞く 聽（人）講道 256

接触事故が起こる 發生擦撞 242

接触事故を起こす 發生擦撞 237

設置する（家電製品を） 安裝（家電） 109

説法を聞く 聽（人）講經 258

節約する 節省 040

背中に聴診器を当てる 用聽診器聽後背 040

背中を押す 在背後推一把 039

背中を掻く 抓背 040

背中を軽く叩く 輕拍背部 039

背中をトントンと叩く 輕拍背部 039

背中を殴る 拍打背部 039

背に負う 背在背上 039

責める 責備 143

セルフで給油する 自助加油 238

背を向ける 背對著 039

背をもたれる 靠著背 039

選挙運動をする 從事競選活動 254

選挙で選ぶ 通過選舉選擇 252

選挙で勝つ 勝選 253

選挙で負ける 敗選 253

選挙の結果を発表する 公布選舉結果 253

選挙を実施する 舉行選舉 252

千切りにする 切絲 077

前屈する 身體向前彎 057

洗剤と柔軟剤シートを購入する
購買洗衣片跟柔軟片 072

洗剤を入れる 倒入洗衣精 069.072.104

洗車する 洗車 238

全身やけどをする 全身燒燙傷 243

先生に相談する 跟老師商量 182

洗濯機から洗濯物を取り出す
把衣物從洗衣機取出 068.104

洗濯機で洗う 用洗衣機洗衣服 104

洗濯機に洗濯物を入れる 把待洗衣物放入洗衣機 068.104

洗濯機のドアをしっかり閉める
緊緊關上洗衣機的門 072

洗濯機を選ぶ 挑選洗衣機 072

洗濯機を回す[使う] 運轉、使用洗衣機　069
洗濯コースを選ぶ 選擇洗衣行程　072
洗濯する 洗衣服　069.104
洗濯槽を掃除する 清洗洗衣槽　104
洗濯物干しに洗濯物を干す
把衣物掛在曬衣桿上曬乾　069
洗濯物を入れる 放入待洗衣物　072
洗濯物を乾燥機から取り出す 把衣物從烘乾機取出　070
洗濯物を乾燥機に入れる 把衣物放進烘乾機　070.072
洗濯物を煮沸する 煮沸衣物　070
洗濯物をすすぐ 沖洗衣物　069
洗濯物を畳む 折衣服　070
洗濯物を脱水する 衣物脱水　069
洗濯物を取り込む 收衣服　070.104
洗濯物を取り出す 把衣物取出　072
洗濯物を振る 甩衣服　069
洗濯物を分類する 分類待洗衣物　104
洗濯物を干す 曬衣服　070
洗濯物を分ける 分類待洗衣物　069
扇風機を消す 關電風扇　110
扇風機をつける 開電風扇　110
専門性を高める 提高專業度　154
洗礼名を決める 取教名　255
洗礼を受ける 受洗　255

そ

早期 留学させる 讓~早早出國留學　185
雑巾で拭く 用抹布擦　107
雑巾を洗う 洗抹布　107
走行車線を走る 開外側車道　233
総再生回数が～回を突破する 總觀看數突破~觀看　222
早産する 早產　178
葬式を行う 舉行喪禮　135
掃除機をかける 用吸塵器　107
掃除機を充電する 充（電）吸塵器　107
早朝 映画を見る 看早場電影　204

遭難する 遇難　119
送費を支払う 支付運費　171
速度を上げる 加速　233
速度を下げる 減速　233
上訴する 上訴　251
注ぐ 倒入　080
卒業 旅行に行く 去畢業旅行　189
ソッと目を閉じる 輕閉雙眼　017
袖丈を詰める 改短袖長　071
袖に腕を通す 把手臂伸進袖子　066
袖まくりをする 捲起袖子　031
袖をまくる 捲起袖子　067
ソファーで横になる 躺在沙發上　98
ソファーに体を埋める 把身體埋到沙發裡　060
染める 染色　103

た

タープを張る 搭棚子　200
退院する 出院　131
退院の手続きをする 辦理出院手續　131
ダイエットする 節食、減肥　132
ダイエットを始める 開始節食　132
体温を測る 量體溫　125
体外受精による不妊治療を受ける
通過試管嬰兒進行不孕治療　179
体外受精を行う 做試管嬰兒　179
胎教をする 做胎教　177
退勤[退社]する 下班　150
体験学習に行かせる 讓~去體驗式學習　185
胎児の染色 体検査を受ける
接受胎兒染色體基因檢測　176
体脂肪を減らす 降體脂　133
退社する 離職　155
体重を計る 量體重　133
体重を減らす 減重　132
退職する 退休　155
体操をする 做體操　99

大腸内視鏡検査を受ける 做大腸鏡 127

大統領選挙に出馬する 参選總統 253

大統領選挙を実施する 舉行總統大選 252

台風で家が壊れる 房子因為颱風損壞 244

台風で車が横転する 車子因為颱風翻車 244

台風で被害を受ける 遭遇風災 244

代父になる 成為教父 255

大便をする 大便 103.119

逮捕される 被逮捕 246

代母になる 成為教母 255

タイムカードをタッチする 打卡 150

タイヤを交換する 更換輪胎 239

タイヤを点検する 檢查輪胎 239

代理母出産で赤ちゃんを産む 透過代理孕母生孩子 179

ダイレクトメッセージ(DM)を受け取る 收到私訊 221

ダイレクトメッセージ(DM)を送る 傳送私訊 221

田植機を使う 使用插秧機 160

田植えをする 插秧 160

タオルで髪を巻く 用毛巾把頭髮包起來 014

焚き火に手をかざす 用篝火取暖手 036

焚き火を焚く 燒篝火 200

抱く 抱 180

タクシーから降りる 下計程車 226

タクシーで行く 搭計程車去 226

タクシーに乗る 搭計程車 226

タクシーに忘れ物をする 忘東西在計程車上 227

タクシーの運転手がメーターを押す 計程車司機按計費表 228

タクシーの運転手がメーターを切る 計程車司機關計費表 228

タクシーを拾う 攔計程車 228

タクシーを呼ぶ 叫計程車 228

出す(料理を) 端出(料理)、出餐 085

卓球をする 打桌球 196

立て膝をする 抬起、立起膝蓋 048

建物が崩壊する 建築物倒場 242

建物の屋上から墜落する 從建築物屋頂墜落 243

種まきをする 播種 161

食べきれなかった料理をドギーバッグで持ち帰る 用外帶餐盒打吃不完的餐點 092

食べ物をこぼす 打翻食物 093

食べる(食べ物を) 吃東西 100

卵を割る 打蛋 080

断食する 斷食 128

男女が付き合う 男女交往 145

たんすを整理する 整理櫃子 107

男性不妊症だ 男性不孕症 178

担当者に電話を回す 把電話轉給負責人 157

断熱工事をする 做隔熱工程 113

ダンベルを持ち上げる 拿起啞鈴 117

田んぼから水を抜く 農田排水 160

田んぼに水を引く 引水到農田 160

暖炉を設置する 裝壁爐 114

暖を取る 取暖 059

ち

チートデイを行う 安排欺騙日、放縱日 133

チェックアウトする 退房 191

チェックインする 入住、報到 191

地下鉄から降りる 從地鐵下車、下地鐵 226

地下鉄で行く 搭地鐵去 226

地下鉄で火災が発生する 在地鐵發生火災 242

地下鉄で席を取る 在地鐵上找位子坐下 227

地下鉄に乗る 搭地鐵 226

地下鉄に忘れ物をする 忘東西在地鐵上 227

地下鉄の時刻表を確認する 確認地鐵時刻表 227

地下鉄の路線図を確認する 確認地鐵路線圖 227

血が出る 出血、流血 122

チケットを購入する 買票 190

知能検査を受けさせる 讓~接受智力測驗 185

チビチビ食べる 一點一點慢慢吃 085

地方自治体選挙を実施する 舉行地方政府選舉 252

チャンネルを次々と変える 一台接著一台轉台 194

駐車場から車を出す 把車開出停車場 106

駐車する 停車　106.234

注射を打ってもらう 幫我打針　127

昼食を食べる 吃午餐　100

チューする 親親　020

注文した飲み物を受け取る 拿取點的飲料　088

注文する 點餐　171

注文内容を確認する 確認點餐內容　172

注文を受ける 接受點餐、接受訂單　156

注文をキャンセルする 取消訂單　156

懲役刑を言い渡される 判處有期徒刑　251

超音波検査を受ける 做超音波檢查　124.176

彫刻作品を鑑賞する 欣賞雕刻作品　208

朝食バイキングを食べる 吃自助早餐　202

朝食を食べる 吃早餐　100

弔問客を迎える 接待來弔唁的人　135

聴力検査をする 聽力檢查　127

直進する 直走　232

チラッと見る 偷瞄　017

治療する 治療　122

治療を受ける 接受治療　122.125

血を止める 止血　123

突き落とす 推下去　061

机にうつ伏せになる 趴在桌上　057

机に寄りかかる 靠著桌子　057

津波による被害を受ける 因海嘯受害　245

潰す 搗碎、壓碎　079

つまずいて転ぶ 絆倒　050

詰まった便器を通す 通馬桶　103

つま先立ちで歩く 踮起腳尖走路　052

つま先立ちになる 踮起腳尖　056

爪が折れる 指甲斷裂　038

爪が剥がれる 指甲剝落　038

爪で掻く 用指甲抓　038

爪で引っ掻く 用指甲抓傷　038

爪にマニキュアを塗る 塗指甲油　038

爪を隠す 深藏不露　053

爪を噛む 咬指甲　038

爪を切る 剪指甲　103

爪を立てる 伸出爪子抓　053

爪を磨く 磨指甲　038

爪を短く切る 剪短指甲　038

つわりが起きる 孕吐　176

つ

ツイートする 發推　221

ツイートに登録する 註冊twitter　221

ツイッターから〜を遮断する 隔絶來自twitter的〜　223

ツイッターでフォローする 用twitter追蹤　221

ツイッターのアカウントを作る 創立twitter的帳號　221

ツイッターを利用する 使用twitter　221

追悼式を開く 舉行追悼會　137

追慕祭を開く 舉行追悼會　137

通勤する(〜で) 透過〜通勤　150

通勤バスで通勤する 搭交通車通勤　158

通話する 講電話　214

通話内容を録音する 通話錄音　157

付き合う 陪伴、（人與人間的）來往　145.146

て

手洗いする 手洗　069

手洗い洗車をする 手工洗車、自助洗車　106.238

帝王切開で産む 剖腹産　177

定期検診を受ける 定期做檢查　127

テイクアウトする 外帶　089

テイクアウトの注文をする 點外帶餐點　092

提携カードで割引を受ける 用聯名卡獲得折扣　167

低炭高脂ダイエットをする 生酮飲食減重　132

デートDVをする 約會暴力　248

デートする 約會　146

デートに誘う 邀請約會　146

テーブルにスプーンと箸を置く
把湯匙和筷子放在桌上　090

手が震える 手抖	036	
溺死する 溺斃	243	
適性を探すのを手伝う 幫助找尋適合的性質	184	
手首を掴む 抓住手腕	034	
手首を捻挫する 扭傷手腕	034	
手首を捻る 扭到手腕	124	
手首を回す 轉動手腕	034	
適期教育をさせる 讓~接受適性學習	184	
鉄剤を摂取する 攝取鐵劑	176	
手で口を覆う 用手搗嘴	020	
手で日差しを遮る 用手遮陽	035	
手に息を吹きかける 往手心吹氣	036	
テニスをする 打網球	196	
手荷物受取所から荷物を受け取る 從行李提領處取行李	193	
手荷物を頭上荷物棚から取り出す 把手提行李從頭上行李艙拿下來	231	
手荷物を頭上荷物棚に収納する 把手提行李放在頭上行李艙	231	
手荷物を預ける 托運行李	230	
手の甲で口を拭く 用手背擦嘴巴	036	
手の甲で額の汗を拭く 用手背擦額頭的汗	036	
手の甲にキスをする 親手背	036	
手の平で叩く 用手掌打	036	
手の平を合わせる 合掌	036	
手の平を叩く 打手掌	036	
手の平を広げる 張開手掌	035	
手袋を脱ぐ[外す] 脱手套	068	
手袋をはめる 戴手套	068	
出前アプリで料理を注文する 用外送app點餐	092	
テレビのチャンネルを変える 轉台、換電視頻道	109	
テレビの音量を上げる 調高電視音量	109	
テレビの音量を下げる 調低電視音量	109	
テレビを消す 關電視	109	
テレビをつける 開電視	109	
テレビを見せる 讓（孩子）看電視	182	
テレビを見る 看電視	99.194	
テロを犯す 進行恐怖攻撃	249	
手を上げる 舉手	034
手を洗う 洗手	035.102
手を入れる 把手放入	035
手を下ろす 把手放下	034
手を切る 金盆洗手、斷絕往來	051
手を擦る 搓手	036
手を差し出す 伸出手	035
手をつなぐ 牽手	034
手を握り締める 十指緊扣	035
手を握る 握手	034
手を抜く 把手抽出	035
手を広げる 張開（雙）手	030
手を振り払う 甩開手	035
手を振る 揮手	035
店員さんを呼ぶ 呼叫店員	090
電気ポットでお湯を沸かす 用電熱水壺燒水	082.110
電球を交換する 更換燈泡	115
電気を消す 關燈	109
電気をつける 開燈	109
転校させる 讓~轉學	185
点呼する 點名	259
電子足輪をつける(足首に) 在腳踝上裝電子腳鐐	051
展示会の観覧予約をする 預約看展覽	208
展示品を鑑賞する 欣賞展覽品	208
電車に乗り換える 轉乘電車	190
転職する 換工作	155
電子レンジで温める 用微波爐加熱	081.110
デンタルフロスを使う 使用牙線	023.102
点滴を打ってもらう 打點滴	131
電動キックボードに乗る 騎電動滑板車	229
伝道集会に出席する 出席佈道會	257
伝道する 傳教	257
テントの外に出る 出到帳篷外	200
テントの中に入る 進去帳篷裡	200
テントを畳む 收折帳篷	200
テントを張る 搭帳篷	200
電話で料理を注文する 打電話點餐	092

電話に出る 接電話　151.157.214

電話をかける 打電話　214

電話を回す[繋ぐ] 轉接電話／接通電話、把電話接到~　151

と

ドアノブを交換する 更換門把　115

ドアを交換する 更換門　115

問い合わせを受ける 受理問題、詢問　157

トイレットペーパーホルダーにトイレットペーパーを掛ける 把衛生紙掛在衛生紙架上　103

トイレトレーニングを始める 開始訓練上廁所　181

トイレの水を流す 沖馬桶　103

トイレを利用する 上廁所　089

動画を送る 傳影片　214

冬季訓練をする 進行冬季訓練　261

盗作する 抄襲（他人作品）　247

盗撮する 偷拍　248

投資する 投資　163

統制する 控制、統一　183

当選証書を受け取る 收到當選證書　253

投票する 投票　252

投票の認証ショットを撮る 拍照證明有投票　252

投票用紙に記入する 填寫選票　252

投票用紙を投票箱に入れる 把選票投入投票箱　252

投票を棄権する 投票棄權　252

動物を虐待する 虐待動物　249

トーストを焼く 烤吐司　081

ドーセントの説明を聞きながら作品を鑑賞する 一邊聽導覽員解說一邊欣賞作品　208

都会の夜景を眺める 看都市的夜景　202

独房に収監される 被關進單人房　251

床につく 上床睡覺　096

登山靴のひもをしっかり結ぶ 綁緊登山鞋的鞋帶　198

登山靴を履く 穿登山鞋　198

登山コースに沿う 沿著登山路線　199

登山サークルに加入する 加入登山社團　198

登山に行く 去爬山　118

登山の服装をする 穿登山服　118

登山の帽子をかぶる 戴登山帽　118

登山用品を購入する 購買登山用品　118

閉じこもる 閉門不出　144

土砂崩れで人が生き埋めになる 有人因山崩被活埋　244

土砂崩れの被害を受ける 因山崩受害　244

とっちめる 斥責、訓斥　143

ドライクリーニングに出す 送乾洗　070

ドライブインシアターで映画を見る 在汽車電影院看電影　205

ドライブレコーダーの映像を確認する 確認行車紀錄器的畫面　235

ドライヤーで乾かす 用吹風機吹乾　169

トラクターで土を掘り返す 用曳引機翻土　160

トラックを運転する 開卡車　232

取り皿を頼む 要求提供分裝的盤子　091

取引先に電話する 打電話給客戶　151

取り引きする 交易　163

獲れた海産物を貯蔵する 儲藏捕獲的海鮮　162

獲れた海産物を魚市場で競り落とす 在魚市場拍賣捕獲的海鮮　162

獲れた海産物を分ける 分捕獲的海鮮　162

とろ火で煮る 小火燉煮　078

な

内視鏡手術を受ける 動內視鏡手術　129

ナイフで切る 用刀子切　084

ナイフを使う 用刀子　084

苗を植える 種植幼苗　161

仲違いする 關係不好　145

仲直りする 和好　145

仲良くする 好好相處　145

泣く赤ちゃんをなだめる 安撫哭泣的嬰兒　180

慰める 安慰　144

亡くなる 過世　134

雪崩の被害を受ける 因雪崩受害　244

ナプキンで口を拭く 用餐巾紙擦嘴巴　085

名前を呼ぶ 叫名字 156
生ゴミを処理する 處理廚餘 010
涙を流す 流眼涙 027.118.144
並んで待つ 排隊等候 090
苗代の準備をする 準備秧苗 160
難産になる 難産 178

妊娠〜週だ 懷孕~週 176
妊娠検査薬を使う 使用驗孕棒 176
妊娠高血圧 症候群になる 有妊娠高血壓 176
妊娠する 懷孕 176
妊娠糖尿 病にかかる 得了妊娠糖尿病 176
妊婦優先席に座る 坐孕婦博愛座 227

に

煮洗いする 煮沸清洗 070
二階建てのバスに乗る 搭雙層巴士 226
肉の脂肪を取り除く 去除肉的脂肪 076
肉を裏返す 把肉翻面 091
肉を細かく切り刻む 把肉剁碎 077
肉をゴマの葉に包んで食べる 用芝麻葉包肉吃 084
肉をサンチュに包んで食べる 用萵苣包肉吃 084
肉を直火焼きにする 直火烤肉 079
肉をはさみで切る 用剪刀剪肉 091
肉を丸焼きにする 烤全肉 079
肉を焼網で焼く 在烤網上烤肉 091
逃げる 逃跑 246
日曜学校の先生をする 擔任主日學校的老師 157
入 院する 住院 128
入 院中だ 住院中 128
入 院の手続きをする 辦理住院手續 128
乳 液をつける 擦乳液 102
入 棺する 入殮 135
入 隊する 入伍 259
乳 房X線撮影をする 做乳房X光攝影 126
乳 房 超 音波検査を受ける 照乳房超音波 126
尿 検査を受ける 做尿液檢查 125
にらむ 盯著、瞪視 017
煮る 煮 078
庭作りをする 設計庭園造景 106
認識番号 識別編號 259
認識票をつける 戴軍人身份確認牌 259
妊娠〜ヶ月だ 懷孕~個月 176

ぬ

縫う 縫 071
盗む 偷竊 246
塗り薬を塗る 塗藥膏 122
塗る(バター、ジャムなどを) 塗(奶油、果醬) 080

ね

寝入る 入睡 096
ネイルアートをする 做美甲、指甲彩繪 170
ネイルケアを受ける 做指甲保養 170
ネイルシールを剥がす 撕掉指甲貼 170
ネイルシールを貼る 貼指甲貼 170
ネイルデザインを選ぶ 挑選美甲設計 170
寝返りを打つ 睡覺翻身 096
ネクタイを外す 解開領帯 067
ネクタイを締める 打領帯 067
ネクタイを締め直す 重打領帯 067
猫トイレの猫砂を交換する 更換貓砂 211
猫トイレを掃除する 打掃貓砂盆 211
寝言を言う 說夢話 096
猫にご飯をあげる 餵貓吃飯 210
猫の隠れ屋を買う 買貓窩 211
猫の隠れ屋を作る 製作貓窩 211
猫の里親になる 領養貓 210
猫のトリミングをする 幫貓剪毛 211
猫の歯磨きをする 幫貓刷牙 211
猫をお風呂に入れる 幫貓洗澡 211

猫を飼う　養貓　210

値下げする　降價　166

寝そびれる　睡不著　094

値段を掛け合う　議價、討價還價　166

熱狂する　狂熱　142

ネックレスをする　戴項錬　068

ネットサーフィンをする　上網　099.217

ネットショッピングをする　網路購物　171.218

ネットフリックスで映画を見る
在Netflix上看電影　165.205

ネットフリックスでテレビ番組を見る
在Netflix上看電視節目　195

ネットフリックスでドキュメンタリーを見る
在Netflix上看紀錄片　195

ネットフリックスに登録する　訂閱Netflix　195

ネットフリックスを解約する　取消訂閱Netflix　195

ネットフリックスをテレビで見る　用電視看Netflix　195

ネットフリックスを見る　看Netflix　99

ネットワークをセットアップする　設定網路　217

ネットワーク接続が切れる　切斷網路連線　217

寝床から出る　從被窩出來、起床　97

値引きする　打折　166

寝袋で寝る　用睡袋睡覺　200

寝袋を畳む　折睡袋　200

寝袋を広げる　張開睡袋　200

眠い　睏、想睡　119

寝る　睡覺　018.096

粘着ローラーでほこりを取り除く
用除塵滾輪去除灰塵　097

燃灯に明かりを灯す　點亮燃燈　258

の

農業を営む　從事農業　160

農薬の空中散布をする　空中噴灑農藥　160

農薬を撒く　噴農藥　161

乗せる　載（人）、裝載　234

喉が痛い　喉嚨痛　120

喉が渇く　口渴　119

喉にひっかかる　喉嚨卡住　026

喉を開く　開嗓　026

罵る　咒罵　143

伸びをする　伸展　097

飲み込む(食べ物を)　吞下（食物）　084

飲み物代を支払う　付飲料錢　088

飲み物のサービスを受ける　接受飲品服務　231

飲み物を選ぶ　選飲料　088

飲み物を注文する　點飲料　088

飲む(ドリンクを)　喝（飲料）　089

乗り換える(AからBに)　A轉乘B　227

ノンフライヤーで作る　用氣炸鍋製作　081

ノンフライヤーで料理する　用氣炸鍋做料理　081

ノンフライヤーで料理を作る　用氣炸鍋做料理　110

は

パーソナルトレーニングを受ける
上一對一教練課程　117

バーベキューパーティーをする　舉辦烤肉派對　106

バーベキューをする　BBQ、烤肉　079.200

バーベキューを食べる　吃烤肉　200

バーベルを持ち上げる　拿起槓鈴　117

パーマをかける　燙頭髮　169

廃家電の引き取りを申し込む　預約報廢家電回收　111

ハイキングに行く　去健行　196

バイクに乗る　騎機車　229

廃車にする　報廢車子　238

売春をする　賣淫　248

配送先 住所を入力する　輸入寄送地址　171

配送状況を確認する　確認配送狀況　172

配送遅延で販売者にクレームを入れる
因為配送遲延向賣家客訴　172

ハイタッチをする　擊掌　036

配当金を受け取る　領股息　163

排卵日をチェックする　確認排卵日　178

配慮する　顧慮、著想、關照　144

馬鹿にする 看不起　144

墓参りに行く 去掃墓　137

墓参りをする 掃墓　137

歯ぎしりをする 磨牙　023.096

吐く(食べ物を) (把食物)吐出來　085

拍手をする 拍手　206

爆発事故が起こる 發生爆炸　242

励ます 鼓勵　144.183

ハザードランプをつける 打危險警告燈　233

箸でつかむ 用筷子夾　084

パジャマを着る 穿睡衣　097

パジャマを脱ぐ 脫睡衣　097

箸を使う 使用筷子　084

破水する 羊水破了　177

バスから降りる 從公車下車　226

バスで行く 搭公車去　190.226

バスで降車ボタンを押す 在公車上按下車鈴　227

バスで席を取る 在公車上找位子坐下　227

バスで旅行する 搭巴士旅行　190

バスに乗り遅れる 沒趕上公車　226

バスに乗り換える 轉乘巴士、公車　190

バスに乗る 搭公車、巴士　226

バスに忘れ物をする 忘東西在公車上　227

バスの時刻表を確認する 確認公車時刻表　227

バスの路線図を確認する 確認公車路線圖　227

パスポートと航空券を提示する 出示護照和機票　168

パスワードを入力してスマホのロックを解除する
輸入密碼解鎖手機

バスを予約する 訂巴士　190

バスを捕まえる 招公車　226

パソコンの電源を入れる 開電腦　109

パソコンの電源を切る 關電腦　109

パターンを入力してスマホのロックを解除する
輸入圖形解鎖手機　215

畑に肥料を撒く 在田裡灑肥料　161

罰金刑を受ける 被判罰款　251

バックする 倒車　232

バックパッキングをする 背包旅行、自助旅行　188

バックミラーで後ろを見る 用車內後照鏡看後方　232

パッケージツアーをする 跟團旅遊　188

バドミントンをする 打羽毛球　196

鼻が詰まる 鼻塞　120

歯並びを矯正する 矯正牙齒　023

鼻にしわを寄せる 皺起鼻子　027

花に水をあげる 幫花澆水　105

鼻水が出る 流鼻涕　118

鼻水を拭く 擦鼻涕　019

花を植える 種花　106

鼻を掻く 搔鼻子　019

鼻をかむ 擤鼻涕　019

鼻をすする 吸鼻子　019

花を育てる 種(培養)花　105

鼻をほじる 挖鼻孔　019

歯に金冠をかぶせる 裝上金色假牙　023

跳ね起きる 跳起來　056

歯磨きをする 刷牙　023

払い戻す 退款　172

腹ばいになる 趴著　041

腹を立てる 生氣　143

針穴に糸を通す 拿線穿針　071

貼り付ける 貼上　218

鍼を打ってもらう 幫我針灸　123

パワーウォーキングをする 健走　197

歯を食いしばる 咬緊牙關　023

歯を治療する 治療牙齒　023

歯を抜く 拔牙　023

歯を磨く 刷牙　023.102

歯を見せて笑う 露齒笑　027

半休を取る 請半天假　152

判決を言い渡す 宣判　251

判決を下す 下判決　250

番号を呼ぶ 叫號　156

晩ご飯を食べる 吃晚餐　083

犯罪を犯す 犯罪　246

バンジージャンプ、スカイダイビングのようなエク
ストリームスポーツを楽しむ
享受像高空彈跳、跳傘這樣的極限運動　196

半身浴をする　洗半身浴　059

絆創膏を貼る　貼OK繃　122

反応する　反應　140

販売者に問い合わせる　詢問賣家　172

販売する　販售　163

半分にする　一人一半　092

パンを焼く　烤麵包　079.100

ひ

ピアノ教室に通わせる　讓~上鋼琴課　184

ピアノを弾く　彈鋼琴　098

ヒーターの温度を上げる　調高暖氣溫度　110

ヒーターの温度を下げる　調低暖氣溫度　110

ヒーターを消す　關暖氣　110

ヒーターをつける　開暖氣　110

ビーチパラソルをレンタルする　租借海灘遮陽傘　203

日帰り旅行をする　一日遊　188

引きこもる　閉門不出　144

引き裂く (AとBの仲を)　折散（A和B的感情）　145

引き出しを整理する　整理抽屜　107

ひき逃げをする　肇事逃逸　247

挽く　研磨　077

ピクルスを作る　製作醃菜　078

ひげを剃る　刮鬍子　102

飛行機が墜落する　飛機失事　242

飛行機で行く　搭飛機去　190.230

飛行機で旅行する　搭飛機旅行　190

飛行機に搭乗する　搭飛機　230

飛行機に乗る　搭飛機　230

飛行機のタラップを降りる　下登機梯　230

飛行機のタラップを上る　上登機梯　230

飛行機のチケットを予約する　訂機票　190

飛行機の搭乗橋[ボーディングブリッジ]
を通る　通過登機空橋　230

飛行機の乗り継ぎをする　轉機　190

飛行機を乗り換える　轉機　231

被災地で救護活動をする　在災區進行救援　261

膝がうずく　膝蓋刺痛　121

膝が擦り剝ける　膝蓋擦破皮　048.122

膝枕をする　躺在大腿上　048

ひざまずく　跪　048

膝を打つ　（想起某件事或表示佩服而）拍打大腿　048

膝を抱える　抱膝　048

膝を立てる　抬起、立起膝蓋　048

膝を突き合わせる　促膝長談　016.048

膝を曲げる　彎曲膝蓋　048

膝を交える　促膝長談　048

肘で押し分けて通る　用手肘推開通過　033

肘で突く　用手肘撞　033

美術館に行く　去美術館　208

美術教室に通わせる　讓~上美術課　184

肘をつく　用手臂撐著臉　033

額にしわを寄せる　皺眉頭（思考的樣子）　016

額に手を当ててみる　用手摸摸看額頭　016

額の汗を拭く　擦額頭上的汗　016

額をピシャリと打つ　用力拍打額頭　016

左足を引きずる　拖著左腿　046

棺を霊柩車に乗せる　將棺材抬上靈車　136

引っくり返す　翻面　079

必要な措置を取る　採取必要措施　057

ビデオ通話をする　打視訊電話　214

ひどい目にあう　吃苦頭　017

一眠りする　小睡一下、睡覺　018

ビニールハウスで栽培する　溫室栽培　161

冷や汗をかく　冒冷汗　118

百日祝いをする　舉辦百日宴　182

日焼けをする　曬黑、曬傷　203

病院で妊娠を確認する　在醫院檢查懷孕狀況　176

病院に診察予約をする　去醫院掛號　125

病気休暇を取る　請病假　152

病気で死ぬ　病死　134

表示器で番号を確認する 在螢幕上確認號碼 088

美容室で髪のお手入れをする 在美容院護髮 014

病理組織検査を受ける 做病理檢查 127

ピラティスをする 做皮拉提斯 197

肥料を撒く 撒肥料 160

昼ご飯を食べる 吃午餐 083

貧乏揺すりをする 抖腳 045

ふ

ファイルを共有する 分享文件 218

ファスナーを上げる 拉上拉鍊 066

ファスナーを下ろす 拉下拉鍊 066

ファックスを受ける 接收傳真 151

ファックスを送る 發傳真 151

フィルムカメラで写真を撮る 用底片相機拍照 209

風景画を描く 畫風景畫 208

夫婦げんかをする 夫妻吵架 147

フェイスブックから〜を遮断する 隔絕來自facebook的〜 223

フェイスブックでフォローする 用facebook追蹤 221

フェイスブックに登録する 註冊facebook 221

フェイスブックのアカウントを作る 創立facebook帳號 221

フェイスブックを利用する 使用facebook 221

フェリーを予約する 預約渡輪 231

フォークで刺す 用叉子叉 084

フォークを使う 使用叉子 084

布巾で食卓を拭く 用抹布擦餐桌 082

服役する 服刑 251

復縁する 複合 146

腹腔鏡手術を受ける 動腹腔鏡手術 129

腹痛がある 肚子痛 120

服に糊付けする 黏在衣服上 070

服の幅を詰める 改窄衣寬 071

腹部超音波検査を受ける 照腹部超音波 126

膨らはぎを叩く 敲打小腿肚 049

膨らはぎをマッサージする 按摩小腿肚 049

服を選ぶ 選衣服 068

服を着替える 換衣服 068

服を着る 穿衣服 066,97

服を自分で作る 自己做衣服 071

服をタンスにしまう 把衣服放進衣櫃 070

服を繕う 修補衣服 071

服を脱ぐ 脱衣服 066

服を漂泊する 漂白衣服 070

不寝番に立つ 站夜哨 260

布施する 佈施 258

部隊に配属される 被分配到部隊 259

部隊に復帰する 回部隊 261

双子を妊娠する 生雙胞胎 176

腹筋をする 練腹肌 197

仏参する 拜佛 258

フットケアを受ける 做足部保養 170

ぶつ切りにする 切塊 077

太ももを打つ[叩く] 拍打大腿 047

太ももを触る 摸大腿 047

太ももをつねる 捏、掐大腿 047

布団を掛ける 蓋被子 097

布団を蹴る(寝ながら) (睡覺時)踢被子 097

布団を畳む 折被子 097

不妊治療専門の病院に通う 前往專門做不孕治療的醫院 178

船が沈没する 沈船 241

船で行く 搭船去 231

船に乗る 搭船 231

訃報を出す 發訃聞 134

プライベートレッスンを受けさせる 讓~上家教 184

振られる 被甩 147

プランクをする 做平板式 197

振り込め詐欺を働く 匯款詐騙 246

不良品を見付ける 挑出瑕疵品 158

プリンターで出力する 用印表機列印 151

振る 甩、拒絕 147

ふるいに掛ける 用篩子篩 082

ブレーキオイルを交換する 更換煞車油 239

ブレーキオイルを点検する 検査煞車油 239

ブレーキをかける 踩煞車 233

ブレスレットをする 戴手錬 068

プレゼンテーション[プレゼン]をする
報告、発表提案 150

フローリングを張り替える 重舖木地板 113

ブログに記事を投稿する 在部落格上傳文章 221

ブログに旅行写真とレビューをアップする
在部落格上傳旅行照片和心得 193

ブログを運営する 經營部落格 221

風呂場の掃除をする 打掃浴室 103,109

プロポーズする 求婚 147

プロ用カメラを購入する 購買專業相機 209

糞便検査を受ける 做糞便檢查 127

分娩中だ 生產中 177

分野で仕事を始める (〜の) 開始在 (〜領域) 工作 051

へ

ヘアドライヤーで髪の毛を乾かす
用吹風機吹乾頭髮 111

兵役に付く 當兵 259

閉店する 關店、打烊 156

ペコペコする 鞠躬哈腰 039

へその緒を切る 剪臍帶 177

ベッドから落ちる 從床上掉下來 097

ベッドから飛び起きる 從床上跳起來 056

ペットと遊ぶ 和寵物玩 210

ペットにあげるおやつを作る 做給寵物吃的點心 210

ペットにおやつをあげる 餵寵物吃點心 210

ペットにマイクロチップを装着される
幫寵物打晶片 210

ペットに予防接種をさせる 幫寵物打預防針 210

ペットの里親になる 領養寵物 210

ペットの世話をする 照顧寵物 108

ペットの葬式をする 舉行寵物葬禮 211

ペットの登録をする 寵物登記 210

ベッドメイクする 整理床舖 097

ペット用品を購入する 購買寵物用品 210

ペットを安楽死させる 幫寵物安樂死 211

ペットを飼う 養寵物 210

ペットを動物病院に連れて行く
帶寵物去獸醫院 210

別々にする 各付各的 092

へつらう 奉承、諂媚 144

ペディキュアを受ける 做腳指甲 170

ベビーカーに乗せる 讓〜坐嬰兒車 180

ベビースタイをしてあげる 幫嬰兒戴圍兜 181

ベビーベッドに寝かす 讓〜睡嬰兒床 180

ベビー用品を購入する 購買嬰兒用品 177

ベランダに人工芝を敷く 在陽台舖人工草皮 112

ベランダをホームカフェーにする
把陽台裝飾成家庭咖啡廳 105

ベランダを水で掃除をする 用水打掃陽台 105

ベルトを締める 繫皮帶 040,066

ベルトを外す 解開皮帶 066

勉強を手伝う 幫助學習 182

返品する 退貨 172

弁論する 辯論 251

ほ

保安検査を受ける 接受安檢 193

保安検査を通過する 通過安檢 193

ホイールアライメントを調整する 調整四輪定位 239

保育園に通わせる 讓（孩子）上托兒所 182

ボイラーの温度を上げる 調高鍋爐溫度 110

ボイラーの温度を下げる 調低鍋爐溫度 110

ボイラーを消す 關鍋爐 110

ボイラーをつける 開鍋爐 110

ボイラーを交換する 更換鍋爐 113

ポイントを貯める 累積點數 156,167

ポイントを使う 使用點數 171

崩壊した建物に閉じ込められる
受困在倒塌的建築物裡 242

放火する 縱火 249

ほうきで掃く　用掃把掃　107

暴行する　施暴　248

報告書を作成する　寫報告　150

帽子をかぶる　戴帽子　067

帽子を脱ぐ[取る]　脱帽子　067

帽子を目深にかぶっている　帽子壓低著戴　067

防塵服を着用する　穿上無塵衣　158

包帯を巻く　包繃帯　123

法律を犯す　犯法　250

法律を守る　守法　250

頰ずりをする　貼臉　025

ポータルサイトで情報を検索する
用搜尋引擎搜尋資料　217

頰杖をつく　托腮、托下巴　024,033

ボーナスをもらう　領獎金　154

頰を赤らめる　臉紅　025

頰を叩く　拍打臉頰　025

頰をつねる　捏臉　025

頰を撫でる　撫摸臉頰　025

頰を膨らます　鼓起臉頰　025

ホカンスに行く　去旅館度假　201

ホカンスをする　在旅館度假　201

補欠選挙を実施する　舉行補選　252

保険会社に提出する書類を発給してもらう
收到要提交給保險公司的文件　131

保険会社に連絡する　聯絡保險公司　237

歩行器に乗せる　讓~坐學步車　181

保護犬の里親になる　領養中途犬　210

保護猫の里親になる　領養中途貓　210

ほしい物リストに入れる　放進願望清單　171

母子健康手帳を書く　寫孕婦健康手冊　176

保釈金を払って釈放される　交保釋放　231

保釈を請求する　請求保釋　231

歩哨に立つ　站哨　260

ホステルに泊まる　住青年旅館　191

ホステルを予約する　預訂青年旅館　190

ボタンを掛ける　扣扣子　066

ボタンを外す　解開扣子　066

ボディーチェックをする　搜身　061

ボディローションを塗る　擦身體乳　102

ホテルでチェックアウトする　從旅館退房　201

ホテルにチェックインする　入住旅館　201

ホテルに泊まる　住旅館　191

ホテルのバーでカクテルを飲む
在旅館的酒吧喝雞尾酒　201

ホテルのバイキングで食べる　在旅館吃自助餐　191

ホテルのバイキングを利用する　吃旅館的自助餐　191

ホテルのフィットネスセンターを利用する
使用旅館的健身房　201

ホテルのプールで泳ぐ　在旅館的游泳池游泳　201

ホテルを予約する　預訂旅館　190

ポニーテールにする　綁馬尾髮型　015

ポニーテールを作る　綁馬尾　015

母乳を飲ませる　餵母乳　180

骨が折れる　骨折　124

微笑む　微笑　027

褒める　誇獎　142, 183

ポリープを切除する　切除息肉　127

惚れる(～に)　迷戀、迷上~　146

本を読む　讀書　98

本を読んであげる　念書給~聽　182

ま

前借りをする　預支　154

前に割り込む　插隊　232

巻き舌をする　捲舌　022

枕カバーを交換する　換枕頭套　097

麻酔が利く　麻醉發揮作用　129

麻酔から覚める　從麻醉中醒來　129

混ぜる[混ぜ合わせる]　混合（混在一起）　079

待ち時間に雑誌を読む　在等待的時間看雜誌　169

マッサージを受ける　被按摩　169,202

まっすぐに立つ　站得直挺挺　056

窓の外を眺める　眺望窗外　098

窓枠の掃除をする　打掃窗（外）框　107

窓枠を交換する 更換窗（外）框　114

まな板の上で切る 在砧板上切菜　082

マニキュアを受ける 做指甲　040,170

麻薬を服用する 吸毒　248

麻薬を密輸する 走私毒品　248

眉毛を描く 畫眉毛　016

眉毛を剃る 剃眉毛　016

眉毛を抜く 拔眉毛　016

眉をひそめる 皺眉（心情不愉快）　016

マラソンをする 跑馬拉松　196

満１歳の誕生祝いをする 慶祝周歲　182

マンモグラフィー撮影をする 做乳房X光攝影　126

み

右足を引きずる 拖著右腿　046

ミキサーにかける 使用攪拌機　082

ミサに参列する 參加彌撒　254

ミサベールを被る 戴彌撒頭紗　255

ミシンで縫う 用縫紉機縫製　071

ミシンを使う 用縫紉機　071

自ら命を絶つ 結束自己的生命　134

水でスプレーする 噴水　070

三つ子を妊娠する 生三胞胎　176

耳にピアスの穴を開ける 打耳洞　024

耳を傾ける 傾聽　024

耳を引っ張る 拉扯耳朵　024

耳を塞ぐ 搗住耳朵　024

耳をほじる 挖耳朵　024

脈ありだ（〜に）和~有希望　146

脈拍を測る 量脈搏　125

ミュージカルのチケットを予約する
訂音樂劇之票　204

ミュージカルを見に行く 去看音樂劇　204

ミュージカルを見る 看音樂劇　204

ミルク[粉ミルク]を飲ませる 餵奶　180

身を隠す 隱身、躲起來、隱居　061

身をすくめる 縮著身體　058

身を乗り出す 探出身體　057

身を伏せる 趴下身子　058

身をもぞもぞさせる 坐立難安　057

民事訴訟を起こす 提起民事訴訟　251

む

ムービングウォーク[オートウォーク]を利用する
使用電動步道　173

無期懲役を言い渡される 判處無期徒刑　251

向こうずねが擦り剥ける 小腿擦破皮　049

向こうずねを蹴る 踢小腿　049

向こうずねをぶつける 撞到小腿　049

無罪判決を受ける 被判無罪　250

無視する 無視　144

無実だ 無辜、清白　247

蒸す 蒸　078

むずかる赤ちゃんをなだめる 安撫哭鬧的嬰兒　180

無線LANを利用する 使用無線網路　217

ムチで膨らはぎを打たれる 鞭打小腿肚　049

夢中になっている 入迷、沉迷其中　019

無免許運転をする 無照駕駛　247

無理に飲み込む 硬吞　085

め

メイクを受ける 被化妝　169

名誉を傷つける 妨害名譽　247

迷惑メールを完全に削除する 永久刪除垃圾郵件　220

メールアカウントからログアウトする 登出信箱　219

メールアカウントが休眠アカウントに変わる
email帳戶變為閒置帳戶　220

メールアカウントにログインする 登入信箱　219

メールアカウントを削除する 刪除email帳戶　220

メールアカウントを作る 建立email帳戶　219

メールアカウント環境を設定する　設定email帳戶環境　220

メールにファイルを添付する　在email中添加附件　219

メールに返信する　回email　219

メールをバックアップする　備份email　220

メールをプレビューする　預覽email　220

メールを削除する　刪除email　220

メールを書く　寫email　219

メールを送る　寄email　219

メールを受け取る[もらう]　收到email　219

メールを一時保存する　暫時保存email　220

メールを自分に送る　寄email給自己　219

メールを転送する　轉寄email　219

目がかゆい　眼睛癢　120

目が高い　有眼光　146

目がチクチクする　眼睛刺痛　120

目が閉じる　眼睛（自主）閉上　117

目くじらを立てる　責備　016

目覚める　醒來、睡醒　097

メッセージを送る　傳訊息　214

メッセンジャーでチャットする　用訊息聊天　214

メニューを勧められる　推薦菜單　090

メニューを選ぶ　選擇菜單　090

目やにが出る　有眼屎、眼睛分泌物　118

目を開ける　睜開眼睛　017

目を合わせない　不要對到眼　143

目をこする　揉眼睛　018

目を覚ます　醒來　056

目をそらす　移開視線　017

目を閉じる　閉上眼睛　017

目をパチパチさせる　眨眼　018

目を塞ぐ　遮住眼睛　018

目を伏せる　垂下雙眼　018

目を細める　瞇眼　018

面会に来る　來會面　261

免許停止[免停]になる　吊扣駕照　236

免許取り消し[免取]になる　吊銷駕照　236

免税で購入する　用免税價購買　168

免税店で購入する　在免税店購買　168

猛暑に苦しむ　苦於炎熱　240

猛暑による被害を受ける　因炎熱受害　240

毛布で身を包む　用毯子包住身體　060

もぐもぐさせる　表示閉上嘴巴咀嚼的狀態　084

持ち帰る（料理を）　外帶（食物）　085

もったいぶる　得意、沾沾自喜　144

モップを洗う　洗拖把　107

もてなす　招待、款待　142

モデルを撮影する　拍攝模特兒　209

物ともしない　不當一回事　018

物干し綱に洗濯物を干す　把衣物掛在曬衣桿上曬乾　104

物干しに洗濯物を干す　把衣物掛在曬衣桿上曬乾　104

モバイルバンキングをする　使用行動銀行　216

や

夜間訓練をする　進行夜間訓練　260

やかんでお湯を沸かす　用電熱水壺燒水　082

夜間登山をする　夜晚登山　198

焼き網やグリルで焼く　用烤網或烤架烤　079

やきもちを焼く　吃醋　144

野球の試合を見に行く　去看棒球比賽　196

野球の試合を見る　看棒球比賽　196

野球をする　打棒球　196

夜勤をする　上夜班　159

薬味に漬け込む　用辛香料醃漬　078

やけどをする　燒燙傷　243

野菜に水をあげる　幫蔬菜澆水　105

野菜を洗う　洗菜　076

野菜を下ごしらえする　事前準備蔬菜、備料　076

野菜を収穫する　採收蔬菜　106

野菜を育てる　種（培養）蔬菜　105

野菜を茹でる　燙青菜　078

夜食を食べる　吃宵夜　083

休む　休息　098

やたらに眠い　非常睏、睏得要命　119

ヤッホーと叫ぶ 喊出聲 199
屋根を防水処理する 做屋頂防水處理 113
山火事が発生する 發生森林大火 245
山火事で被害を受ける 因森林大火受害 245
山で道に迷う 在山路迷路 199
山登りする 爬山、登山 198
山登りに行く 去爬山、登山 196

ゆ

誘拐する 誘拐 249
有給休暇[有給]を取る 請特休 152
遊撃訓練をする 進行游擊訓練 261
有罪判決を受ける 被判有罪 250
有酸素運動をする 做有氧運動 133,197
夕食を食べる 吃晚餐 100
夕食を抜く 不吃晚餐 132
優先席に座る 坐博愛座 227
床をモップで拭く 用拖把拖地 107
床に布団を敷く 在地上鋪床鋪 097
輸血する 輸血 130
輸血を受ける 接受輸血 130
指から指輪を外す 拿下戒指 037
指差す 用手指出、指向 037
指しゃぶりをする 吸吮手指 038
指で数を数える 用手指數數 037
指で指す 用手指 037
指で触る 用手觸碰 037
指に指輪をはめる 戴戒指 037
指の関節を鳴らす 掰響手指關節 038
指輪をはめる 戴戒指 068
指を折る 屈指 037
指を切られる 手指割傷 038
指を伸ばす 伸出手指 037
夢かうつつか太ももをつねってみる
捏捏看大腿看是夢境還是現實 047

よ

夜明け前の礼拝に行く 天亮前去做禮拜 256
よい習慣を身につけさせる 保持良好習慣 183
葉酸を摂取する 攝取葉酸 176
養殖場を運営する 經營養殖場 162
養殖する 養殖 162
ようじを使う 使用牙籤 023
幼稚園に通わせる 讓（孩子）上幼稚園 182
腰痛がある 腰痛 120
ヨガをする 做瑜珈 099,197
浴室タイルを張り替える 重貼浴室磁磚 114
浴槽を設置する 裝浴缸 114
浴槽を取り外してシャワーブースを設置する
拆掉浴缸裝淋浴間 114
横になる 躺下 056
横の物を縦にもしない 懶得做任何事 038
横向きで寝る 側睡 096
横向きになる 仰躺 056
横目で見る 斜眼看 017
四つんばいになって行く 匍匐前進 048
夜中に目が覚める 半夜醒來 056
呼び出しベルが鳴る 取餐呼叫器在響 088
予防接種をする 打預防針 127
喜んで迎える 開心迎接 142
よろよろする 搖搖晃晃、步伐跟蹌 058
世論調査に応じる 回答民意調查 253
世論調査を実施する 做民意調查 253
世を去る 去世 134

ら

拉致する 綁架 249
卵子を凍結保存する 凍卵保存 179
ランニングマシーンで走る 用跑步機跑步 197

り

リアクションする 反應　142

離縁する 離婚、斷絕關係　147

陸軍に入隊する 入伍陸軍　259

離婚する 離婚　147

離婚訴訟を起こす 提起離婚訴訟　250

利子を取る 收利息　163

離乳食を作る 製作副食品　181

リバウンドする 復胖　133

リビングを拡張する 擴大客廳　112

リモコンでチャンネルを変える 用遙控器轉台　194

留学させる 讓~去留學　185

流産する 流產　178

流通させる 配送　163

リュックサックを背負う 背登山包　198

両腕を上げる 舉起雙手　031

両腕を下げる 放下雙手　031

両腕を広げる 張開雙手　031

領収書をもらう 雙手十指交握　228

両手を組む 雙手合十　034

両手を広げる 張開雙手　031

料理する 煮飯做菜　100

料理で髪の毛を見つける 在餐點裡發現頭髮　091

料理に文句を言う 抱怨餐點　091

料理の写真を撮る 拍餐點的照片　091

料理を勧める 推薦料理　083

料理を追加する 加點餐點　091

料理を作る 煮飯做菜　100

料理を取って食べる 拿食物吃　083

料理を分けて食べる 食物分著吃、分食　083

漁を終えて帰る 補完魚回家　162

旅行する 旅遊、旅行　188

旅行の計画を立てる 制定旅行計畫　190

旅行の荷造りをする 打包、整理旅行的行李　188

旅行ルートを決める 決定旅行路線　190

旅行を終えて帰る 結束旅遊回家　193

リラックスする 放輕鬆　060

る

ルームサービスを頼む 叫客房服務　205

れ

冷却水を交換する 更換冷卻劑　240

冷却水を補充する 補充冷卻劑　240

冷遇する 冷處理、冷淡對待　145

冷湿布をする 冰敷　123

冷水シャワーを浴びる 洗冷水澡　059

冷蔵庫から取り出す 從冰箱拿出來　076

冷蔵庫に入れる 放進冰箱　076

冷蔵庫の温度を調節する 調節冰箱溫度　109

冷蔵庫のドアを開ける 打開冰箱門　109

冷蔵庫のドアを閉める 關上冰箱門　109

冷蔵庫を整理する 整理冰箱　101

冷蔵庫を掃除する 打掃冰箱　101

冷蔵保存する 冷藏保存　076

冷凍庫から取り出す 從冷凍庫拿出來　076

冷凍庫に入れる 放進冷凍庫　076

冷凍する 冷凍　076

冷凍保存する 冷凍保存　076

礼拝に参列する 參加禮拜　254

レシートをもらう 拿收據　092

レッカー車で運ばれる 被拖吊車拖走　235

列車が脱線する 火車出軌　242

列車で行く 搭火車去　190

列車で旅行する 搭火車旅行　190

列車に乗り遅れる 沒趕上火車　226

列車の切符を買う 買火車票　229

列車の切符を予約する 訂火車票　229

列車の座席を指定する 指定火車座位　229

列車を予約する 訂火車　190

レビューを作成する 寫評論　172

レンジフードをつける 打開抽油煙機　82

連続殺人犯 連續殺人犯　249

連続殺人を犯す　犯下連續殺人　249

レンタカーを借りる　租車　191

レンタルする（家電を）　租借（家電）　111

レントゲンを撮る　照X光　125

ろ

労使交渉が決裂する　勞資談判破裂　159

老人を虐待する　虐待老人　249

ロウソクの火を灯す　點亮蠟燭　258

労働組合を結成する　組成工會　159

労働災害に遭う　遭遇職業災害、工傷　243

ローンを組む　貸款　163

路肩に停車する　在路肩停車　234

路肩を走る　開在路肩　234

ロザリオの祈りをする　念珠祈禱　254

わ

ワイパーを交換する　更換雨刷　239

賄賂を渡す　行賄　246

ワインリストを見せてもらう　讓我看看酒單　090

和解を求める　尋求和解　145

別れる　分手　146

ワクチンを打つ　打疫苗　127

分け目を変える　改變頭髮分線　015

分け目を作る　抓頭髮分線　015

ワゴン車を運転する　開廂型車　232

ワゴン車を改造してキャンピングカーにする　把廂型車改造成露營車　200

喚き立てる　大聲喊叫、喧嘩　143

割り勘にする　平均分攤錢　092

割引クーポンを適用する　適用折價券　171

ワンフードダイエットをする　單一食物減重　132

●●

108拝をする　做108拜　258

1度のやけどをする　一度灼傷　243

2度のやけどをする　二度灼傷　243

2交代勤務をする　兩班制工作　158

3交代勤務をする　三班制工作　158

3度のやけどをする　三度灼傷　243

BCCでメールを送る　寄email並抄送密件副本　219

B型感染ウイルス検査を受ける　做B型肝炎檢查　127

CCでメールを送る　寄email並抄送副本　219

CT検査を受ける　做電腦斷層掃描　126

Eメールに返信する　回email　151

Eメールを送る　寄email　151

Eメールを確認する　確認email　151

IDとパスワードを入力する　輸入帳號和密碼　218

IHクッキングヒーターの温度を調節する　調整IH爐的溫度　109

IHクッキングヒーターを消す　關IH爐　109

IHクッキングヒーターをつける　開IH爐　109

IPTVで映画を見る　用IPTV看電影　194,205

LED照明に交換する　更換成LED燈　115

MRI検査を受ける　做核磁共振　126

Pターンする　P型轉彎　232

PCゲームをする　玩電腦遊戲　099

PM2.5[微細ホコリ]に苦しむ　因2.5（細懸浮微粒）感到痛苦　245

PM2.5[微細ホコリ]による被害を受ける　因PM2.5（細懸浮微粒）受害　245

QRコードを読み取る　掃描QR code　089,092

QTの時間を持つ　有QT時間　257

SNSに旅行写真とレビューをアップする　在社群網站上傳旅行照片和心得　193

SNSをチェックする　上／滑社群網站　099

Uターンする　迴轉　232

VODでテレビ番組を見る　用VOD看電視節目　194

Wi-Fiスポットを検索する　搜尋Wi-Fi熱點　216

YouTubeから～を遮断する　隔絕來自youtube的～　223

YouTubeの動画を見せる　讓（孩子）看youtube影片　182

YouTubeを見る 看youtube 99

YouTubeチャンネルを開設する 開設youtube頻道 195

YouTubeチャンネルを購読する
訂閱youtube頻道 194,222

YouTubeでライブ配信をする
在youtube開直播 194,222

YouTubeでライブ配信を見る
用youtube看直播 194,222

YouTubeに動画を投稿する 上傳影片到youtube 195

YouTubeに投稿する動画を撮影する
拍攝要上傳到youtube的影片 195

YouTubeに投稿する動画を制作する
製作要上傳到youtube的影片 195

YouTubeに投稿する動画を編集する
編輯要上傳到youtube的影片 195

YouTubeの音楽をダウンロードする
下載youtube音樂 194,223

YouTubeの動画をダウンロードする
下載youtube影片 194,223

YouTubeの動画から音声を抽出する
提取youtube影片裡的人聲 223

YouTubeの動画に「いいね」を押す
按youtube影片讚 194,223

YouTubeの動画にコメントを投稿する
在youtube影片留言 194,223

YouTubeの動画を1.25倍速で見る
開1.25倍速看youtube影片 223

YouTubeの動画を1.5倍速で見る
開1.5倍速看youtube影片 223

YouTubeの動画を見る 看youtube影片 194

YouTubeの動画を共有する 分享youtube影片 223

〜候補に投票する 投票給~候選人 252

〜泊…日で行く 去…天~夜 188

〜針縫う 縫~針 124

〜分間隔で陣痛がある 每隔~分會陣痛 177